中公文庫

# 対談 日本の文学

## 素顔の文豪たち

中央公論新社 編



中央公論新社

# 対談　日本の文学　素顔の文豪たち　目次

# 対談　日本の文学　素顔の文豪たち

# 幸田露伴の思い出

幸田　文
瀬沼茂樹

## 関東の女・関西の女

**瀬沼**　露伴先生が明治四十一年に、京都大学に招かれて一年間行かれていたことがございましたね。

**幸田**　ええ、それがあったために、あとで、「関東の女は」というので、だいぶしかられました。豆を煮ることも、芋を煮ることもできねえのが関東の女でね、と。

**瀬沼**　だんだん、江戸の、東京のほんとうの下町の人が減ってしまって、いまの東京人はほとんどが他国人ですから、自然な、江戸の女の考え方、男の考え方がよくわからなくなっていますね。端的には、いまおっしゃったようなことでいわれたと思いますが、それでは関西の女はどうかということは……。

**幸田**　父が関西の女をどう思っていたのか知りませんが、父にしかられることによって、関西の女というのは、たいへん優れているんだという、コンプレックスみたいなものは、知らされました。

**瀬沼**　それは、男をもてなす意味でしょうかね。

**幸田**　女そのものができるということなんでしょうか。それと、気持がひたひたしているというんです。いまはそういう形がよくわからなくなってますけど、私どもは武蔵野の野っ原育ち、野放図ですから、それがいけない。昆布ひとつ煮ても、豆ひとつ煮ても、せっかちで出来が悪い。するとその実際をふまえて、「それみろ」とやられる。

**瀬沼**　実物教育みたいにいくわけですね。

**幸田**　そう。突きはなしておいて、有無をいわせず、下手なところをぎゅっとひねられるんですから、子供心にも恥を感じますね。

**瀬沼**　しかし、関東の女性というのは、さばさばした気性の強いところが、逆にまた好きだという人も多かったわけでしょう。

**幸田**　父のことを好く男の方というのも、やはりそちらの地方にないものをもっている性格やら特徴を喜ばれるからでしょう。

**瀬沼**　文さんは、七つか八つのときにお母さまを亡くされたわけですが、お母さんは非常に美人だったとか。柳田泉さんの「幸田露伴」に、弟子の田村松魚が、「奥さんは、非常な美人であった。私はその後、いろいろの婦人を見るけれども、そのころの夫人のような、顔立ちの整った、そして純な表情の婦人を見たことがない。顔立ちは、そのころ名妓で有名だった『ぽん太』タイプで、それ以上に整っていた」。たいへんなほめ言葉ですよ。

## こわい父露伴

**瀬沼**　露伴先生は、日ごろ家庭のなかでも観相のお話をなさっていたとか、うかがいましたけど。

**幸田**　ええ、やりました。よく、あの人の顔は、どこがどうなったとき、お前は気をつけてあげなさい、といいました。それから声もそうでした。私があの人は美人だといった人に、あの女がこういう声になったときには、きっとよくなくなるぞ、といって。私、それを十年余も待ちましたかしら。待っていたといったら悪いけれども、いつ声が落ちるか、気になって気になって。

**瀬沼**　それは、昔、漢学をやった人は、漢学にあるわけですから、それでひとりでにやらなければならなかった。それが一つの運命の占いみたいなものですから、人のも、自分のもみるということは普通だったわけでしょうね。向島の寺島におられたころ、あのあたりはたくさん文士の家があったんですが、どなたか文士にお会いになった記憶はございませんか。

幸田　私は、数えの六、七歳ごろから玄関番をさせられたんですが、たまにしかお見えにならない文学関係の方はよくわかりません。それに、昼間は学校に行ってしまっているわけですから、夕方からのお客さまのお取次ぎだけですし。詳しくは知りませんが、なにか物持ちで、出版かなにかなさった方で、水野さんていう方がいて、たいへんいいお履物だったことを覚えてます。そのときに、父に履物を見ることを教わりました。下駄というのは、生えている木をどう切ると、あの目が出てくるとか、その目の一本は現在いくらだから、いくつ筋のある下駄はいくらだとか。

瀬沼　先生のお書きになった随筆のなかには、そういう細かいものについてのいろんな考証をなさったものがたくさんありますね。坪内逍遙にはどこかでお会いになっていますか。

幸田　明治二十何年かに、父が逍遙のお宅へ年始にうかがったということはございますが、宅へはお見えにならなかったように思います。鷗外の記憶もありません。

瀬沼　先生と鷗外が仲悪くなったことがありましたね。

幸田　というお話ですけれども、父のすることとは、とくに仕事の関係は、私ども、たいへん憚《はばか》りをもっておりましたから。

瀬沼　そう、昔は男のすることに女は口を出すなということがありましたからね。いまでもそうですよ（笑）。

幸田　よく私いわれました。「手取鍋おのれは口が出過ぎたぞ」（笑）、いやでした。こういうものの言い方は、やはり効くんじゃないでしょうか。

**瀬沼**　こうして文さんのお話をうかがっていますと、ことばがなにか古語的ですね。そういうのも先生に訓練されたためでしょうか。

**幸田**　ええ。お客さまのお取次ぎでも、とにかくはじめが、「するか、せんか、どっちかだ」と、「後生だからはっきり言ってくれ。それでなければ取次ぎはつとまらない」って。大人がするみたいに真っ直ぐ相手を見て、むこうの言うことをまずよく聞くんだ、それを覚えてきて親父のところへ行って、親父の言うことをむこうへちゃんと伝える。その間に自分が勝手にこしらえてはいけないっていうんです。だから、「いまはいやだと言いました」というような返事になってしまうわけ（笑）。

**瀬沼**　いちいち復唱するわけですね。

**幸田**　二十二、三のときでしたかしら。新聞社の方々がいらしたとき、父は会うのがいやだというんです。「おれは、そんな義理はねえ」。玄関の隣が三尺の廊下で、その襖のむこうに父がいるんです。そのとおりにいうわけにいきませんから仕方がなくて、「あのように申しております」と（笑）。ほんと、こわかったですね、むきになられると。

# 教育者露伴

**瀬沼**　先生のこわいところばかりですが、やさしいところはどうですか。

**幸田**　いまどきのお父さん方よりも遊んでくれたと思います。縄跳びでも、綱渡りでもしてくれました。それから、一緒に鮒《ふな》も釣ってくれたし、メダカをとったり。私が二十何歳かになったときでしたかしら。鰯《いわし》の泳いでいるのを見たことがないっていいましたら、「これはいけない」といって、伊豆の三津浜《みとはま》へつれていってくれました。そして船を出してもらいました。囲った鰯ではないんです。畳一枚くらいの小さなグループになって泳いでいるんですね、鰯って。「見ろよ、これだ。これが鰯なんだ」と。鰯というのは、どんなに群れたがって、傷つきやすくって、そして弱い魚かということを、わざわざ見せてくれました。

**瀬沼**　それもはやり、実物教育なんですね。

**幸田**　ええ。ていねいだったと思います。いまのお父さん方なら図鑑でひくことを教えてくれますが。

**瀬沼**　しかし、いまちょっと、鰯の泳いでいるのを見せろといっても（笑）。

**幸田**　時代が違うから、仕方がないんでしょうけど、実際がないから、鰯の感覚というのがないわけなんですね。だから、「鰯こうい」といったときに、それがどうかということは、お前の手のなかにわかるはずだって。

**瀬沼**　そういうところに、文さんが一本立ちする基礎教育があったわけですね。それがいつの間にか身についていて、文章を書く、つまり写生がひとりでにできたわけですね。

**幸田**　でも父の知らない新しいものを見てきたときなど、うかつに喜んでいえないの、追求がはげしくて。そのあげくにしかられる。「なんだお前、それだけか」って。「お前は小さいとき、おれに話をしてくれといって、それからどうしたの、それからどうしたのといった。だからおれも、お前になにか聞くときに、それだけか、それだけかといっても、ちっとも過酷ではない」と。「三国志」の話など、私よく「それから、それから」と聞いた覚えがある。おもしろいところで「また明日」って、連続活劇みたいなものですよ（笑）。それとか仏典にある話とか。

**瀬沼**　もっとも、先生は大乗仏教をたいへんお読みになっていましたからね。

**幸田**　子供のために書いた「宝の蔵」というのがあるでしょう。あのなかの、「兎が火のなかに飛び込んだ」なんというとき、目に見えるような話ですから、こっちはすっかりまいってしまう。「それで兎はどうなったの」「こげちゃうんだよ」「こげてどうなるの」「死んじゃったんだよ」（笑）。それで涙ぼろぼろ出して泣いちゃう。

**瀬沼**　芭蕉の「七部集評釈」の話などは……。

幸田　難句にぶつかったときなど、私は字面も見ないで耳で聞くだけのことでしたから、その句の解釈がどんなふうになっていくかと、それが聞きたいばかりに、御飯を早くできるようにしちゃうの。いつもなら料理も順々に出すものを、いっぱいこしらえて一度に出してしまうものだから、「おれ、馬じゃねえよ。食べるのは、口一つだ。順繰りにしか食えねえんだぞ」(笑)。

## 旅の心得

瀬沼　先生のお弟子さんにいろいろ変った方がいらしったでしょう。

幸田　弟子といっても、私など子供たちには、なんだかわかりませんでしたが、ただしょっちゅう来ていた人ということでは……。

瀬沼　もう、田村松魚とか田村俊子とかの時代が去った後の話ですね。

幸田　でも、俊子さんは、私、何度かお給仕した覚えがあります。たいへんハイカラな人でした。

瀬沼　あの人は、そう美人ではないでしょう。お化粧はたいへんしてますけど。気狂いじみた着物を着てね。いまならあたりまえなんだけども、非常に派手な、女優みたいな着物で、少しだらしがない。

**幸田**　母などとは、違うふうの方だと思ってました。

**瀬沼**　先生とご一緒に旅行されたことなどありますか。

**幸田**　昭和元年でしたが、弟が結核で亡くなりましたでしょう。そのとき、家族の構成が、私がついてやるよりほかに仕方がないような状態でしたから、つきましたんですよ。そのあとで、どうしたことですか、私がパラチフスになりました。そうしたら父の言い方がひどいんですよ。夜明け方熱があがるというのは、検温器がこわれているからだって。弟のことは、いい条件で看病に最善をつくしてやったのに、私が病気になると、そういうことをいう。ああいうの好きじゃないな（笑）。でもあのときは、お手伝いさんに病院に着物やなんかをもってこさせて、そのまま父と一緒に汽車に乗りました。

**瀬沼**　どこへいらしたんですか。

**幸田**　伊豆でしたけど、いちばん先にいったのが修善寺。そこで、私、旅というものを父から教えてもらいました。「こうやって、おれとお前と、幾日か旅しようというのは、アクセントをつけたほうがいいからなんだ」と。ですから、修善寺は最初に落ち着く宿だから、いちばんいい待遇にしてもらったわけ。そうしたら、次の湯ヶ島の宿なんか、商人宿みたいなところにがた落ち。女中さんが火をもってくるのに、台十能とはいえ、台所の焚落しですよ。それを立ったまんまで火鉢のなかに、ざざざッとやるの（笑）。障子の桟が欠けているところがあって、私が、いかにもわびしいといったら、これがわびしいようじゃ旅はできない、これを面白がらなきゃだめだというんですよ。

**瀬沼**　自分の若いころの「突貫紀行」のことを思っているんじゃないかな（笑）。

**幸田**　そうなんですよ。それで、「湯があっても、冷たいかもしれねえから、気をつけて入れよ」（笑）。

**瀬沼**　弥次喜多になっていますね。

**幸田**　そのころ、あのあたりはまだ辺鄙《へんぴ》で、村の子供がついてきて、私の袂《たもと》から長襦袢《ながじゅばん》の袖を引っ張り出すんです。広い、まだ早春の冷たい、だけれども明るい陽ざしのなかで、赤い長襦袢、一本道の真ん中で、ひろげられちゃうの。変な色ですよ、あれ。女としてやぁな感じ。父にそれをいったら、「お前はそれを嫌うけれども、この子の頭におできができてる。それをお前はなんと見る」というわけですよ。私、「きたなくて嫌いだ」って（笑）。そしたら、そうはいえないんだ、これが田舎の断面なんで、伝染するこんな皮膚病は、早く治さなきゃいけないんだ、あの子供の入っていく家を見てみろって。見たらほんとに貧しそうな家なんですね。

**瀬沼**　それは、先生がどういう考えでやられたんでしょうね。文さんに、自分の文筆の後継者になってもらいたいというようなことかしら。

**幸田**　いえ、そんなことでなく、ただ、自分の生活だけしか知らないのではしようがない、という意味で気をつけてくれたのだと思います。女はとかく、自分の一人勝手にしかものを見ないから困るのだ、とよく言われましたが、このおできなんかも、ただきたないといって嫌うだけですませたのでは困る、というわけなのでしょう。

## 愛ということ

**瀬沼**　お孫さんの玉子さんに対するのと、文さんに対するのと、差がありましたか。

**幸田**　似てるな、同じことをお父さんやるなと思ったのは、頭のよくないやつというのは、いとおしいけれども、じれったい、と不機嫌なんです。そのじれったいときには、他人のいい子を、優秀な子を見ていたほうが、かわいいというんですよ。よくもはっきりいったと思うんですけれどもね。それで「玉子の鈍いところはいやだ」と、はっきりいいましたね。だから、私もそうで、孫もそうかといいますと、「そうだ」って。きつかったですね、あれは。そのあとですよ、「おめえは、この文章を読んでおいてくれ」といわれました。父が文章を書いたなかで、私に、「お前、これ読んでくれ」といったのは、あれ一つだけですよ。「愛」という文章で、慈悲ということを書いた。慈悲というのは、心のあらわれをいうんだ、つらくなって、きゅーッとなる、つまりそういうのが慈悲だ、これが愛だというんですね。こいつのわからないやつは、いくら親に愛情なんということをなまじっかなことでいいかけてきても、相手にならん、おれの書いたものを読んでくれというわけです。私の机の上にふうーッとその新聞を投げて、さッと行ってしまった。

**瀬沼**　そういうことを、先生はたくさん書いておられますね、道徳訓や修養訓みたいなものを。いまの人はあまり書きませんが、昔の人は、だいたい儒教的な要素が多いわけですから、いまおっしゃったようなことと結びついているんですね。つまり、実践道徳からきてるわけでしょうね。

**幸田**　ですから、私に限っていわせていただけば、教えるということは、肉声と肉体がそこにあって、家庭のなかでいわれるというのは、ずいぶん効果があるんじゃないかということなんです。一人の勉強も私はりっぱなものだと思いますけれども、家の中で伝えるということは、声があって、肉体があって伝えるということですから、かなり印象深いものではないかしらんというふうに思います。

**瀬沼**　それはききますね。このごろのように、家庭教育をおろそかにしておいて、出てきた結果を、まるで他人がやったような顔をして咎めているのにくらべれば、露伴先生の家庭教育の方法などは、現在もっとも推奨すべきものではないんですかね、逆にいえば。いろんなことが起っても、みんな自分のせいじゃないような顔をして、学校が悪いという。私は学校教師をしているからいうのかもしれませんけれどもね。

**幸田**　私、ひとりでものを書くようになってから、なにかしたときに、声がほしい、だれかがこれをもういっぺん聞かしてくれたら、私はここで確かだと思うんだけれども、これが足りないなという感じがあって、そういうとき、さびしかったですよ。あまりこういうふうにやられたというのは、やはり一種の弱さだったなという気がしましてね。

**瀬沼**　でもそれは、私にいわせれば、文さんの欲張りだということになるな（笑）。それはやはり、もうそれを離れたら自分でやらなければならないことなんだから。先生を囲んでいた友人やお弟子さん、そうした自分より年下の方たちが先に亡くなってしまわれたわけですが、先生、おさみしく思われたでしょうね。

**幸田**「おれ一人残ったなあ」といってました。そういうことがありますと、ちゃんとそのときは机を払いまして、香炉を置きましたね。私にいいつけて掃除させて、そこに新しい火を入れて、香をたくんです。なんですか私は知りませんですが、お経を一巻読む。亡くなられた方のお宗旨がなんであるかわからなくても、そうしたやり方で。それがひとつの形になってました。私もいま、どなたかつながりの深い方が亡くなったおりなどは、お線香一本立てて、お経は読めませんから、お辞儀をするだけですけれど、机を払うというようなやり方、そういう形を残してくれたことは、幸せだったと思います。

## 読書のすすめ

**瀬沼**　先生の歴史小説を、一種の叙事詩的なものだとすると、鷗外のほうは、いわゆる客観的な歴史小説ですが、そういうものについて、先生が意見みたいなものをいわれたことはありませんか。

**幸田**　ほとんど私の前ではなかったですね。父からいうこともありませんでしたし、私からもけっして立ち入らない。もっとも、いっぺん「対髑髏《たいどくろ》」のことで、ひょっとひと言いったら、開きなおられて、「おっ、その話するんなら、あとで家《うち》に来てからにしてくれ」なんていわれて。それで、行ってみたら机のところで待っていましたよ。ひらあやまり（笑）。

**瀬沼**　文さんは、逍遙のものや、四迷の「浮雲」などお読みになりませんでしたか。

**幸田**　女学校の、十六歳ころ読みましたけど、父と話し合わないものというのは、感情が少ないんです。樋口邦子さんが時折いらして、一葉の作品のことを父と話しているのを聞いたりして、「十三夜」というのがあるんだなあと思ったりしましたけれど。

**瀬沼**　もっと小さいころは、どんな本をすすめましたか。

**幸田**　立川文庫。私が借りてきて読んでいると、「そいつは、おもしれえ」なんていうだけ。

**瀬沼**　ほう、立川文庫ならいいんですか。それはおもしろい。

**幸田**　ええ。それとか、ジゴマ。

**瀬沼**　ジゴマや立川文庫が出てくると、これはもう、いまの人には通じないですね（笑）。

（昭和四十四年十一月二十五日　紀尾井町　福田家にて）

# 父・森林太郎

森　茉莉
三島由紀夫

## 叱ることのなかった父

**三島**　森さんのお書きになったものを見ると、ずいぶん美しい父親像を、幼いころ灼きつけられていらっしゃるように拝見しましたが、その点、愛情を接触させるような時間がたくさんおありだったのでしょうか。

**森**　十分ありました。三島さんは、お書きになるとき書斎にひきこもられるのでしょうが、父は、とくに書斎というものを持っていませんでしたし、昼間私が起きている時間は、たいがいドイツ語の本を読んでいるだけ。ですから、私はいつでも側に寄ってなんでも話せたし、膝にのったり、肩にのったり。

**三島**　ほう……。邪魔にならなかったのかしら。

**森**　書いているときじゃありませんからね。

**三島**　でも、読書を中断されて叱られるようなことはなかったのですか。

**森**　それはもう、私がいけば絶対私の時間。父は葉巻が好きで、いつも葉巻を手にしていましょう、それで私が行って膝にのると、葉巻の灰が落ちるとまずくなるというので、そおっと抱いてくれたり、それから葉巻をおいてから抱きあげたり……。

**三島**　おいくつぐらいまで？

**森**　そうですね、小学校ずーっと。

**三島**　いつもやさしくて、きびしくいろんなことをおっしゃらない。

**森**　一生いっぺんも叱らない。

**三島**　おシリたたいたりしませんでしたか。

**森**　ぜったい！　もうこわい目もしなければ、たちまち笑っちゃうから。それでたったいっぺん、私がお嫁にいくまぎわに、妹（小堀杏奴）と私と喧嘩でもないけど、なんかやったんですね。そしたらそのあとで、私のいないところで、父が妹にそれは茉莉が悪いといったのがたったいっぺんです。今でも私は怒っています。

**三島**　お父さまは、たとえばお伽ばなしを話して聞かせるとか、そんなことはありませんでしたか。

**森**　お伽ばなしはもっぱら母でした。母が父から聞いておいて、「赤ずきん」とか「雪白姫」とか。

三島　お父さまは、どんなお話でした？　子どもにわかるようなお話をなさるのは。

森　あんまりしませんでしたね。むしろ、私のほうがお話ししたの。父は、ただ、うんうんて聞いてね。

三島　なるほど。それだけでも、ずいぶん愛情の接触というものは大きいですね。ほんとうに僕ら親子は接触するひまもない、いまの文士みんなそうでしょうがね。それで、お書きになるのはいつも夜中ですか。

森　ええ、夜九時すぎからでしたね。私が八時か九時に父のいる隣の部屋でやすむのですけど、あいだの襖をしめると寂しいからっていうと、ちゃんとあけておいてくれて、横目で父が書いているのを見ると何か安心できて、そのまま眠ってしまうんです。

三島　「追儺《ついな》」などを読んで、新喜楽の宴会の場面なんか出てきますと、鷗外先生はしょっちゅうああいうところへいらっしゃっていたような印象を受けるんですね、読者は。先生は毎晩おそいというようなことは……。

森　むろん宴会を断わるようなこともあったのでしょうけど、それにしてもうちにいるときが多かったですね。日曜なんかは親子で、母もぜんぶ、植物園へ行ったり、動物園へ行ったり……。

三島　そういうときは、お弁当を持って朝からお出かけになる。

森　母が、江戸時代みたいなすごく大きいお重箱持って、おむすび入れて……。子どもとお父さんがずいぶん食べるものですから。そして片方には牛肉の煮たのとか、卵焼きとか入っていて、それに一升びんに麦湯を詰めまして……。お父さんはお酒飲まないんですが、賀古鶴所《かこつるんど》さんが来るために、いつも一升びんを用意しておいたんです。お父さんそのびんを見て、「それは何だ」なんて怒ったように聞くの。母が「麦湯です」っていうと、やっとへんな顔して「じゃあいい」。お父さんわりあい、なんていうか車掌とか、つまらない人の言うことを怒るんです。「田楽豆腐」という作品にも出てきますね。植物園に行って、入口の受付の男の人が、そこに入場券を入れろって、口で言わずに蠅打ちで箱の投入口をさしたっていってひどく腹を立てるという話が。ふつうなら怒らないでもいいようなことを、はたで見ていると、お腹の底から怒っている、私も困っちゃうんです。それはね、お父さんの風体《ふうてい》にもあるんですよ。お父さんは、ドイツのカイゼルに似ていて、それで着物に角帯なんですから、なんとなく風体が変っていて、いわゆる紳士という装《なり》ひとつしてないから、だれもとくに尊敬しようとしないんです。当時は紅葉山人の時代でもあるしね。変なおやじ、田舎のおやじぐらいにしか見てくれないんですね。そのたんびにひどく怒っている。

**三島**　あのころは写真も普及していないし、鷗外先生だからといって、みんな顔もそう存じあげているわけじゃないでしょう。しかし、洋服召したらたいした威光だったでしょうね。

森　軍服のときは確かに尊敬されてました。

## 質実素朴の平生

三島　軍服で家族連れなんていうことは……。
森　よく出かけました。私の幼いころはたいがい軍服でした。
三島　そのころは毎日お勤めだったわけですね。役所には何時ごろお出かけでした。
森　陸軍省に行っていた時代ですから、たいがい八時か九時ごろかしら。
三島　馬でお通いでしたか。
森　ええ、往きも戻りも。
三島　馬丁があとを追っかけるんですね。
森　お弁当を持ってね、別当も馬に乗って。
三島　それじゃ二頭で……。
森　黒い馬のほうは気が荒くて強いので父が乗り、赤いほうには別当が乗って。
三島　あのころの別当と馬丁というのは、どう違うんです。
森　あれは、ふつうはみんな馬丁といってたようですね。別当というのは昔人間の役名にもありましたね。なんとかの別当とか。私たちは、お父さんが別当、別当といったので、お弁当を持ってく人というので、おぼえやすかったのです（笑）。

**三島**　多少敬称という意味もあったんでしょう、相手を立てるというか、ふつうは車夫・馬丁といって卑しめた。

**森**　ところが私たちは、馬を洗ったりきたないことをする人をお父さんが別当と呼ぶので、別当というのはたいへんいやなことだと思って（笑）。

**三島**　お宅には馬のほかに車は、人力車はありました？

**森**　うちには人力車はなくて、近くに立場《たてば》（注・人力車や馬車の発着待合所）があったんです。そこに特約してる人があった。その人たちは、みんな副業をもっていたのですが、うちに来るのは煙草屋の亭主と芋屋の亭主とが代わりばんこでした。そしてその二人のあいだあいだにはキサというのがいて、キサというのは喜三郎というんですけど、頭のまん中がゼニはげになっていた。そのキサも来ていました。

**三島**　二人曳きなんかなかったんですか。

**森**　紅葉山人のものなんか読むと、偉い人はみんな二人曳き三人曳きなんていうのに乗っていたようですけど、お父さんは二人も三人も乗らなかった。

**三島**　僕がいつか細いズボンはいていたら、久保田万太郎先生が、むかし立場に行くとよくあったなんて（哄笑）。

**森**　いまの人みんなパッチ（注・足首まである股引き。人力車夫などがはいていた）みたいなのはいてるから（笑）。

## 強制することのなかった父

**三島**　あなたがお父さまに、この本を読めといわれた、いちばん最初の本はなんでした？

**森**　なんにも言わないですよ。

**三島**　自然にそこらにあるものを読んでもかまわなかったんですか。

**森**　父のところに「中央公論」とか「改造」とかが来ていて、その名前や表紙はよくおぼえているんですけど、中身はあまり……。ただクリスマスにアンデルセンとかああいうの買ってくれて、そんなのは読みました。それで結婚する少し前に、生意気に漱石を読みはじめたんです。ところが、意味がわからないんですね、隔世の感なんて書いてあって。隔世の感とはなんだろうって、帳面に書いておいて父に聞いたら教えてくれましたけど、父に教わったのはそれきりです。

**三島**　漱石読んでいてお父さまはなんともおっしゃいませんでしたか。そんなものよしなさいとか……。

**森**　なんとも……。

**三島**　おっしゃらない。漱石に対するお気持はどうだったんでしょうね。ライバル意識があったんでしょうか、それとも非常に親しいお気持があったんでしょうか。

森　私はライバル意識があったような気がします。

三島　それは具体的にどういうことでしょう。

森　お父さんを見てそう思うんじゃなく、あとで考えてそういう気がします。二人の小説には同じようなのもあって、それでかなりうらやましくもあったかもしれないし、そうかって親しみもあったんじゃないかしら、本を贈ったりして。

三島　お父さまは、芝居には連れて行かれましたか。

森　自分が訳した芝居にはぜんぶ連れて行きました。ですから私は、父の訳した芝居は、みんな目にはっきりおぼえています。あのころの父の翻訳劇っていうのは、ひどくこわい芝居ばかりやっていました。血だらけになったり、奥さんが喧嘩して旦那さんの作った飛行機をこわしたり、そういう心理的な経過を逐一感じとって、本は読まなかったけどみんな読んだ以上におぼえていて、そしてとっても恐れたんですね。

三島　芝居の稽古なんかに連れて行かれましたか。

森　いっぺんも行きません。

三島　出来上ったものを見せにいらっしゃるだけ。

森　ええ。それで大入袋をもらうんです。そのころ十銭か二十銭。歌舞伎みたいに、近代劇でもそんなものを出したんです。

**三島**　いまの新劇でも出しますよ。楽屋はいらっしゃいましたか。

**森**　一度も行きません。

**三島**　お父さまはやっぱり楽屋とか役者とかいうものを軽蔑していらっしゃったんじゃないかしら。

**森**　そうは思わないけど、こんなことはありました。長唄を母が習わせるといったら、長唄そのものはたいへんいいものだけれど、その周囲のものがいけないから駄目だって。それでお師匠さんをうちに呼んで習ったことがあります。

## 鷗外としげ夫人と

**三島**　お父さま、子どもの前ではお母さまと喧嘩なんかなさらなかったですか。

**森**　しました。

**三島**　西洋流の考えだと絶対しないんですがね。そういうところ、やっぱり日本人ですね（笑）。

**森**　たいがいお母さんが挑戦していましたね。

**三島**　受け流していらしたんですか。

**森**　それほどでもなかった。お父さんも怒ってましたよ。いま申しましたように、変なところで怒る人でしたから。

三島　「半日」の問題なんか、ずいぶんむずかしかったでしょうね。

森　私の目の前では、お祖母さんもお母さんもネコをかぶっていましたから、ぜんぜんわからない。それで父と母の喧嘩はちょっとおかしいところもあって……。母は「金色夜叉」の富山唯継みたいな、まあ、ああいうお金持ちは嫌いだけど、でも富山唯継みたいな人でもいいから、私でなくちゃいけないという人のところに、これから嫁ぎなおすというんです。父に、あなたは私でなくてもだれでもいいんだ、ってね。そうしたら父がクックックッなんて笑って、お前みたいなわがままな人、どこへいってもまたおんだされて出てくるから、結婚しなおすなんて手数かけずに、ここにいたほうがいいだろう、なんて（笑）。いつも遠くにいるんですよ、お父さんって。

## 観潮楼のころ

三島　ところで、いろんな文学者がお宅へ、観潮楼に集まった記憶はいつごろから始まりますか。

森　五つ六つからおぼえています。はっきりとおぼえているのは、そうですね、上田敏氏はふだんからお嬢さんといらしていたからおぼえてるし、それに木下杢太郎氏は目に残っています。

**三島**　杢太郎氏はどんな印象でした。

**森**　あの方はお父さんの前にいらっしゃると、すわっていても体をそらせて、腕組みして傲然としてらっしゃるのだけど、たいへん恥ずかしそうに見えました。そしてどうしたんだか、ゆでたような、お風呂へ入ったばかしのようなまっ赤な顔なすって、鬼みたいなこわい顔で笑うと、ひどく懐しい感じ。

**三島**　昔のうちというのは、書生とか居候とかいろんな寄食者がいたりしたものですが、お宅にはそういう人はいませんでしたか。

**森**　一度だけあります。名前は忘れましたけど、この方、大学時代にたいへんな遊び人で、親から参考書を買うなんていってお小遣いをもらうと、なんのかのごまかしてみんな遊びにつかっちゃうんですね。それでお父さんに預かってくれということになったんですけど、あいかわらず何につかってしまうのかわからない。その人が父の前に来て、今日はこれだけ参考書をこうやって、これをこうやって、あっちをこうやって、これを買った、だからこうでしょうなんていわれると、お父さんぜんぜんわからない。それでもう駄目だというんで、親もとに帰しちゃったんです。そのときだけでした。

**三島**　お父さまはお金勘定のほうはどうでした。

**森**　自分で買い物もしていましたが、下手だったようです。数字にはあんまり強くないんですね。私が算術を聞いてもね。これはこうやればわかるなんていって、すぐにマルや三角を書きだすんです。みんな代数にしちゃうんですね。それじゃ学校に通用しないでしょ……。

## 晩年の父

**三島**　お父さまの晩年のお話を伺っておきたいんだけども、あなたが結婚なさってからのお父さまはどうでした。非常に態度を変えられましたか。

**森**　それが悲しいの、ほんとうに悲しい。

**三島**　お父さまは非常にお寂しかったのでしょう。

**森**　私が悲しかった。もちろん父も寂しかったのでしょうけど。山田（仏文学者山田珠樹氏）と私が結婚することになって、父は、私がまだ女学生だったし、山田にぜんぜんなつかなくては困ると思ったんですね。ところが私はそれこそあべこべで、生まれて初めてできた婚約者に夢中で、とにかく楽しかった。でも、お父さんのほうは心配らしく、婚約がきまったあと、顔見ればこれまでどおり笑うし、それこそふざけて膝にのっても平気だったのですが、たったひとつ、ちょっと微妙に顔をそむけることがあるんですよ。微妙に微妙にちがうんです。それで山田のうちに嫁いでからは、山田のうちっていうのは、うちとぜんぜん家風が違っていて、それこそ舅のお妾さんが新橋の芸者さんあがりで、そのひとが家庭をやってましたから、たいへん色っぽい、また冗談好きのうちで、その空気に私なんかすぐ同化しちゃうの。それを父はひどくいやがったらしくて、妹に、あんまり山田へ遊びに行くと茉莉のようになるからいけないっていったとかで、私、もうほんとに口惜し涙ながしちゃったんです。でも会えば、前と同じようにしてくれるから、それも半信半疑のようなものでしたけど……。

**三島**　さきにヨーロッパにいらした山田氏のあとを追って、あなたが渡欧されたとき、あれがお父さまとの最後でしたね。

**森**　ええ。私が西洋に発つころには父の病状もかなり進行していて、私のいない留守に死ぬことがわかっていたんです。その日は、父は怒ったような顔して、機嫌わるくて、じっと下向いて顔しかめていました。そのうち駅にきてみんなしゃべったり泣いたりして……、父はといえばなんともいえない憂鬱な顔してるの。それで私、気になって仕方がない。最後に汽車が動きだしたとき、ふと父のほうを見たら、こっち向いて、こうやったの（うんうんと深くうなずく様子）。そうしたら私、死ぬとは知らないけど、さっきからなんか予感があって、お父さんを私が捨てたんだって思って……。

**三島**　あなたがお父さまを捨てた。

**森**　私はこれから西洋に行く、山田のところに行くのはうれしい、だから私がお父さんをかわいそうにもふり捨てて行くんだって思ったの。そうしたら、小さな痩せた女の人が男の人の袖の先をちょっと押えているような感じで、お父さんが私を思っているということがぱっとわかったんです。私がお嫁に行ってから冷たい冷たいと思って恨んでいたのが、逆にこっちが鬼みたいに残酷だったって気がしてきたの。瞬間、顔じゅう涙になっちゃって、声を出しちゃって、それで窓んとこなんかもう何にも見えない。それだから、私いまだにお父さんのそのときの寂しいすがった気持がね、バラのトゲみたいで……。そのトゲも優しいトゲだと思う。私、お父さんの恋愛場面見たことないけど、とてもやさしい愛情だと思う。だから、そのトゲも、出たばかしの芽に、よく曲がるような優しい芽があるでしょう、桃色のトゲ。あれがもう私の胸のいちばん奥にそのとき刺さっちゃった。そして悲しいって言ってる。向うは刺すつもりは毛頭なかったけれど、刺さったトゲは、もうぜったいに取れない。いま私、どんな大恋愛をしたとしても、あのトゲだけはとれないと思うんです。

**三島**　なるほど、これはほんとにいいお話だ。

（昭和四十年十一月八日　赤坂　シドにて）

# 文豪鷗外の肖像

小堀杏奴
大岡昇平

## 鷗外文学との出会い

**大岡**　お書きになった文章を拝見すると、お父さんのお亡くなりになった当時、あなたは十四歳だったようですね。そのころのお父さんがどんなお仕事をなさり、どういうご苦心をなさっていたなどについて、ご記憶がおありですか。

**小堀**　私が父のものを読み始めたのは、亡くなった翌る年、十五歳ごろからのことですから、それほどはっきりした気持で、生前の父を見ていたわけじゃないということになりますかしら。

**大岡**　今度の巻で僕が解説したのは、晩年の史伝・歴史小説についてですが、こういう種類のものも当時お読みになったのですか。

**小堀**　史伝のほうはかなりあとからですが、歴史小説としては「山椒大夫」とか「寒山拾得」とか、わかりやすいものから読んでいきました。

**大岡**　そういえば「寒山拾得縁起」に、お子さんにしゃべったとおりを、ほとんどそのままに書いたのが「寒山拾得」であると言っておりますね。

**小堀**　それが妙なことに、兄（於菟氏）も知らない、姉（茉莉氏）も知らないというんです。そうすると、話をしてくれたのは私ということになるんでしょうが、あまりはっきりした記憶がないんです。ただ、床の間に掛けてあった軸を見て、それが寒山拾得の絵だったんですが、この人たちはどういう人なのって質問したことは覚えているんです。子どもごころにも一風変った人たちに見えたものですから。

**大岡**　僕が鷗外先生のもので最初に読んだのは、確か「即興詩人」だったと覚えていますが、中学生のときでした。

**小堀**　私もあれを読んだのは女学校のときでした。

**大岡**　今から見れば、かなり古典的な文体ですけど、当時は、読んでいてひっかかるというようなことはありませんでしたね。

**小堀**　私は明治四十二年生まれですから、大岡先生と同年ということになりますけど、私ども小学校のころの綴り方なんというのは、「桜の花、散りかかりぬ」なんていう美文調でしたから、案外すらすらと読めました。

**大岡**　今の若い人なんかにはどうでしょう。かなり抵抗があるかも知れませんね。

**小堀**　そういう点を考えると、フランスなんかじゃ、子どもにずいぶん古典を勉強させますね。びしびしつめこみ主義で……。あれはひじょうにいいことじゃないかって、このごろ思うようになりました。

**大岡**　同感です。お父さんは、そういう古典などをこんなものを読めといって、あなたにお渡しになるというようなことがありましたか。

**小堀**　父はそういうことはいっさいいたしませんでした。ただ「雑誌を読むな」ということは申してましたね。読むのなら単行本を読めって。読み捨てにするようなものは相手とせず、本としていちおうまとまったものなら、やはり読んでおいていいというように考えていたらしいんです。それが今でも妙に頭にこびりついていて……。とくに幼い私に父がすすめてくれたものといえば、鈴木三重吉さんの「赤い鳥」くらいでしょうか。

**大岡**　小学校五年のときでしたかね、僕は「赤い鳥」に投書したことがあるんですよ。

**小堀**　実は私も投書したんです（笑）。結局はボツになりましたけど……。

## 森林太郎の日常

**大岡**　それにしても、僕ももう五十七歳になっちゃったわけで、確かお父さんが「渋江抽斎」をお書きになったのが五十五のときですか、それくらいですね。

**小堀**　満で五十四です。

**大岡**　お父さんのように、仕事をきちんきちんと片づけていかなきゃいけないんだということが、このごろになって僕にもわかってきたんです。僕ら酒を飲む癖がついちゃってるから、夕方になると飲み始めて夜はもう仕事をしない。鷗外先生は、役所からお帰りになって、また仕事をおやりになったわけですね。

**小堀**　私がものごころのついたころは、図書寮と博物館へ一日おきに通っておりましたけれども、いわゆる官吏の生活でした。それがうちへ帰ってからでも、読んでいるか書いているか、二つのうちどちらかをしないでいたということは、ほとんど記憶にないんです。

**大岡**　眠られるときのほかは、読むか書くかという生活ですか。

**小堀**　むろんそれ以外の時間だってあったはずですけど、記憶に残っているのは、そのどちらかでした。でも、子どもの相手なんかふつうの程度にはしてくれました。私、小さいときとても甘えっ子で、寝るときなんか父が手を持っていてくれないとだめだったんです(笑)。そのあとまた、書斎に入って二時から三時ごろまで筆をとっていたらしいんですね。

**大岡**　遅くやすまれても、朝のご出勤があるから七時ごろには起きられたわけでしょう。

**小堀**　そうですね、子どもといっしょに起きていましたから。そのかわり、昼寝なんかでも、ほんのちょっとの間に深く熟睡してたようです。

**大岡**　僕もこのごろ昼寝の癖がついちゃいましてね。夜、四時間か五時間寝て、昼もぐっすり二時間ぐらい寝ちゃうんですよ（笑）。しかし疲れが残りますね、寝疲れというのか……。

小堀　父の場合は五分か十分ぐっすり寝て、それだけで、パッと回復してたようです。

大岡　それはお医者さんだから、そういう理屈をよく知ってたんですよ。いろんなことをきわめて合理的にお考えになっている。しかし、お書きになったものには、必ずしも医学知識として出しておられない。このごろふっとそう感じることがあるんですよ。

小堀　衛生学だから……。

大岡　しかし、医学の基礎をすべてご存じですからね。お医者さんの考え方というのは、ふつうの人とちょっと違うところがある。人間の弱さ、具体的な弱さについてみんなよく知っているのです。

小堀　そういうこともありましょうね、きっと。それから私、父の生活について最近つくづく考えさせられているのは、秩序ということなんです、生活の。たとえば子どもの世話だとか、そういうことを少しも億劫《おっくう》がらずにやっていて、しかも、パッと切りかえて自分の仕事に入る……。

大岡　僕らもそういう切りかえをやれるようになったのは、ついこのごろなんです。それは、お父さんはもうたいへんな秀才だから、若いときからあるいはそうだったかも知れませんけども。僕なんかこの年になって、やっといろんな考えの筋が頭の中にできあがっていて、机の前にすわりさえすれば、そのどれかに従って書けるというような状態にはなって来ました。僕は今、それをやりやすいように、書斎をいろいろもっているんです。外国のものをやるときはどこの書斎、現代ものはどことというようにして。

小堀　その書斎におすわりになると、すっとそのお気持になれますか。

大岡　まわりにその関係の本や資料を置いてありますからね。お父さんのころは、書斎をいくつももつというようなことはなかったでしょうけど。

小堀　父の書斎は一つでした。

大岡　そこらがちょっと、われわれと偉さが違うところで……。でも、お父さんは特別ですよ。若いころから大秀才なんだから。

## 史伝の世界をめぐって

大岡　史伝については、いつごろお読みでしたか。

小堀　若いころ「渋江抽斎」なんかもひととおりは読んだのですけども、それはただ父のものだから知っておかなくちゃいけないというふうな、お義理みたいな気持ちだったんですね。あの長い「抽斎」を初めから読んできて、途中までくるともう初めのほうは忘れるというぐあいで、抽斎の人物に惹かれて読みすすむというようなことではなかったんです。

それが年とってから読むと、だんだん面白味がでてきて、もう本をおくのも惜しいというようになりました。

**大岡**　そうですね。僕なんかも、お父さんの歴史ものを拝見したのは大学に入ってからでした。

**小堀**　父が歴史ものに取りつかれてるころの思い出なんですけど、私よく父の散歩について行ったんです。お墓だとか、お寺だとか。今から思うと津の国屋のお墓だろうと思うんですけど、その散歩のコースというのが、だいたいきまっていたんですね。団子坂上から太田道灌のお屋敷の前を通って、一炉庵とかいうお菓子屋の横を通って、昔の一高、からたちの垣根が土手になっていたあそこに出るんです。ちょうどその前あたりにあったお寺に行くんです。お寺の境内に入ると、父が「ここだ、ここだ」なんて言って、お墓の前にしゃがみこんで、それから裏へまわって手帳を出して、しきりに何か書き込んでいたのをよく覚えています。

**大岡**　お父さんの散歩には、あなただけついていらした。

**小堀**　弟なんかは、お寺だのお墓だのに行ってもつまらないと思ったんでしょうね。私は特別父が好きで、しょっちゅう側にいたかったものですから、「きょうはお寺だからつまらないぞ」なんて言われても、くっついて行くんです。ときどき青木堂あたりで、アイスクリームなんか食べさせてもらったりしましてね。それから、白山上の玄誠堂とかっていう古本屋さんだとか、神田の古本市なんかにも、よく連れてってもらいました。ですから、当時の父の散歩は、お墓とお寺と古本屋さんが目あてってことになりましょうか。

**大岡**　古文書の踏査だけでなく、足でもずいぶん調べられたわけですね。

**小堀**　それは丹念な人でしたから。それから、これも私が年とってから感じたのですけど、たとえば「渋江抽斎」だと、伊沢蘭軒とか狩谷棭斎、森枳園なんという方たちのことから、ずっと説きすすめてきますでしょう。そしてのちになってさらに「伊沢蘭軒」なんていう作品にまとめる。抽斎という人物を調べるのに、その周囲にいたいろんな人を調べていって、またその中心人物に集中していく。それからまた枝をのばしていくというふうなやり方を、ほんとうにこのごろになって、自分でも興味を持ちだしたのです。

**大岡**　鷗外先生の史伝を拝見していると、書いていて、もう面白くてしようがないというような感じですね。

**小堀**　きっと、さぞ面白かっただろうと思います。そういう点から父のことを考えると、ほんとうにディレッタントみたいな、傍観者のような、冷淡な人のように見られるんですが、実生活から見ると、几帳面で、まじめで、あったかい人でした。母はどっちかというと、いい人間でしたけど、子どもの世話なんかは届かないほうですから、私なんかは父に、お父さんとお母さんのもつよさというものを両方感じていたようでした。

**大岡**　作品の中にも、そういう実生活のこまごました、人間のちょっとした日常的な、箇単な、お茶の注ぎ方とか、お箸の持ち方だとかいうようなものにも、よく目が届いていたということがわかります。たとえばこんなことをお感じになったことはありませんか、「山椒大夫」の中に出てくる子どもの動作なんかで、この部分は、あなたの動作から取られているなというようなことはありませんか。

**小堀**　あまり感じたことはございません。それよりも安寿という名前が杏奴に通じますでしょう。それで年がちょうど、父の亡くなったとき十四歳で、弟が二つ下の十二歳で。あれを読んだときは、ほんとに目がまっかになるくらい泣いちゃいました。ちょうど父の亡くなったあとに読んだものですから。

## 明治精神の脈打つ男性の文学

**小堀**　「渋江抽斎」については、ちょっとした話があるんです。永井荷風先生の亡くなられたときのことですけど、私の主人（画家・小堀四郎氏）がわりに親しくしていただいていたものですから、お亡くなりになったということを伺って、すぐ市川のお宅へ駆けつけたんです。おひとり暮しでああいうご最期でしたから、警察のほうでどなたも中に入れなかったんですね。それで主人が、まあ生前親しくしていただいたということで、最初にお部屋に入ったんです。ですから、全くの亡くなられたままの状態だったわけですが、そしたら荷風先生の枕もとに、本がページを開いたまま伏せてあったんです。何を読んでらしたのかなと思って、取り上げてみたら、それが父の「渋江抽斎」だったんだそうです。

**大岡**　なるほど。僕もなんか気がはれなくなると、鷗外先生の晩年のものを読みます。

**小堀**　何かシンが強いというか、浮わついたところがないのが、そういうときの魅力になるのかも知れません。父らしい生き方というか、「高瀬舟」とか「寒山拾得」などの作品に見られる生活態度に何か通じるものがあるような気がします。軍医総監とかそういう華やいだ肩書きとは、およそうらはらな人なんですね。

**大岡**　そうですね。ほんとにコツコツと仕事を積み上げてゆく、あの精神はね。でも、若いころはずいぶん派手に論争もなすっていますね。山田美妙の「日本韻文論」を批判したり、医学界の人ともやりあったりしていますね。

**小堀**　若いころは、母から聞いた話ですけど、夜遅く帰ってきて、どんどん戸をたたいて「おれだ、おれだ」というような、そんなこともあったらしいんです。軍人でしたからね。そういう潑溂とした男性的な父というものを、私は全然知らないわけです。つまり、年とってしまって、完成された五十歳を越した父しか知らないんです。

**大岡**　晩年のお父さんは、論争からは遠ざかって、主張を通すのには小説でやっている。たとえば乃木大将の殉死なんかにしても、あれは封建道徳の残滓《ざんし》だなんていう世の中の批判に対しても、そうじゃないということを「興津弥五右衛門の遺書」というような、小説の形でお出しになっている。

**小堀**　そうですね。「弥五右衛門の遺書」の伽藍の木の本木と末木の話だとか、「阿部一族」の弥一右衛門だとか、ああいう古武士的な、うなじをそらして出仕し、うなじをそらして退出するというふうな、それは外に現われるものじゃなくて、気骨みたいなもの、そういうものに対する共感を、晩年の作品にひじょうに感じるんです。

**大岡**　精神主義というか、そういう気骨を明治人は秘めておりますから。

**小堀**　ええ、父にひじょうに強靭な精神的なものを、一人の男性としても感じます。あの感じが、ことに近代の男の人にわりと少ないからかも知れませんが。

**大岡**　ほんとうに「男の文学」と言ってもいいんだな。文学にもいろいろありましてね、男のくせに女みたいな文学を書く。女のことをいろいろ書いて、それで女の読者を誘惑して、あの作家はよく女の気持をわかってくれるわね、てなことで、点をかせいでる作家もたくさんいるわけですけれども、そうでない文学というのは別に系統があるんです。これは逆説だけど、鷗外先生が晩年にお書きになった女性像というものも、わりあいに理想化されていますね、女性はこういうふうにあればいいという理想、古風ではあるけれども。

**小堀**　あんまり現実が理想と離れていたからかも知れませんね（笑）。

## 文豪の死とその前後

**大岡**　晩年のお父さんはどうでしたか。少し異常だというようにはお感じになりませんでしたか。

**小堀**　なにか、ひじょうに気味が悪いような気がいたしました。それまでは先ほどお話ししたように読むか書くかして、ぼやっとしているようなことはなかったのですけど、あるとき、ふと気がつくと、父が私のやることをほんとにじっと眺めているんですね。そのころは、ふつうだったら寝ていなければならないような状態のときだったのですけど、起きていたわけです。それでいてひじょうに神経がとがっていましてね。私が何か用があって、ひょっと向うに行ったらひどく気にして、なぜ急に立って行ったのかということを、母にくどくど言っているんです。そういうことも初めてでした、私の記憶では。

**大岡**　お亡くなりになるときに、最後に「ばかばかしい」とおっしゃったという伝説がありますが。

**小堀**　あれは嘘なんです。嘘というかまちがいなんですよ。

**大岡**　だれが言いだしたんです、あれは。

**小堀**　付きそっていた看護婦さんなんです。その看護婦さんというのは、たいへん空想的なひとで、文学少女というか、いえ、もう年をとっておりましたから文学中年婦人というのでしょうか。そんなひとで、いろいろ空想をしちゃったんですね。父が六十いくつで、母は四十ちょっと。二十歳ぐらい年の開きがあったし、それに母はひじょうな美貌だった。そんなこんなで、俗にいうお家騒動みたいなものを空想しちゃったんです。母が玄関番をしている美男書生に、たくさんの父の蔵書もみんなやることになったとか、そういうことをへんな雑誌に書いて出したんです。

**大岡**　「ばかばかしい」というのは、その中にある言葉なんですか。

**小堀**　そうです。だけど事実は、まったくそういうことはないんです。第一、そのときいた書生さんというのは、ちょっと知恵の遅れた十三ぐらいの子どもなんです、だから、全然話が違うわけです。

**大岡**　ご臨終のときには、皆さんいらしたわけでしょう。

**小堀**　いいえ、兄はドイツに行ってましたし、姉夫婦はパリでしょう。私は「渋江抽斎」の中にも出てきますが、陸羯南《くがかつなん》という人のお嬢さんのところへやられていたんです。ですから臨終に立ち会ったのは母だけです。

**大岡**　それで反駁か何かなさったんですか、お母さんは。

**小堀**　そのころは母ももう書かなくなっていましたから。ただ私はのちにその間の事情を「芸林閒歩」に書きました。今さら神経質すぎていやなんですけど、父が最後に言った言葉は、「もうじき治る」というのだそうです。そのときに父の枕もとで母がひじょうに泣きました。あなたに死なれて、私は子供を抱えてどうしようというように言ったらしいんです。もちろん父は昏睡状態ですから理解はできなかったでしょうけど。でも耳が残るそうですね。それで慰めるつもりか、「もうじき治る」と言ったのが、舌がもつれちゃって「もういきなおる」と聞こえたんだそうです。

**大岡**　なるほど、そういうこささえ話が、えてして伝説化されちゃうんですね。

**小堀**　晩年の父というのは、ほんとにもういたわりというか、常に他人をあたたかく抱擁していく思いやりというのが、死の瞬間まで消えなかったように思えるんです。

**大岡**　作家としても人間としても超弩級の方だったんですね。それではこの辺で……。

（昭和四十一年十一月十九日　虎の門　福田家にて）

# 田山花袋とその周辺

田山瑞穂
平野　謙

## 家庭のプライバシー

平野　今日は、小説家を父親にもった子供の立場ということから田山瑞穂さんにおいでいただきまして、いろいろ思い出話などしていただけたらと思います。なぜこういうことを思いついたかと申しますと、本巻に収めました田山花袋、岩野泡鳴、近松秋江の三人は、大まかにいって、日本の近代文学史上で、私小説の開祖とか、私小説作家と呼ばれる、つまり自叙伝的な作品を書いた作家たちといってもいいので、そういう自分のことを題材にする作家、たとえば、花袋の「蒲団」「生」にしても、身辺の事情や肉親のことを書いたもので、いま、やかましくいわれているプライバシーにふれる点が多いわけですね。ところが、いわゆる私小説作家といわれる人たちには、自分からプライバシーを公開するというような傾向があって、こうした作家を父親にもつと、プラス、マイナスいろいろと普通の家庭の子供とは違ったことがあるのではないか、という気がしたわけです。

田山　父はいつもこういっていましたよ。自分のことがしっかり書けなくて、なんで他人のことがうまく書けるかって。そういう態度とか考え方は、どの作品にもずっと出ているのではないですか。

平野　たとえば、広津柳浪などは、子供が大きくなってくると、色恋沙汰の話などは、どうも面白くないというようなこともあって、途中で小説をお書きにならなくなってしまったとかいう話ですが。

田山　しかし、父もそのことはずいぶん気にはしてました。なるべく、これから世の中に出る子供にさしつかえがあってはいけないから、その点はなるべく避けようという調子でした。まあ、晩年になって、「恋の殿堂」あたりでは多少は書いてはいますが。

平野　もちろん、お子さんのことを直接書くということは、なるべく控えたいと思うのは当然ですが、しかし、こういうことを子供に読ますことは具合が悪いということは、文学上の建前からいうと、やはり、第二義第三義的なことで、書きたいことを書かなければならないから書くんだという芸術至上主義みたいなものがあったんではないかと思いますね。

田山　それはそうだと思いますが、でもやっぱり、自分の書いたものを子供に見せるのは、あまり好んではいませんでした。しかし、子供のほうでは興味をもって見ますよね（笑）。もう中学生くらいになると、こっそり書斎に入って見てきたり。おれのものは見るななんていいますけれど、年ごろになればね。

**平野**　先ごろ亡くなった伊藤整さんの家庭では、伊藤さんの威令ならび行われていて、奥さまも、お子さまも伊藤さんのお書きになるものは全然読んでおられなかったそうです。伊藤さんのご家族は、一家の家長に対して、非常に従順にみんな服従していたかのごとく見えますね（笑）。でも一般にはなかなかそうはいかなくて、岩野泡鳴さんなどは、奥さんを何度も変えて、そのために最初の奥さんのお子さんの岩野薫さんなどは、父《てて》なし子みたいな、いろいろいやな扱いを受けて、ずいぶん特殊な苦労をされたというように承知しています。

**田山**　晩年になってからですが、「おれの書いたもの少しはわかるか。それなら読んでもいいよ」といわれたことがありました。お前たちだけは、いちばんよくわかってくれるんじゃないかな、なんて（笑）。

## モラリスト花袋

**平野**　花袋は、昭和五年五月、五十九歳で亡くなったわけですが、田山さんはそのとき、おいくつでした。

**田山**　ぼくが大学を卒業する年です。

平野　それではもう、お前たちがいちばんよくわかるんじゃないかということも、大人として遇していわれたことですね。まあ、泡鳴などが最も典型的ですが、自分の真実を貫こうとすると、その当時の風俗や習慣、たとえば一夫一婦制を否定するというような生き方が、結果として出やすくなって、在来の常識からいうと、一種の家庭破壊、家庭紊乱ということが、ことに自然主義的な私小説作家に多く起りがちになる。後世の文学史家や文学愛好者は、それを破滅型とか称して一種理想視しますが、家庭にいる人たちにとってはそれだけですましていられるわけはありませんね。

田山　父などは、口ではそうはいっていましたが、案外気をつかっていて、道徳的だったですよ。自分では悩んだり、平凡な家庭生活にあきあきして、「山荘にひとりいて」などを書いてますが。しかし、家庭にはそれを持ち込まなかった。ですから、私自身、父の作品のことで困ったことは、まったくありません。

平野　そうでしたか。徳田秋声が、五十歳過ぎてから、若い女弟子と恋愛関係におちいる。お子さんたちはもうかなりの年齢に達していて、新聞ダネになったりすると、友だちとか、学校などでは、いろんな間の悪い思いをして、普通の父親に対するのとは違った、特殊な感情が当然あったのではないかという気がしますね。

田山　おやじはそういうことは、おれのしていることは隠れ家だから、お前たちには関係ないんだぞ、という主義でしたよ。あまり家庭に対しては、かまいつけないというほうでしたね。

## 藤村のこと

**平野**　「蒲団」や「生」については、「東京の三十年」という回想録にいろいろ触れられてますね。「東京の三十年」は、「近代の小説」とともに、作家の回想録としては傑作のひとつだと思うんですが、あそこには田山さんご自身のこともちょっと書かれていますね。

**田山**　「蒲団」が発表されたのが、明治四十年九月、私が三十七年の生まれですから、三年後ですね。

**平野**　「蒲団」の女主人公が、花袋の目の前に現われたころお生まれになった。

**田山**　私、おぼろげながら、あの岡田美知代という人を覚えていますよ。私が小学校の、あれいくつくらいだったろう。水野仙子さんと歌人の今井邦子さんと三人で初台に住んでいたことがあるんです。

**平野**　水野仙子もそうでしたね。当時女だけで共同生活をすることなど、たいへんなことだったんでしょうけれどね。それから「生」に書かれている花袋のお母さまや、お兄さまのことはご存じないわけですか。

**田山**　ええ、全然知りません。

平野　太田玉茗《ぎょくめい》とは、どういうご関係ですか。

田山　あれは母の兄ですよ。私からいうと伯父さんですね。

平野　岡田美知代は、後に永代静雄と結婚して、その間にできた子を玉茗のところに預かってもらうという話も、ずいぶん面白いことですね。たしか「縁」に書いてありますね。

田山　埼玉県の羽生《はにゅう》にある建福寺という寺です。その子の墓もそこにあります。

平野　そうすると「田舎教師」の主人公と同じところですね。玉茗の関係で「田舎教師」の題材などもお知りになったわけですね。

田山　非常に親しくしてまして、何かというと羽生に行ってました。あそこの二階に大蔵経があって、それを読んだり。「ある僧の奇蹟」などもあそこから出ているわけです。

平野　「残雪」もそうでしょう。後年、花袋のなかに宗教的なものが色濃くなってますが、玉茗などの影響によるものでしょうね。花袋は、独学で実にいろんな勉強をされていて、語学もずいぶんおできになったとか。いつか中村光夫さんが、花袋の外国文学における知識は驚くべきもので、ぼくなどとても及びもつかないということをいってました。

田山　いまでも原書が少しは家に残ってます。モーパッサン全集など、はじめ安いほうを買って読んでしまってあとから高い本を買ったりして。戦災にあったり、防空壕に埋めたりしてずいぶんひどくはなりましたが。

平野　当時は松岡姓でしたが、柳田国男さんとも親しかったようですね。晩年までもそうでしたか。

**田山**　そうですね。ただ柳田さんとは仕事の性質もちょっと違いましたので、意見の合わないところもあったらしいです。でもお互いに競争心はありましたね。

**平野**　しかしライバルという点では島崎藤村でしょう。いちばん親友でもあったし。

**田山**　あれで全然性質は違うんですよ。父のほうは、宴会などあると、真っ先に自分でやっていくほうなんですが、島崎さんはおっとり構えている。席に出ても、島崎さんは千両役者みたいな顔をしているのに、父のほうはあっちへ行ったり、こっちへ行ったり。文章にしてもそんな感じ。島崎さんのは、まあそこに静かに坐って読めという感じですが、父のものは、読んでるうちに駈けだしたくなるような。

**平野**　そういうところはたしかにありますね。これは有名な話で、一種の伝説なんですが、花袋が危篤になったとき、藤村が見舞いに来て、「死んでいく気持はどういう気持がする……」といったとか。これはたしか前田晁《あきら》さんが書いてますが。

**田山**　私は前田さんのいっていることについてはよく知りませんが、こんなことではありませんか。「百夜」の女主人公というのが、自分の家に花袋の写真を飾って拝んでいるような、たいへんな花袋ファンで、どちらかといえば神経質なところもあるものですから、「島崎さん、あんなことといってひどいじゃないですか」というようなことを、前田さんにいったのではないですか。それを前田さんが耳にしたということでしょう。たしか前田さんはあの場に居合わせなかったと思います。私の受けた感じでは、けっして残酷だとかいうものではなくって、むしろ、ああよく聞いてくれたというようなものです。私は島崎さんがそういったのを脇で聞いておりましたから。

**平野**　なるほど、そういうことでしたか。

**田山**　その証拠には、それより前に柳田さんがお見舞いにみえられたことがあって、そのとき、柳田さんが父に「しっかりしろよ」とかいって慰めるわけですよ。そうすると、父はなにくそという感じなんでしょう、きっと。いまにお前もこうなるぞ（笑）。

**平野**　あの話の真相はどうであれ、とにかく観察というものを武器にした作家同士らしいものがありますね。文学的なエピソードとして悪い話ではない。藤村もそうですが、今度の巻には泡鳴も入っていて、例の竜土会で親しかったわけですが、泡鳴のご記憶は何かありますか。

**田山**　いや、ないんですよ、秋江さんも知らないんです。

**平野**　「東京の三十年」には、秋江の例の「別れた妻」といっしょのころ、田山家とはご近所のような……。

**田山**　私はまったく秋江さんを知らないんですが、ただ父が、作品の題名は忘れましたが、失恋した主人公が、自分で自炊かなんかしていたのかな。朝、ご飯を食べようとして支度しているうちに、おつゆか何かを火鉢にすっかりこぼしてしまって灰神楽を起す場面があるんだそうですね。それを、これは面白いな、なんていっていたことを覚えていますよ。

## 独歩のこと

**平野**　そうですか。それでは藤村といっしょで、また藤村とは違った意味で親友だった国木田独歩も、明治四十一年に亡くなっているわけですから、ご記憶はないわけですね。

**田山**　独歩さんの記憶もございませんね。ただ文章を読むと、とても気持のよさそうな青年ですね。国木田さんのことでしたら、母がよく知っていたんでしょうけど。

**平野**　お母さんはまだご健在ですか。

**田山**　いや去年亡くなりました。数えで九十歳でした。

**平野**　それはご長命でしたね。文学史的な生証人ですから、しかるべき人がいろいろお話をお聞きしておけばよござんしたね。残念なことをしました。

**田山**　独歩さんのことは父からのまた聞きですが、とにかく非常に若々しい青年で、感じのいい人だったとは、よくいってました。

**平野**　渋谷がまだ渋谷村といったころの、たいへんな田舎で、丘の上の一軒家みたいなところに、弟さんと二人して住んでいて、そこにはじめて、花袋が玉茗といっしょに押しかけるわけですね。「東京の三十年」に出ていますよ。

田山　ええ、あのへんの文章は面白いのでよく読むんです。独歩さんが花袋の仲人ですからね。

平野　ああ、そうですか。

田山　柳田さんと独歩さんの二人が月下氷人です（笑）。

平野　すると、普通の結婚式とは違った、ちょっと型破りだったわけですね。そのころ独歩は、例のお信《のぶ》さんに失恋して、まだ治《はる》さんとは結婚していなかったはずですから、独身のはずです。普通独身では仲人にはなれないんですけれどね（笑）。

田山　なんかこまごまやってくれて、独歩さんの口ぞえもずいぶんあったらしいですよ。

平野　しかし、独歩も茅ケ崎の南湖院で亡くなるときは、ジャーナリズムでずいぶん騒いだものらしいですね。

田山　どういうわけですか。

平野　やっぱりあれは、花袋による自然主義の勃興ということが、いちばん大きな背景になっていたのではないですか。つまり、独歩が、「独歩集」とか「運命」とかいう作品で、新しく再評価されかかって、作家として重要視されつつあったときに病気になってしまうわけですね。特に、読売新聞に正宗白鳥などがいて、読売新聞が中心になって独歩の病状を詳しくニュースにしたりしていたわけですから。

## 鏡花のこと

**平野**　お母さんからお聞きになった明治の文学者では、そのほかにどういう人がおられましたか。

**田山**　泉鏡花さんのことも話してましたね。あのころ、いまのお濠端の近くで、私の祖父母が小間物屋をやってまして、そこに玉茗伯父をたずねてよく鏡花さんなどが遊びに来られたのだそうです。それであるとき鏡花さんが車でやって来られて、玉茗伯父と二階で議論を始めるわけですね。車屋のほうはいつまで待っても客が戻って来ないので、これはだまされたと思い違いして、途中で帰ってしまうわけですね。鏡花さんは鏡花さんのほうで、長話をすまして二階から降りてくると、待たせておいた車がいないので、どうしたんだろうなんていいながら、とことこ帰っていくわけです。すると次の日になって車屋がやって来て、昨日のお客はどういうお客ですかなんて、母のところに聞きに来たとか。ずいぶん変わった人だったといってましたね。

**平野**　そんなところもあったんですかね。

**田山**　それから、文章を書くとき、火鉢の中の灰に、かならず指先を突っ込んだりしないと書けないんだとか。ひとつの癖だったんでしょうかね。

**平野**　雷がきらいだとか、犬をこわがったとか、ナマ物が食べられないとか、そういう話は聞いたことがありますが、灰の中に指先を突っ込むという話ははじめてだ。自然主義が確立してからは、鏡花はその反対側にいた人ですから、まだ「蒲団」を書く前の話ですね。

**田山**　でも若い時分はみな同じ仲間だったんですね。

**平野**　自殺した川上眉山のことなどは……。過渡期の文学者として、いろいろ苦しんだ人らしいですが。

**田山**　母も眉山という人はりっぱな人だったということをいってました。

**平野**　花袋は尾崎紅葉門下ではもちろんないけれども、江見水蔭などとも親しい時期があったわけですから。

**田山**　玉茗さんがいるものだから、花袋もくる、鏡花もくる、独歩もくる、いろんな人が集まったらしい。

**平野**　玉茗はそのころ東京ですか。

**田山**　早稲田の学生ですから、そこにくる人たちもまだまだ若い時分のことですね。柳田さんも高等学校の学生で見えたらしいですよ。

## 職業作家のはじめ

**平野**　北村透谷が死んでから、「文学界」の人たちと花袋が接触して、そのころからはじめて藤村たちとも知合いになるわけですが、藤村は別にしても、上田敏や柳田国男など、当時はまだほとんどが学生だったようですね。ところで「東京の三十年」は、自叙伝というよりは、一種の文壇側面史みたいなもので、花袋の十歳くらいから書かれている。子供のころは生活的にもずいぶん苦労されてますね。明治の人というのは、みんな大なり小なり笈《きゅう》を負って上京したわけで、ことに徳川時代から御一新によってがらっと世の中が変わったからですね。それに花袋のお父さんは西南戦争で戦死なされるような不幸も重なっていますし。でも不思議に暗いところやいじけたところがなくて、骨太で、積極的ですね。

**田山**　困難にめげない、運命を自分から切り開いていくところがありました。自分で思うことはどんどんやっていく。ですから、ある人から見ると、出る釘は打たれるようなところがあって、当時は父も、いろいろと悪口もいわれたらしいです。

**平野**　博文館に勤めて「文章世界」の主幹をしてましたが、あの編集のお仕事も文学史的には大きな役割を果たしていますね。

**田山**　大正に入ってすぐに、十三年間勤めた博文館をやめて、そのあとを前田晁さんに譲ったわけです。けれども前田さんもすぐおやめになったようです。

**平野**　明治時代の作家は、ことに自然主義以前は、斎藤緑雨のことばではないですが、筆一本ではなかなか生活していけなくて、みんな新聞記者や雑誌記者をしてやってますね。

花袋が勤めをやめて職業作家として一本立ちになったのは、文学史的にははじめてのことでしょう、藤村もそうですが。その後に、「白樺」派が興って、就職する必要のない御曹子中心の世代が出てくる（笑）。

**田山**　母などは、父が博文館をやめたら、がっかりしちゃったらしいですね。

**平野**　それはそうでしょう。当時、勤めをやめた作家の奥さんは、これはたいへんな苦労だったでしょう。

**田山**　それで生活のために、馬車うまみたいに、自分の意に添わないようなものまで書かなければならなかったわけですよ。

## 旅のことなど

**平野**　花袋は、作家であると同時に、一種の旅行家といいますか、紀行に関する著述も多いですね。小説以外の、今日でいえばアルバイトのようなものでしょうか。志賀重昂あたりの影響からきているんでしょうが、その開拓者でもあったわけですね。大町桂月から花袋にいたるまで、みんな交通の不便な時代によくやったと思われます。

**田山**　旅行は好きで、夏休みになると私も連れていってもらった。出かける前に、クチナシの実を溶いて、木版で原稿用紙を刷らせられました。二、三百枚刷って、風呂敷に鉛筆と必要なだけの原稿用紙を包んで行くわけです。でも厳格でしたよ。私なんかちょっとこわかった。いつも観察されているような気がして。

**平野**　勤め人を父親にもっているのと違って、勤め先が家の中にあるようなものですからね。

**田山**　だから子供としては、たまにはどっかへ行ってくれればいいなと思うときもありました（笑）。父が旅行などへ行ってしまって、一、二ヵ月いないと、ほっとしたこともありますよ。母までが喜んでいた（笑）。

**平野**　お子さまという立場を離れて、花袋の作品のなかではどんなものがお好きですか。

**田山**　短篇に好きなものがありますね。「一人の最後」「小さい麦畑」など。それと長篇では「時は過ぎ行く」ですね。

**平野**　「時は過ぎ行く」は、花袋における「夜明け前」みたいなもので、あれだけ長い時代にわたった題材を、巨視的にうまく書いてますね。私は「田舎教師」なんかも好きです。明治という時代の田舎の青年像を実によく描いています。

（昭和四十五年三月十四日　番町　福田家にて）

# 徳田秋声の人と作品

徳田一穂
川端康成

## モデルについて

徳田　お忙しいところを解説を書いていただきまして、ありがとうございました。

川端　解説にはなりませんでした。解説のはしがきになってしまって……。

徳田　先生は秋声にいつお会いになったのですか。

川端　ちょいちょい伺うようになったのは、小山書店の「八雲」というのが出てからでしょうね。島崎藤村先生にも「八雲」で僕は初めてお宅へ伺いました。島崎先生は編集同人でしたから。志賀直哉さんにも、やはり「八雲」の編集同人ということで、お会いするようになりました。徳田先生のところには、原稿でもお願いに行くようになったのでしょうかね。

徳田　だいぶ体が弱っていて、なにも「八雲」へはお書きできなかったわけですが。

川端　なにかいただいてますよ、しかし。あれは、昭和十六年ごろですかね。

徳田　ところで、これは「仮装人物」に関係のあることなんですが、驚くなかれこういう手紙があるのですよ。（差出人が川端康成としてある手紙を手渡す）それは山田順子さんの手紙ですよ。

川端　私の名前を使っているのですか。

徳田　順子さんの手紙は、ぜんぶ保管しておりますけれども、これはまだどこにも公開してない。ただ一度先生に見せておいたほうがいいと思いまして。

川端　これは不思議ですね。

徳田　いまや死人に口なしですけれども、親父が先に死んだものだから、事件のあとまで親父が順子さんを追っかけたように言いふらされているそうですが、そうでないことはこの手紙でわかるわけですけれども……。

川端　私の名前を使っているのはどういうわけだろうな。この時分は、まだ私はお宅へ伺っていませんよね。

徳田　そうですね、もちろん会などではお目にかかっているとは思いますが。それで、ご存じかもしれませんが、三津木貞子さんという人が、母が死んだ時に、あとにどうかといった話があったらしいので、三津木さんの名前を使った手紙がこの時分にはあるのです。しかしほかの作家の名前を使った手紙はございません。私もこの手紙を見た時に、ちょっと不思議に思いました。

川端　不思議ですね。これは順子さんが勝本さんのところにいる時ですか。

徳田　そうです。あの事件というのは大正十五年の正月に起って、昭和二年の終りごろまでおわっています。〝順子もの〟といわれる小説が書かれているのは二年までで、三年になるともう書かれていません。勝本さんのところへ行ったのは昭和三、四年ごろですかね。この手紙は五年の五月九日とスタンプがありますから、勝本さんのところへ行ってからです。

川端　「新世帯」には近所の商人がみんな出ているといわれているようですけれども、それはたしかじゃないようですね。

徳田　あれは私にはわかりません。「足迹」は私の母をモデルにして、「黴」は自分の家族をモデルにしている。それから「爛」は私の母の知り合いの勝山讃次という裁判所の書記なんかしていた人のことを書いた。「あらくれ」は、私の母の弟の半生を書いたもので、モデルはわかっています。今度この巻に入る五篇のうちで、「新世帯」を除いて、あとはみんな母のほうの材料というわけなんです。

川端　しかし、身内の方でもそんなに話を詳しく聞かれそうもないけれども、よく書けてますね。

徳田　親戚のあいだで、秋声は小説でも書けなかったら困った男じゃないかなどと言われていたらしいです。

## 事実と小説

徳田　「足迹」「爛」「あらくれ」が今話したようなわけで、それからあと「仮装人物」が順子さん、「縮図」が小林政子さんと、そばにいた女の人をみんな小説に書いている。

川端　それは和田芳恵さんが言っているように、女を書かしたら神様ですよ。

徳田　秋声の妻が庶民で、無学でというようなことが言われていますけれども、私の母親の方の遠い親戚で映画関係の人で小笹という人なんかは、あなたのおかあさんが女子大でも出ていたら、あんな小説書けなかったのじゃないかと言っていたけれども、面白いと思うのですよ。女子大でも出ていて、モデルにされていちいち文句を言ったら、ああいう小説は生まれなかったろうと思うのです。

川端　だけれども、よくああ書けたと思うほど身近なモデルを厳しく書いておられますね。

徳田　ええ。それから、女の人の目を通して現実を見るというような……私の母の目を通して人生を観察しているようなところがありますね。実は親父の古い写真を出そうと思って、あちこち探してたら、近松秋江さんの書いた私の母のお葬いのときの弔辞が出てきたのですよ。これですけれども。

川端　（弔辞を手にして）「秋声氏多年の傑作はことごとく夫人を通して時代、人情を観察したる結果なるかの感あり、夫人のごときはその点において実にみずから筆を持たぬ無名の芸術的女性であったと申さねばならない」とありますね。

徳田　私、秋声も秋声ですけれども、この母のほうが不当に……。

川端　そういうことは大いに訂正されたほうがいいですよ。

徳田　だいぶ前に「婦人朝日」に名作モデル集というのがあって、秋声と「縮図」のモデルと赤ん坊が写っている写真が載っていまして、これは秋声が七十歳の「縮図」執筆中の子供であるというふうになっているわけですけれど、その子供は産院からもらってきた子供で、秋声の子供じゃないのです。これは、のちのち、ちょっと物議を起しそうなことなので問題です。「縮図」のモデルの言うことをそのまま信用して書いておられるのでしょうけれども、もらったことを知っている人もいます。また、たとえばある本ではお袋の死後二週間ぐらいたったら親父がいなくなっちゃったのですが、その時に秋声の姉と妻の弟夫婦がいて、この三人に言われて一穂は迎えに行ったというふうに書かれている。「仮装人物」ではそうなのだが、実際には、信州の西福寺の住職である母の末弟にいわれて私は出かけたのです。その坊さんのことは「仮装人物」には書いてないのです。小説と現実は違うから、間違いがある。

川端　小説にあると、みんなほんとうだと思わせるところがありますからね。

徳田　小説家はみんなそうだと思うけれども、不必要な人物までぜんぶ小説のなかに書くのではないので、これは秋声だけの問題じゃないですがね。
川端　まあ私小説みたいに書くとみんなそうだと思うけれども、やはりそうではないですね。私小説でなくとも一般読者はそう思いますよ。
徳田　大きな時間の流れから見ればどうでもいいようなことだけれども、あまり愉快なことじゃないし、伝記ということになれば、直さなければならない。
川端　私は白山の家には伺ったことないですけれども、生島遼一さんが書いているのです。三好達治君に聞いたということで、私がたずねた時秋声先生がなんか肌脱ぎになっていて、膏薬を貼っていたというのですが、私は伺いません。林芙美子さんがこういう話を僕にしたのを、僕がだれかに話したのです。訂正するほどのこともないでしょう。
徳田　秋声は、膏薬なんか貼ったことのない人なんですがね。
川端　そうですか、お灸もすえたことないですか。
徳田　お灸は若い折り、しているのを見かけたこともあるけれども、膏薬は貼ったことないです。それに子供にでもちょっと肩を叩かせるとか、お湯へ入って人に背中を流させるとかは絶対にしない人です。

## 前期の作品について

徳田　「仮装人物」とか「縮図」とか後期の作品とくらべて、前期のものはどうでしょう。

川端　博文館の秋声叢書というのがありますね。あの巻を若干読みましたが、「新世帯」のような傾向は前からあるのですけれども「新世帯」で突如として変わって……突如というと言い過ぎだけれども。

徳田　「藪柑子」「雲のゆくへ」から見ればずいぶん変わって……。

川端　ずいぶん変わりますね。

徳田　それから「元の枝へ」とか「歯痛」だとか、たくさん〝順子もの〟を書いて七、八年たって「仮装人物」を書くのですね。「黴」を書くのも、「黴」の事件から十年ぐらいたっているわけですが、その前に「入院の一夜」とか、そういう短篇でデッサンみたいなものをとっておいて、あとでまとめて長篇になる。自分では意識しないでしょうが、そういう傾向がありますね。

川端　それはそうでしょうけれども、前の短篇はあまり参考にしてないですね。〝順子もの〟なんかでも、あの最中に書いた短篇は、それはそれとして面白いですね。当時いろんなことを言われたものですけれども。

徳田　しかしずいぶん甘いというか……。

川端　甘いのは甘いでいいじゃないかと思いました。

徳田　そうですか。

川端　「足迹」「黴」「爛」の中で、正宗白鳥先生は「足迹」がいいと言うんですね。二度ぐらい書いていますね。

徳田　田山花袋さんも「足迹」がいい、高見順さんも「足迹」がいい、宇野浩二さんも「足迹」がいいと言われてる。

川端　そう書いていますね。僕はこの前「爛」の後書きを書かしてもらいましたね。その時に読んだのですけれども「爛」をいちばん丁寧に読んだせいか、「爛」がいいような気がしました。ところがこのあいだ読んだら「黴」がいいような気がしました。

徳田　秋声としては、なくてはならん作品でしょうね。

川端　そうでしょうね。「爛」がいちばん欠点が少ないような気がしますが。

徳田　いや、いちばんうまく書いていますね、まとまって。

川端　まとまっています。「黴」はちょっと不調和な、デコボコみたいなところがありますね。ただ、やはり「黴」がいちばん重要な作品ですね。しかし「あらくれ」も、もちろんいいと思いますけれどもね。

徳田　なんか非常に生活的に行き詰ったというよりも、追い込まれて受身になっているので、ひとつ生活を切り開こう、野性的なあらくれた世界に入りたいというのと、義理人情みたいな、縛られた世界から脱出して、もっと野性的な生活をしたいというような欲望があったということを、ちょっと書いたものがありますけれども。なんですね、晩年の作品と前期のものとぜんぜん違う。比較できないですね。

川端　ずうっと続いているものがあると思いますよ。やはり「縮図」のようなものは前からあるのじゃないですか。「あらくれ」はもっと続けられてるといいと思いますけれどもね。

徳田　もう少し長く。

川端　ええ、もっと長く。

徳田　なんか、みんな短いですね。

川端　短いです。途中で切れている感じがありますね。「あらくれ」なんか、もっとずっと書き続けていれば世界の大名作です。ちょっと惜しいところで切れている感じがします。名作は名作ですけれどもね。

徳田　やはりちょっと肉体力がないのですね。

川端　日本人はだいたいそうでしょうけれども。

徳田　それから新聞の制約もあったのじゃないですか、このへんで切ってくれというようなことで。「黴」は私もモデルになっていて、不愉快と言えば不愉快ですけれども、読んでいても、なにもいやな感じは私自身したことはないのです。

川端　あのなかで尾崎紅葉が亡くなるところが書いてありますね。あれで泉鏡花さんが怒ったんですか。

徳田　なんか非常に腹を立てて……。

川端　いま読んでみると、怒ることはないと思いますけれどもね。もっとひどいことが書いてあるかと思ったら、そうでもないですものね。

徳田　別に紅葉先生を侮辱したわけでもなんでもない。ただ神様を書いちゃいかんということなんでしょう。

川端　あれはどこでも必ず引用して出てきますね。

徳田　親父の書いたもので、柳川春葉さんのお葬いに行った時のことを書いた短篇があるのですが、そのなかで、紅葉さんのことを書いたために泉さんと春葉さんが秋声に敵意をもった、ということに対しては不服だったように書いています。親父が大正四年ごろ痔瘻を患って、順天堂へ入って周囲で非常に心配したことがあるんです。それと大正五年に長女の瑞子というのが亡くなりましたが、春葉さんも鏡花さんも見舞いにも来なければ、葬いの挨拶もなんにもなかったらしいですね。そういうことを親父は非常に二人に対して心外で、紅葉先生のことを書いたからといって、友だち甲斐がないということを書いているのがあります。

川端　紅葉には尊敬をもっておられたようですね。それに、はじめはともかく、その後紅葉のほうでも少なくとも親しくしているのじゃないですか、代訳なんかもあるようですしね。

徳田　ええ。紅葉の病気のときに、ユーゴーの「鐘楼守」を紅葉の名前で出したのは、ある人の訳に、英訳本をかたわらに筆を加えたそうで、その時の原稿を私は持っています。

川端　先生が紅葉の名前を借りて書いた小説もあるのじゃないですか。

徳田　あの時分は、なんか……。

川端　二人の名前で出してましたね。

徳田　紅葉先生の未亡人が、昭和十五年ごろですか、非常にお困りになって、菊池寛さんもなかへ入って口をきかれたのじゃないかと思いますけれども、中央公論に行ってお頼みして全集を出すように心配したりしてました。尊敬もしたし、そういうこともやったのじゃないかと思いますけれどもね。

## 秋声と同時代人

徳田　座談会だとかは別にしましても、秋声が文壇の人の悪口を言ったり、小説の悪口を言ったりしたことを私は聞いたことないのですよ。

**川端**　そうですか、人の悪口はとにかく、小説の悪口を言わないのは不思議ですね。みんなそれぞれいいところがあるという話ですかね。

**徳田**　ほかの作家のいいところを認めるから、作家として生きのびたのじゃないでしょうか。

**川端**　人の悪口を言わない人はおりますけれども、作品の悪口はみんな言いますよね。

**徳田**　いや、作家としての悪口はあまり……。紅葉先生のことを書いたので、泉さんが見舞いにも来なかったとか子供が死んでも挨拶がないというのは、あまり愉快ではないと書いたものはありますが、ひとさまの小説の悪口を言ったことはない。「近松さんも『黒髪』のような小説が二つ三つあれば非常に大きな作家だけれども」というような言い方で悪口ではなかったですね。まあしかし、正宗さんとか秋江さんとかと会っている時に何を言ったかは知らないけれど、「新潮」に頼まれて、「夜明け前」の批評を書いたときでも、「この作品から歴史の部分をとってしまうとずいぶん短くなるね」と一言言ったことはあります。それから「なにごとも神の思し召しでござろうぞ、とは藤村氏はうまいこと言うね」と言ったくらいで、悪口は言わない。

**川端**　島崎さんのことはわりに尊敬してたようですね。

**徳田**　尊敬しておりましたね。

**川端**　僕は島崎さんの亡くなったときに秋声先生のお宅に伺いました。先生は藤村さんの亡くなられたのを知っていられたですね。

**徳田**　あの朝、各新聞社から電話がかかって、談話を頼まれたんですね。自分も病床で死にかけていて、それどころではない、と言っていました。

**川端**　同時代の作家では、いちばん島崎さんに敬意を表しておられたのですかね。

**徳田**　田山花袋さん、岩野泡鳴さんとも仲よかったですね。それから正宗白鳥さん、近松秋江さん、みんな長いお付合いでした。島崎さんは自分にないものをもっていたから非常に偉いと思って尊敬していたのでしょうね、ぜんぜん逆ですから。

**川端**　ちょっと僕は意外だったほどですよ。意外なような気がしました。

**徳田**　話はとびますが、秋声は庶民作家という面が非常に強く出ているのですけれども、庶民の頼りなさ、俗悪さ、いやらしさというものを相当見て意識していたと思うのです。それでいて庶民作家といわれるようにああいう世界ばかり書いていたけれども、私にはプルタークの「英雄伝」を読め読めとすすめたりすることもありました。

**川端**　それは、そうでしょうね。秋声先生は金沢の加賀の武家の出でしょう。先生のお母さんのほうは名家で……。

**徳田**　ええ、津田家といって、大閤さんのお墨付があって、大阪から客分として来たとかいうことです。秋声はそっちを継ぎたかったらしい。

**川端**　保守的なところがあったようですね。生活には庶民の息ばらないというか、ざっくばらんなところと、贅沢三昧なところがありましたね。

**徳田**　晩年は大衆食堂に入るとか、汽車には三等（現在の普通車）に乗るとかして、特権意識や物をもつと、ものが見えなくなるというようなことを言ってますけれども、以前は、旅行しても一流の旅館に泊ったり、一流の料理屋へ行ったりしてましたね。そういう点は貧乏くさくなかったのですけれども。

**川端**　金沢というところは、だいたいそういうところですからね。

**徳田**　金沢人ですからね。

（昭和四十二年七月十三日　虎の門　福田家にて）

# 夏目漱石を語る

夏目伸六
中野好夫

## こわかった父、漱石

**中野**　あなたが八歳《やっつ》の時でしたか、お父さんがなくなられたのは。大正五年十二月でしたね。

**夏目**　ええ。小学校二年生でしたから、数えで九歳《ここのつ》ですね。

**中野**　あなたが書いておられる（「父、夏目漱石」「猫の墓」など）のですが、実際にこわかったって……毘沙門さんかどっかで、ステッキで……とかいうのがありますね。あれ、何歳《いくつ》ぐらいの時でしたか。

**夏目**　あれはね、幼稚園のころじゃないかと思うんです。あれ書いて小宮豊隆さんなんかに文句言われたんだけど、実際なんだから。この間、和辻哲郎さんの本を読んでいたら出ていたんだけど、ドイツでぼくの兄貴（長男・純一氏）と会った時に、兄貴が「やっぱり親父《おやじ》は気違いみたいだったからこわかった」っていうんで、和辻さんが説明してみたけど、兄貴頑としてきかないというんです。結局、和辻さんはなんとなくおふくろがそういうふうに子供たちに含ませちゃったのだろうと思ったらしい。ところが、おふくろはね、一度も親父の悪口を言ったことがないんです。親父の話はよくしましたよ、しかし、ひどかったとか、そういう話は全然したことがない。ただ、やっぱり「道草」なんぞに出て来ますね、自分の子供を……。

**中野**　父親に、なるたけ近づけないという……。

**夏目**　それはね、親父が、うっかりすると危いからなんだな。頭の悪い時はね。

**中野**　病気の、悪い時ね。周期的にくる……。

**夏目**　そういう時はもう、なんとなくぼくらにもわかるんですよ。家《うち》の中がほんとうに静かになっちゃってね。歩くんでもみな抜き足差し足ですよ。それでいて、きげんのいいときはもう……まわりが廊下でしょう。あそこをいくら駈けずりまわっても平気なんですね。

**中野**　頭の状態のいいときは……。そうですか。

**夏目**　隣にピアノがあって、ピンピン変な音で姉たちがいくら弾いたって……勉強しているときでも平気ですよ。全然怒ったことはなかった。

**中野**　だから、つまりお父さんには、自分でもどうにもならんというような一時期がくるわけなんですね。

夏目　「猫」の時なんか、いちばん悪かった。

中野　そうでしょうね。あのころの手紙なんぞでもね。

夏目　ときどき変なところありますよね。急に、近所のもうろく野郎がどうのこうのって……。

中野　そうそう。それから自分を監視してる者があるとかいうような……。

夏目　最初の兆候が出たというのは、松山へ行く時じゃないかと思うんですがね。

中野　ああ、突然こっちのいろんなの止めて……。

夏目　あれもあんまり理由がないんですよね。僕、おじさんから聞いたんですが、あのころ伝通院のそばに下宿してたんですがね、突然実家へきましてね、わたしのところへ縁談があったろうと言うんですって。ないって言ったら急に怒って、自分のところへきた縁談をこっちへ断わりもなしに勝手に断わった、そんなのは親でも兄貴でもないって言ったというんです。それが、例の眼医者にいた女ね、あれのことなんですよ。ところがなお変なのは、そのお母《つか》さんが性質《たち》が悪くて、自分を隣の尼さんに監視させたというんです。このへんから話が変になる。「猫」で尼さんが大嫌いってあるでしょう。あれはこの時の経験らしい。そんなことでいやになって松山へ行っちゃったらしいんですね。

中野　追跡症というんですか、あれは相当にあったようですね。だから「彼岸過迄」など読むと、それを作品にすると非常にうまくなりますね。探偵も嫌いですわな。

**夏目**　ええ。そのくせ自分は探偵的な嗜好がありますね。

**中野**　そうですね。いちばん人間の下等なやつだって。

**夏目**　僕らはまだいいんですが、いちばん上と二番目の姉とが、親父のこわいのが身にしみたらしいですね。なんのために怒られてるんだかわからない時があるんですって。書斎へ呼ばれて、前へこう坐らされて……ところが、なんにも言わずに顔だけにらんでる。そのこわさったらなかったっていうんだ。唾を飲み込むとグビッて音がする（笑）。そのたびにギロッと見られるんで、そのこわさはすごかったって。それがね、どういうつもりでそうしてるのか、僕にはわからない。

**中野**　しかし、いい時には、いっしょに相撲とったりなんかしたらしいですね。ぼくら子供にあまりそういうことをやらなかったから。それから、よくほうぼうへ連れて行ったりね。

## 漱石の文章

**中野**　わたしは落雲館で一年教えてたんですよ。斎藤さんの家（明治三十六年転居した千駄木町の借家）とは板塀一重ですよね。あすこでよく野球をやったけど、なるほどあっちへ飛びますわ（笑）。レフトがあっちだから。

**夏目**　落雲館出たので前田というのがいましてね。東大の哲学科を一番で出た秀才で……それが「草枕」に出てくる前田つな、あれのいちばん下の弟なんですがね。

**中野**　あそこはね、昔はいい学校だったんですよ。私立では一流だったんです。

**夏目**　ところで……親父、自分でそう言っているんですがね、「僕はどうも昔は訥弁《とつべん》で困った」って。つまり、英語でも訳が自分ではわかっているのに訳せない。なんか的確な訳をひとことでパッと言いたいんでしょうな。それができないんで、最初は自分は訥弁だと思っていたらしいんです。ところがわかっているのに訳せないことはないと思ったら、それから訳せるようになった。ですから、あの文章見てますとね、非常に的確な表現と、それからもういろんな表現を集めてきた、くどいような表現と二種類あるんですよ。的確に表現できないといろんなものを持ってくる。最初は美文調でパッといきたかったんでしょうね。それがわかってきて、それから天性の表現能力とあいまって、一つの文章の形ができてきた。

**中野**　のちには「木曜会」になるのだけど、みんな集まってくる……「猫」のあれみたいな放談会ね。あの時でもお父さんは主役でしゃべっているわけじゃないのですね。勝手なことをいろいろ言わしておいて、ときどきパッと警句みたいなのを出す。そういうものらしいですね。

**夏目**　ですから、寺田寅彦さんなんぞは、面会日ができてからはこない。自分が話そうと思うと、ほかからいろんなこと言うから、つまらないんですよね。

**中野**　そうそう、遠ざかったらしいですね。木曜会には。

**夏目**　あの、真鍋嘉一郎さんね。あの人が講演で話してたんですが、例の博士問題ですがね、「世間では夏目先生が先に博士を辞退されて、次にわたしが辞退したと言っているけれども、実際はわたしのほうが先だ」って……。

**中野**　そうですか。あの人は学士で終わったはずですね。

**夏目**　ええ。世間ではこの事実知らないんじゃないですか。うちの親父の時は、新聞でも評判になったけど。

**中野**　そのころは真鍋さんも若い無名の医者だったからね。わたしは晩年しか知らないけど、一徹な人でしたよ。でも、お父さんは絶対信用でしたね、真鍋さんを……。

## 漱石文学の翻訳

**夏目**　それにしても、「猫」なぞは、今の若い人にはむつかしいでしょうね。

**中野**　だから、このごろは注解付きですわな。

**夏目**　「坊っちゃん」なんて、松山弁が出てきておもしろいんですけど、あれ英語に訳すとどうなるんですかね。

**中野**　近藤いね子さんが英訳してますね。

**夏目**　「こころ」とか「道草」ならともかく、「猫」なんか無理じゃないですか。

**中野**　夏目さんのものは少ないんですよ。僕がアメリカで日本文学を教えた時に調べたんですが、アメリカのマクレランが「こころ」を訳してます。これは向うの学生にもよくわかる。「それから」なんぞ説明するのに翻訳がないんで弱りました。

**夏目**　「告朔《こくさく》の餼羊《きよう》」なんてどう訳すんですかね。

**中野**　「オタンチンバレオロガス」なんて……（笑）。

**夏目**　この間、四国の愛生園にいるスペインの牧師が、五年くらい前にきて日本語習ったらしい。その人が「猫」を訳させてくれって言うんです。かまいませんて言っといたけど、しかし五年でよく……どう訳すかと思ってね。

## 漱石と五人囃子

**中野**　木下杢太郎さんが、お父さんを病院に見舞に行きたいんだけど、行くと小宮、森田などの五人囃子《ばやし》が（笑）いて気にくわんと言ったとか。しかし、お父さん、ほかの人には思いやりがありますね。とにかく森田草平などを、よくあれだけ面倒を見られたですね。いや、みんな似たような弟子じゃない、それぞれ変わってるでしょう。それをよく面倒みている。森田草平なぞ迷惑のかけっぱなしだからね。その、草平の手紙というのは残ってないんですか。

**夏目**　親父が毎年暮になると焼いちゃうんですよ。子規のだけですね、残っているのは。

**中野**　だから、鈴木三重吉の手紙なんかでも、間接にしかわれわれに知られないですわ。

**夏目**　親父の出した手紙で想像するより仕方ないんですよ。残っていたらおもしろいでしょうね。ぼくは親父の手紙と日記がいちばん好きですね。

**中野**　シャレのめしてあってね。

**夏目**　いやらしさがないんです。後世に残るなんて思ってもいないでしょう。だから文章にも全然気どりがない。

**中野**　あのころ、手紙まで入った全集なんかもちろん予想されておられないでしょうしね。わたしは筆不精で電報と速達だけ……でも、あれ、たくさんな手紙ですよね。

**夏目**　だって、森田さんなんていうのは、親父が驚いているんだ。きのうきであれだけ話してもうこんな厚いのよこすって。それでいながら、自分だってちゃんと返事書いてるんだから。手紙で話すことなんてないだろうに。

**中野**　それが、本郷と小石川あたりの近さでね。でも、あれ、非常に楽しんで手紙書いておられますね。

**夏目**　森田さんって言えば樋口一葉の家に住んでいたんですよ。そのすぐ上が、親父の引っ越した……。

**中野**　あの因果な家主の……。

**夏目**　その一葉と親父のいちばん上の兄と、大助さ、あれと結婚話があってね。家《うち》の祖父が名主で、その下に一葉の親父さんがいて、同じ官舎にも住んでたから長男の嫁にどうか、非常な才媛がいるけどという話だったんだそうですよ。ところが大助は頭はいいが肺病でしょう、その気がなくて破談になったらしいんです。でも、大助と一葉さんが結婚してたらおもしろいことですね。

**中野**　夏目さんの理想の女性の幻としていつまでも残っていた兄嫁というのは、和三郎さんの初めの奥さんですね。もちろんあなたはご存じないでしょうけど。

**夏目**　親父があれだけ感心するんだから、よっぽどいい人だったんでしょうね。たいへんにほめてますもの。

## 英文学者漱石

**中野**　英文学者としての漱石ね。いちばんぼくら感心するのは、英国詩人の自然に対する見方の正確な……あれ講演ですね、「英国詩人の天地山川に対する観念」という……非常に斬新ですね。それからホイットマン……アメリカで無視されていた時分に、東大で講演された。それから、本の書き入れを一冊にまとめた（「蔵書の余白に記入されたる短評並に雑感」漱石全集第三十二巻）あれ、好きですよ。自分で好き嫌いのバッテンや二重丸つけたり……それが実に個性的で、向こうでの評価と全然違う。東洋人の自然観というものがあって、だから向こうの見方とは違うんですね。向こうでいいといっても、われわれにわからんのがいくらでもある。それにしても、英語を読む力が強いですね。十七、八世紀の英語はかなりむつかしいし、だいぶ違いますから……。

**夏目**　高等学校の時の成績は、英語と国漢が悪い。

**中野**　英語でいっぺん落第してますね。でも、数学はよかったでしょう。英語の読むほうは、論理的な頭で、数学やるように読めば力はつくから。それでたちまちに力がついたんでしょう。非常に正確ですね、読みは……。

**夏目**　「文学論」の下書き……中川芳太郎さんですがね。たいへんな秀才で、ほめてますね。「老体余の如き、問題にならず」って……。でも「文学論」の校正は悪かった。できれば、全部集めて燃やしたいって言ってますよね。

**中野**　やはり学生の講義筆記は無理でしょう。ご自分でも言ってますね、学生がわかったのかわからんのかさっぱりわからん……というようなこと。

**夏目**　もうとにかく、講義を書くのが死ぬほどいやだったらしい……聞く学生がおもしろくもない顔をしてるし。

**中野**　いや、それはぼくにもようわかりますがね（笑）。それにしても、いままでの英文学者が全然考えなかったことを、自分で勉強してきて、それで講義をやったわけだけど、反響がなかったし……学生には無理だった。それに、あのころはもう小説書きたかったんだから……。

**夏目**　小説のほうがおもしろいから。

## 父に似る

**中野**　あなたのおじさんたち、道楽した人多いですね。

**夏目**　そうなんです。親父だけがちがう。だから自分でも言ってますよ……ぼくだってその素質はあるんだって。それでですかね、他人の道楽にはいっこうに干渉しませんね。かえって森田さんなんてのがしょげてると金をくれて、どっかで遊んでこいって……。

**中野**　三重吉なども、時々、金もらってますね。

**夏目**　ぼく、つくづく思うんですが、うちの娘の勉強みてて、つい怒ったりするでしょう、それがもう親父そっくりにどなってるんだな。

**中野**　あなたがお父さんからフランス語習ってた時みたいに……。あれ、自分から教えるって言ったらしいね。

**夏目**　ええ。それでね、やっぱり変なところが似るもんですね。ぼくが五十になって、親父と同じところへ、肩へね、神経痛かリューマチが出ましてね。

**中野**　似てきますな。ぼくらも親父に似てきますからね。

**夏目**　まあ、胃だけ似なかったからよかったと思っていますが（笑）。これで胃なんぞ似たらあいませんよ。

**中野**　それは似ないほうがいいでしょう（笑）。

## 相撲と謡《うたい》と……

**夏目**　親父が「こころ」を「朝日新聞」に書いてて、そのあとを志賀先生に頼みましたわね。志賀先生も書くと言ったんです。それが例の「暗夜行路」。ところが尾道へ引っ込んでしまって、ちっとも書けない。

**中野**　断わりに行ってますね。

**夏目**　ええ。わざわざ家《うち》へね。それでやむをえず三重吉さんに……手近だから……書けって。それも結局だめで、親父もあいそつかしてね。この時が、親父が原稿取りした初めてのことなんですよ。谷崎潤一郎さんや久保田万太郎さんもいるわけだけど。最後に怒っちゃったのは、久保田さんと長田幹彦さんで、これが全然だめなんだ。書く書くって言ってながら書かないんだから。親父は律義でしょう。約束したものは書くんです。ずぼらなのは三重吉さんくらいなもので、ほかもそうだとは思ってもいなかったらしいんですね。さんざんてこずって、やっとあとができてきたら……武者小路実篤さんと野上彌生子の二人の題が「死者」とか「死」とかいう縁起の悪いものだったんでね。あれにはまいったらしい。

**中野**　そうでしたか。歌舞伎はもう、しまいには馬鹿にされて、あんまりほめておられませんが、寄席などはおいでになりましたか、晩年は……。

**夏目**　いや、行かないんです。もっともあの時分、義太夫はよく行ってました。それから相撲……相撲はしょっちゅう行ってたですね。是好（中村）さんの枡へ……。贔屓《ひいき》が太刀《たち》山《やま》で、なんで好きかって言うとね、絶対に負けないからだって……（笑）。

**中野**　あなたなど連れては……。

**夏目**　ぼくはね、行きたくてしようがなかったけど、そういうとこはけじめがはっきりしてて……他人《ひと》の席だから。自分の席なら連れて行きますよ。ぼく、よく覚えてます。夕方になると書斎から出てきて、普段着に二重マントを羽織って出かける。「相撲に行くの」って言うとね、「うん」なんて言って……よく覚えてますよ。

**中野**　そうですか。あのころは、今みたいな文壇のつき合いなんてないですからね。

**夏目**　文壇とは離れてましたものね。

**中野**　おもしろいのは、森鷗外さんと、著書の贈りや贈られたりはありながら、ほとんど会ってない。

**夏目**　そうですね。親父が修善寺で病気した時、鷗外さんが部下を見舞によこされたんですが、恐縮してました。

**中野**　「漱石山房」の本は、みんな東北大学ですか。

**夏目**　ええ。あれこっちにあったら完全に焼けてましたね。日記だけは、小宮さんのところにあるんです。

**中野**　お父さん、謡《うたい》をやってられましたね。

**夏目**　ええ。あれは運動のつもりだったんでしょう。それがちっともうまくないんだ。それでいながら、ほかの人のを相当辛辣《しんらつ》なこと言うんですよ。あいつ五位鷺《ごいさぎ》みたいな声を出すとか。

**編集部**　書とか絵は、だいぶお好きでやっておられましたね。

**夏目**　そうですね。津田青楓さんがね、「南画はでたらめだからいやだ」って言ったら、親父が「でたらめを描けるからいいんだ」と言ったといういい話がありますよ。

**中野**　あれ、新聞連載一回分書くと、ああやって書とか絵とかをやっておられたんですか。

**夏目**　いや、連載が終わった時が多かったですね。やっぱり楽しみだったんですね、非常に……。

**中野**　今、出まわっているものに偽筆ないですか。

**夏目**　あります。めちゃくちゃにありますね。それでね、おもしろいのは、ぼくの家《うち》にはたくさん残ってるだろうってみなさんに思われてるんですが、あまりないんです、書きくずの反故《ほご》で署名のないのが少しあります。焼くなかから、おふくろがそっと抜いといた。

**中野**　原稿は、もうないんでしょうかね。

**夏目**　「ホトトギス」のは、全部持っている人がいます。「朝日新聞」のは、三重吉さんなんど手をまわして「虞美人草」なんか、いちいち取っておいた。そのあとのも、みんなあるんじゃないかな。だれかが持っていますよ。どこにあるか、だれが持っているか、知らないんだけど……。

（昭和三十九年十月三十一日　中央公論社にて）

# 漱石山房のこと

安倍能成
津田青楓

## 山房のつどい

**編集部**　漱石山房には、週に一度ほど集まりがあったと聞いておりますが……。

**津田**　毎週木曜が面会日と決まっていた。お弟子さんやら崇拝者やらいろいろまざって、かなりにぎやかでね。私なんか、その日をずいぶん楽しみにしていた。

**編集部**　この本の口絵に出しました津田先生の絵では、森田草平さんがいちばん前に頑張っていますね……。

**津田**　おしゃべりの上手な人が、やはりどうしても強く印象に残るんでね……。

**編集部**　そのころは、皆さん二十代の若い方たちばかりですか。

**津田**　学生もおりましたよ。内田百閒も学生じゃなかったかな、芥川龍之介はもちろんね。

**編集部**　当時はそういう集まりがあちこちにあったのでしょうか。

津田　森鷗外のところにもあったんじゃないかな。与謝野鉄幹、晶子の場合は、お弟子を集めて、つまり歌を中心の会でしょう。漱石山房のはそうじゃなくて、漠然と集まってみんな勝手な話をするんだな。まあ、人間をつくってもらう道場みたいなもので、ああいうふうに秀才ばかり蝟集《いしゅう》したところというのは珍しいんじゃないだろうか……。

（雨天のため安倍能成先生遅れて出席）

## 夏目先生との出会い

安倍　しばらく。お互いに年をとったね、君は明治十一年生まれか、八十五歳？

津田　十三年生まれだ、耳が遠くなったよ。君は？

安倍　ぼくは十六年生まれ、三つ上か。君のほうが古いだろうね、漱石山房に伺ったのは。

津田　明治四十年だな。

安倍　ぼくは千駄木のお宅も知らないし、西片町も知らない。

津田　私も知らない。早稲田南町だけだ。

安倍　ぼくが謡曲を習いだしたのは明治四十年ごろのことだがね。そのころ野上豊一郎が、漱石先生のところに行って一緒にうたおうというので、初めて漱石山房の方に伺ったわけだ。

**津田**　先生も謡《うたい》はお好きだったね。お正月にお伺いしたとき、高浜虚子さんが来ておって、先生と二人でうなっていたことがあった。

**安倍**　ぼくも正月に行ってね、やはり高浜さんが大鼓《おおつづみ》を打ったことがある、漱石先生がシテ、ぼくがワキということで「羽衣」をうたった。おそらく津田君の翌年のことじゃないかな。

**津田**　漱石先生との出会いということでは、安倍君とぼくらとではちょっと違うね。ぼくはフランスにいたとき、荻原守衛と斎藤与里が日本から取り寄せた雑誌で漱石の「草枕」を読んで、しきりに賞めておった。それで初めて漱石という名を知ってね。それから帰国してのち、小宮豊隆さんに連れてってもらったんだ。

**安倍**　ぼくは夏目さんとは妙な因縁があるんだ。ぼくが松山中学に入ったのは明治二十九年のことだが、その年に先生は熊本の第五高等学校に転任されて、ちょうど行き違いというわけで、有名な夏目先生の顔は、子どものころから知っていたが、ひとつも教わらずにしまった。そして、三十五年にぼくは一高に入ったんだけど、そこで最初山川信次郎という先生に、サミュエル・ジョンソンの「ヒストリー・オブ・ラセラス」を教わった。ところが、その山川さんの醜聞が「二六新報」という新聞に暴露されて、それが原因で辞職してしまった。そのあとを引き継がれたのが、洋行帰りの夏目先生ということで、初めてお会いしたわけだ。

**津田** 先生の講義というのは、どんなふうだった？

**安倍** なにしろ六十年も前のことだから、ほとんど覚えてないけど、ぼくはその時分にはまだ成績がいいほうでね、組中では二番だった。もっともその翌《あく》る年には落第したけど（笑）。それで漱石先生の最初の講義の時間だったと思うが、早速私が指名されて何か質問されたんだ。ところが、その質問に対する答えを何の本にあったかと聞かれ、文法の本にあったとか答えたところ、だれの文法の本にあったかと聞かれて、答えができなかった記憶がある、内容はすっかり忘れてしまったけれども。それから、一年から二年に進級するときに試験があったが、先生の問題というものは、ひとつも本そのままのものがなく、応用問題ばかりなんだ。しかも、応用問題ではあるが、先生が教えてくれた知識を応用すれば、みなできる問題だった。その出題の方法にひじょうに感服したね。

## 師弟の交流

**津田** ぼくが漱石山房に初めてお伺いしたころというのは、それまでぼくは京都から外に一歩も出たことがないもんで、東京に出て来ても、ほとんど雲をつかむようなもんでさ。どうして食っていってよいものやら、それも皆目見当がつかないんだ。そういう話を先生にしたら、それは親切なんだな。当時、朝日新聞社に渋川玄耳という人がおってさ、社会部長をやっていたんだね。そこへ夏目さんが手紙を出して、こういう画家がおるんだが、何か挿画かなんかの仕事はないかって問い合わされた。そしてその返事をぼくのところによこされて、二、三枚見本を送れというようなことで、新聞社に送ったことがある。結局、その仕事は実現しなかったけど、うれしかったね、そのときは。それから、またそのあとなんだが、神田の淡路町にある琅玕洞《ろうかんとう》という店で、小品ばかり集めて個展のようなものをやったことがあるんだが、そのとき、夏目先生が二枚買ってくれてね。しかも、さらに伊予の松山にいた村上霽月《せいげつ》という人に手紙をだして、こういう画家があるんだが、ひじょうに純情な男で貧乏してしようがないから、ひとつ絵を買ってやってくれないか、自分は二点買ったから、そのうちの一点を譲ってもいいというような内容なんだな。どこのウマの骨ともわからないような人間に、そういう親切を尽されたというのは、実にどうも……。ぼくはその手紙をのちになって見て、涙が出るようだった。

**安倍**　村上霽月という人は銀行の頭取で、本名は半太郎といった。俳句もやっていた。松山の郊外の垣生《はぶ》村というところに住んでいた。以前になくなって、とうとうぼくは会わずにしまったけど……。それから、ぼくにもこんな話があるな。ある冬のことだけど、まあ、だいたいだれでもが二重回しを着ている季節だよ。ところがその時分、ぼくは金がなくて二重回しどころか、羽織も着ていなかったんだね。そして、先生のところをお訪ねすると、玄関のところで、君、二重回しを買いたまえと言われたことがある。そういう点、実によく若い者の面倒をみる人だったね。

**津田**　芥川なんかも、ずいぶんかわいがられたな。

**安倍**　そうだ。芥川龍之介は、ひじょうに先生を敬愛していたね。先生の葬式のときにね、当時芥川はまだ文科の学生で受付をやっていたが、ほんとうに歔欷《きょき》していたな。文字通りしゃくり泣きしていた。芥川の先生に対する心持ちは、きわめて純粋だったんだね。むろん、生前に小説「芋粥《いもがゆ》」を「新小説」に先生が紹介されて掲載になったということもあった。そんなこんなで芥川は、自分の全集は先生の全集が出た岩波から出したいと遺言して、岩波から出すことになった。今は著作権がないので方々から出ているけど。

**津田**　ぼくが「漱石と十弟子」の中でね、先生のところにわざわざ漱石大明神と書いたのは、このまわりにいる人びとは、みんな漱石を大明神と崇《あが》めなければいけないという意味なんだ。漱石のなくなったあと、みんな漱石のことを書いては、それで飯を食っていたろう、そんなことも含めてね……。

**安倍**　ぼくはそんなに食わなかったよ（笑）。

**津田**　しかし、あの時分みんな心ひそかに思っていたね。やっぱり漱石は偉いものだなって。

**安倍**　森田草平も内田百閒もそうだったね。おそらく漱石門下で、自分のほうが漱石以上だと自負しているのは、野上彌生子ぐらいなものだ、野上彌生子はそういう自信をもっているよ。

## 東洋と西洋との共存

**津田**　そう考えてくると、あの時分の漱石山房というのは、実に多士済々だったわけだな。

**安倍**　当時の私らのゼネレーションというのは、初めのうちこそ漱石を尊敬もし崇拝もしていたけれど、しまいにはだんだん小生意気になってきたんだね、小宮でもぼくでも森田草平でもね。おそらく先生も、生意気なやつだなと思っていたと思うね。そんなところにヤンガー・ゼネレーションで、芥川龍之介とか久米正雄、松岡譲なんかが現われた。当然、先生のほうでも、われわれよりも芥川などのほうがかわいいと思われただろう。また、やはりその時分のことだが、京都の禅坊主の若僧で鬼村というのが漱石門に出入りしていた。それが非常に素直だというので、先生の気に入っていたね。先生もそのころ、話をするよりは黙っていたほうがいいというような、きわめて厭世的な気持に一時なっておられた。

**津田**　先生はよく参禅されていたようだね。鎌倉の建長寺なんかに、泊り込みで参禅されたとか……。

**安倍**　先生の思想の中には、きわめて実証主義的な科学的な考え方と禅の放下とが共在していたね。私の一高生時代、根岸の両忘庵というところに宗活という人がいて、一高生がそこに行っていたけど、この人は釈宗演の弟子だった。で、この人が円覚寺で悟りを開いたとき、先生も参禅されていて円覚寺にいた。そして宗活が「山川草木悉皆《しっかい》成仏《じょうぶつ》」と唱えながら、そこらをずっと走りまわってたと、先生から聞いたこともある。

## 漱石の画才

**安倍**　津田君は先生に絵を教えたことがあるんだってね。

**津田**　教えたといってはなんだが、山房にお伺いしてしばらくたってからね。西洋流に写生を中心にやったわけだ。ほんの一枚か二枚やったんだけどね、漱石という人は写生ということがきらいなんだ。物を前において写生していても、先生はすぐに自分で勝手なことを描きだして、それで写生はやめになってしまった。

**安倍**　絵のテクニックなんかについては君に聞いたかね。

**津田**　聞いた、それはよく聞いたな。山を描いたり、道があって、人がおったりするようなところを描いてね。これ見てくれ、どうだ、この中で直さんならんところはないかとか、よく質問された。しかし、筆の使いかたとか、色の使いかたとかは全然聞かなかった。

**安倍**　長与善郎君が、漱石の絵と子規の絵を比べてね、子規のほうがだいぶまさっていると言ったが、君はどうかね。

**津田**　子規のは、つまり病床で描いた絵なんだ。ちょっとした写生といったもので、漱石のはもっと大作というか、ひじょうに手のこんだものを描いてる。だから比較すること自体むりがあるね。

**安倍**　夏目さんは絵が好きだったね。描くのが……。一つのレフレッシュメントだったんだな。毎日、小説を書き続けていると、少し気が変になってくるんだね。あれは女でいえば、妊娠の状態かな。原稿の期限はまちがえない人だし、書いていて半ば過ぎると精神状態が変になるんだね。ちょっとしたことにもすぐ腹を立てて、あるときなんぞ女中の何かにおこって、門のところまで追っかけて行ったという話もありますよ。

## お多佳さんのこと

**津田**　先生には、一面たいへん神経質なところもあったんだな。京都の文学芸者だったお多佳《たか》さんとのことなんかでもね。

**安倍**　お多佳さんが、あす一緒にどこかへ出かけると約束しながら、約束を破ったというので、非常にそれを責めた手紙が、先生の書簡集のなかに二つか三つあるね。先生という人は律義で、正直で、他人が正直にしないとほんとに腹がたつんだね。正直こそ最も尊いものだと考えているふしがある。そういう点は、普通の文士とだいぶ違っているところだね。当時、先生は京都の大嘉楼《だいかろう》というところに行っていたが、あそこは君なんかもだいぶ交渉があったんだろう。

**津田**　ぼくが京都の桃山に家を借りて、写生に行ってたんだが、奥さんがなるべく夏目を連れだして、京都あたりで少し静養させてくれって頼まれて、それで母が大嘉という家に世話したんだ。ぼくも桃山から大嘉に出てくると、なかなか遠いんで、ちょくちょく泊めてもらった。漱石の次の室でね……。

**安倍**　大嘉楼というのは鴨川のふちか。

**津田**　そう、わりにいいところだ。

**安倍**　そこへお多佳さんなどがよく来たわけだね。先生にはそういう気楽なような、芸者なんかを相手に軽口をたたくような一面も、ずいぶんあったらしい。

**津田**　お多佳さんというのは、よくしゃれを言う人でね、夏目さんと二人で、しゃれの飛ばし合いというか、まるで漫才みたいなことをやっていたよ。

## 英国ふうの紳士、漱石

**安倍**　夏目さんという人は、演説よりも座談が得意でしたね。それも自分が話すというより、他人に勝手なことを話させる、なんというか聞き上手なんだな。小宮豊隆なんか、実に自由にしゃべってたな。先生の前だなんていう気兼ねなしにね。ぼくが初めて漱石山房を訪れたときだったが、小宮が白木屋に行ってね。手袋かなにかを買ったんだそうだ。それがガラスのケースに入っていて、そのふたをあけて物色していたところが、ショップ・ガールがやってきて、しきりに小宮の手にさわるんだとか言ってね。先生から「小宮は馬鹿だね」と言われていた。まあ、そんな話を、みんなが勝手に自由にやってたんだな、漱石山房では。そういう自由な空気があった。

**津田**　夏目先生というと、貴族趣味というか、ぜいたくというか、イギリス風というか、着物なんかでも、ずいぶんおしゃれだったね。

**安倍**　小宮もずいぶんそういうものにはぜいたくだったが、そういうところはぼくによく似ている、なんて夏目さんも言っておられた。小宮は初めてのとき、夏目さんと面識のある従兄の犬塚という人の紹介で、漱石の家を訪れ、行くといきなり膝を組んだそうだ。これは夏目さんから聞いた。小宮はめったに人を尋ねたりしない人間だとも、先生は言っていた。

**津田**　先生が京都にいらっしゃったときにさ、ぼくは京都の駅までお迎えに行ったんだが、驚いたことに、先生が一等車から降りてこられたんだね。せいぜい二等車ぐらいだろうと思って、二等のところをうろうろ見てたら、一等車から降りて来た。あれ、どういうのだろう……。

**安倍**　「朝日新聞」の給料が二百五十円でしょう。月給二百五十円ていうのは、その時分としてはずいぶん高給だったからね。

**津田**　小説の中に出てくる人物などから受ける感じでは、ずいぶん構わない人のように思えるのだけれど、会ってみると、そういうところはまるで違うな。奥さんなんかはよくご存じだろうけど。

## 夏目夫人のこと

**安倍**　夏目さんの奥さんというのは、中根といって、貴族院の書記官長の娘さんだったんですよ。のちに柳田国男さんもやはり書記官長をやったけど、当時の官吏としては、かなり上の役だった。その娘さんを、熊本の五高の先生をしていた夏目さんのところに、父親が連れて行って置いてきたんです。このことは「道草」の中に、写実的に書かれているけど。その時分にやはり奥さんは、夏目さんの性格というものを理解できなかったし、夏目さん自身もちょっとノイローゼ気味だったのだろう。奥さんが、確か川か何かに身を投げた事件があるそうだよ。

**津田**　そういうことがあったと聞いていますね。自殺未遂ではあったけど。

**安倍**　そうかと思うと、一方では夏目さんは食客をおいていた。そのころ自分の家に食客をおくということは、かなり放胆だったと言ってもいいんじゃないかと思う。そういう放胆のところと神経質のところと両方あったんだね。漢学をやっていた湯浅廉孫《たけひこ》というのが、当時夏目さんのところに居候していたそうだ。まあ、そういう夏目さんの両面を理解できなくて、奥さんも苦しかったんだろうね。ぼくなんかも、一時、夏目さんの奥さんのことをきらっていたがね。とにかく先生にああいう奥さんができたということは困る、先生を解しないものであると思っていた。しかし、だんだん年をとって、ぼくも少しは人間を見る目が広くなってきたのか、このごろでは、さっぱりしたいい人だと考えているね。こんな話があるよ。夏目さんがなくなってからあとに、意外にもひじょうに印税が入ったでしょう。その前に寺田寅彦さんが夏目夫人にね、すべてをつつましくやらねばいかんということを、おそるおそる進言したことがある。そういうところは、寺田さんという人は、きわめて神経の細やかな人で、他人の気分を害するようなことはやらない人だけれど、先生の後を心配するあまり思い切って言ったのだろう。ところが奥さんは、えらくおこって、あとのことは、私がみなやるからと、切口上で言われたことを覚えている。

## 誠実で庶民的な人柄

**津田**　先生の家庭生活もかなり深刻なものがあったろうね。まあそれはともかくとしても、先生というのはやはり偉大だったな。最後の最後まで、修善寺の大患のような大病をしながら、なお作品を書き続けたんだからね。

**安倍**　ぼくが夏目さんという人を尊敬するのは、その誠実な人となりという点だね。常に誠実で人に接するから、だれでもが自分と同じような人間だと思っている。それで接せられる人はみな、自分がいちばんかわいがられていると思いがちになる。私が富士見町に住んでいたころのことだけど、そこは二間ほどの家だった。そこに先生が、当時「ホトトギス」で代理販売していた「小鼓」という酒なんかぶらさげてやってきて、一緒に謡をうたったりした。そういうところも実に気さくな人で、ひとつも先輩面《せんぱいづら》をしない。そういう人だったね。

**津田**　同感ですね。しかし、その漱石門下といっても、いまではほんとに数少なくなってしまった。

**安倍**　そうだね、いちばん古いのが小宮豊隆、それからぼくらとか内田百閒、松岡譲、さらに早稲田大学で美術史を教えてる坂崎担……。それから林原耕三……いま明治大学の英語の先生かな。それに野上彌生子とか江口渙……。

**津田**　まさに数えるほどとは、このことだね。

（昭和四十年五月二十四日　虎の門　福田家にて）

# 漱石先生よもやま話

內田百閒
高橋義孝

## 百鬼園先生大いに語る

**高橋**　今日は何だか先生、羽左衛門の楽屋姿のような、たいそう粋《いき》な浴衣で……。

**內田**　手拭い浴衣だからね……。年がら年中、ぼくは昼も夜も、寝てるときも起きてるときも、同じ手拭い浴衣です。

**高橋**　それは手拭い何本で着物一枚できあがるのでしょうか。

**內田夫人**　ふつう十二枚ですけど、高橋先生は大きくてらっしゃるから、はがなければならない。

**高橋**　おそばは八寸に切るものだそうですね。手拭い浴衣は十二本、いろいろ物には定めがある。（机上の髑髏《どくろ》型の懐中時計——髑髏の口をあけると中に腕時計大の時計が入っている——を見て）この骸骨も健在でございますね。これ辰野隆《ゆたか》先生でございましたか。

内田　そう、辰野さんが持ってた……。スイスのロンジンです。これを持ってるとみんな死んじゃうんだね。ぼくが縁起直ししているわけ。死んだ宮城が欲しがりましてね。

高橋　宮城道雄さん……。（内田先生は琴の名手でもある）

内田　是非くれと言うんですよ。やらなくてよかったと思ってね。もしもやってああいうことになったら、そらごらん、あの時計を持ってたから刈谷で落っこったということになるんですね。（宮城氏は昭和三十一年六月、東海道線刈谷駅付近で列車から誤って落ち、事故死した）

高橋　先生、お伺いしていて、昔と逆におなりになりましたですね。昔は頭に毛が生えていらして、鼻の下に毛がなかったのが、逆におなりになったですね。

内田　それは昔からそう、何度も髭《ひげ》を生やしたり、坊主になったりしました。坊主になると髭を生やす。

高橋　バランスをとるんですか。

内田　そうそう、毛にはけ口を与える。

高橋　そこから、は毛口という言葉が出たんでしょう、きっと（笑）。ところで、本日は漱石先生のお話をひとつ。ずいぶん陳腐な言いぐさで申しわけないんでございますけれども、先生、今までずいぶんお書きになりましたでしょう、漱石先生のことは。

内田　たくさん書いてありますね。

高橋　お書きもらしみたいな、もらすというと何かもらすみたいですけど……。

内田　もらさなくたっていいですよ。

高橋　お出しになりますか。

内田　以前に語ったこと、書いたことで一向さしつかえない。「六段の調」、「クロイツェル・ソナタ」はなんべん聴いてもいい。その弾きかたとか聴きかたによるのだから……。

## 大漱石の日常

高橋　漱石先生はお酒の方はあまり……。

内田　全然飲まなかった。いつかね、先生のお宅にいて雷さまが鳴りだしたことがある。ぼくは雷がとてもこわくて、何だかいつもおもしろくなくなっちゃうのですよ。そのときもお腹の中が真暗になっちゃって、はっとこうやっていたら（耳を押えかがみこむ）、先生が見かねたのか、内田にビール持って来てやれと言うんですよ。女中がビールを持って来た。緊張したときにお酒を飲むと、血管がゆるんで楽になりますからね。それでいただいたわけですが、そのときね、漱石先生が、そのビールをちょっと飲んでみたらしいんだね。

高橋　くすねた……。

内田　くすねたというよりも、どんなものを内田は飲んでいるかと思ったのだろう。顔を上げて見たら、「猫」の中にありますがね、味醂《みりん》を盗み飲みして朱泥《しゅでい》の人形のようにかたくなっている、あれみたいに真赤な顔しているんですよ。驚いたね、まるっきり飲めないのだ。酒はたしなまずとか何とかいうのじゃなくて、全然受けつけないのだね。つまり、ぼくだの高橋先生なんかから言えば、病的なんだね、向うが。

**高橋**　漱石先生とご一緒に何か物を召し上がったというようなことは……。

**内田**　何のときでしたかね、鋤焼《すきや》きをご馳走になったことがある。料理屋じゃなく、先生のお宅でです。茶の間のお膳の上に白いクロースをかけてね。その部屋というのは、漱石先生の亡くなられたときに、ぼくが徹夜した部屋ですけど。その部屋にそうやってお膳が用意してあって、もう一人いましたかね、林原耕三君かも知れないが、あまりはっきりしない。それでご飯をいただく段になるんだが、ビールを飲みながらなんというものじゃない、畏《おそ》れかしこんでいただく。何となくぼくが遠慮して、牛鍋なんですけど箸を出しかねていると、先生が「君、ナベ食わないか」こう言うのです。漱石先生洒落が大嫌いなんです、江戸っ子ですから。江戸っ子は洒落が嫌いですわね。

**高橋**　ごもっとも。

**内田**　それなのに、「君、ナベ食わないか」。ハハアと思って、いただきますと言った。ところがね、そのことをぼくが書いたことがある。それを校正した人がね、ちゃんと直して「ナゼ食わないか」と朱筆を入れてしまった。これじゃ何のことかわけがわからない。校正というのは困りますね。コーセー畏るべし、まったくです。まあ、そんなことを漱石先生が言って、そのあとでね、「これ君、このクロースはシーツだよ」と言うんです。側に奥さんがいて、余計なことをおっしゃるな、シーツをお膳に敷いたなんて、亭主からそんなことを何も暴露することはありませんよ（笑）。シーツの上でもって、ナベ食わないか（一同爆笑）。

**高橋**　漱石先生は特に美食家というようなことはなかったのですか。

**内田**　食い意地はきたなかったらしいですね。だけれども、そういうことは私の直接の体験としてはございません。漱石先生は、大谷繞石《おおたにぎょうせき》さんが北陸から送って来た鶫《つぐみ》の粕漬の足を食って胃をこわし、潰瘍の症状をすっかり悪化させたのだとか、辰野さんの結婚式で南京豆をポリポリ食ってそれがいけなかったんだとかいうような、そういうことは聞いておりますが、ぼく自身が、先生お止しなさいとか、あらあら、あんなに食い意地がきたないなあと思うような、そういう直接の体験というものはありません。

## 春のホ句よき短冊に

**高橋**　先生、以前このお座敷に漱石先生の短冊をかけていらっしゃいましたね。

**内田**　今でもあります。

高橋　はあ、これでございますか。（短冊面が灰黒色と化していて、ほとんど判読できない）この句は何というのですか。

内田　「春のホ句よき短冊に書いてやりぬ――内田栄造に」というのです。

高橋　発句を「ほく」と読ませるのですね。

内田　片仮名で「ホ句」と書いてね。

高橋　陳腐な言い方でございますが、古色まさに蒼然……。

内田　蒼然じゃない、黒ぐろ、晦冥《かいめい》。

高橋　なるほど……。それから、確かこれも先生がお書きになっていらしたと思いますが、漱石先生が謡曲をうたっておられるところへ訪ねていらしったら、その声がピタッと止まったというお話……。

内田　漱石先生はね、人の来るような木曜日（漱石山房の面会日は毎週木曜）なんかには、謡などうたいやしないのですよ。人の来ないのをみすまして、謡をうたっているんですよ。ぼくはあの時分、縮刷版というのがあって、あなた知らないでしょう。

高橋　存じません。

内田　「三四郎」の縮刷版とか、「鶉籠」の縮刷版とか。

高橋　ちょっと厚目の小さい（手で示して）、こんな本でしょうか？　あれなら覚えております。

內田　その縮刷版は、ほとんどわたくしが手にかけて校正したのです。そういう用事で伺うことがあったので、木曜日の面会日じゃない日にも行く。そうすると奥の方で「ウォーン」といって謡をうなっている。ところが、玄関のベルを押すと、それがピタリと止まるんですね。松虫がチンチロリンと鳴いているところに人の足音がすると、パッとやんで知らん顔してる、あれと同じ。琴を弾いているのなら、弾きやめたって琴があるけれども、謡をうたっていれば、口をぬぐえばそれっきり、知らん顔している。先生、只今は謡を伺いましたなどと言えば「露地《ろじ》へまわれ」と言われそうですから……。

高橋　「露地へまわれ」というのは、お手打ちにする、首を斬るということ。斬るじゃない、刎《は》ねるですか。

內田　「露地へ手提げの水を用意しろ」ということ。その水で刀の血を洗う。

## 先生愛用の万年筆のこと

高橋　この間、古い丸善の雑誌を見ておりましたら、万年筆の広告が出ておりましたが、当時、漱石先生の使ってらした万年筆は、何ものでしょうか、英国製ですか。

內田　先生のはオノトです。オノト何号か知らないけれども、ぼくはそれを持っている。今度、デパートの展覧会で出たものがあったらしいけど、それはぼくの持っているものの、そのあとに使われたものなんです。

**高橋**　現在も持ってらっしゃる。

**内田**　持ってます。なぜ持っておるかというと、先生が書いていてペン先を折って、それで買いかえた。そのとき、先の欠けたなりの万年筆をいただいたわけです。その後、自分で使ってみようかと思って、丸善にやってペン先をつけかえてもらった。そして気がついてみたら、ペンは使えるようになったけれども大事なのは漱石先生の使っていた折れた方のペンでしょう。そのことに早く気がついたので、それを返してくれと言ったら、十四金の金ペンだから、地金のお金をいただきますというので、追加のお金を出して返してもらった。そのペンの置いてある場所はだいたい見当がついてるけど、蜘蛛《くも》の巣、ごみの山の奥にあるのでね。急には出せないのだけれども、とにかくある。これを近代文学館というのか、ああいう所へでも寄付しようかと思ってそう言ったら、漱石先生のご長男の純一君がその席にたまたまいて、それはおれにくれと言うんだ。なるほど、ぼくが近代文学館に寄付するなんて少し筋が違う。純一さんにあげて、純一さんから、しかるべきときの判断で、それを文学館に寄付すればいい。それじゃ純一さんにあげようと言ったきり、それからもうだいぶ時間がたちましたけど。

**高橋**　この間、夏目純一さんにちょっとお目にかかりましたけど、漱石先生という方の背丈はだいたいあんなものですか。

内田　まあ、あんなものでしょうね。

高橋　それでは、わりに小柄の方ですね。

内田　純一さんは、漱石先生そっくりですよ。次男の伸六さんの方は少し大きいですね。

高橋　顔の大きさなんかも。

内田　大きさはちょっとわからないけど、純一さんは、表情や味がほんとにそっくりですよ。

高橋　先生、何かに漱石先生の鼻は少しどっちかへ曲っていたとか書かれておられましたが。

内田　確かこっちでしたね（鼻をつまんで左にひねる）。

高橋　左曲り。

内田　確かね。……ところで、いったいこういう話ばかりでいいんですか。今度は何ですって？「明暗」と「道草」が入る。高橋さん、そういう話をあなたしなければ、学問的じゃないじゃありませんか（笑）。

高橋　先生、よろしんですよ、学問的じゃなくても（笑）。

## 「道草」「明暗」のころ

**内田**　「明暗」については、ぼくはあまりはっきりした記憶はない。確か百八十九回でしたかね。そのノンブル（ナンバー）を打った原稿用紙が先生の机の上にあったのを、ぼくは今でも目に残していますよ。百八十九回とまでノンブルを打った原稿用紙を机の上に置いたなり、寝ついて起きられなくなって、それなり「薤上《かいじょう》の露」がかわいちまった。

**高橋**　「道草」の方はいかがですか。

**内田**　あれは、ぼくがよくお邪魔していた時分にお書きになったものです。「道草」の書きくずし原稿をもらって来たり、よく覚えています。それから時期はさかのぼるけど、朝日新聞に入社して最初の小説「虞美人草」のあと「坑夫」とか何だとかあって、「三四郎」になってすっかり明るくなった。寺田寅彦さんが「『三四郎』はオペラですね」と言ったそうだけれども、ぼくもそうだと思う。ほんとに「三四郎」はオペラみたいなものですよ。そのあとに「それから」「門」「こころ」とあって、そして「道草」でしょう。漱石先生がすっかり上手になって、いい音がしだしたところですからね。「道草」は「三四郎」オペラみたいにおもしろくはないけれども、ああいう写実文学は、ぼくはとてもいいと思った。しかしね、「道草」の校正ではずいぶん叱られましたよ。無茶ばかり言うんだからね、漱石先生なるものは。「日がかぎる」。かぎるじゃなくてかげるでしょうと言うと、いやかぎるだと言うんだ。もっとも、漱石先生がお書きになるものなのだから、こっちから何かとやかく申すべきことではないのだけれども。

高橋　日がかぎるというのは、わたくしどもも申しますね。

内田　東京ではそうなんだそうですね。

高橋　校正とおっしゃったのは、縮刷版なんかの……。

内田　いや新聞に連載されたやつを単行本にするときやったんです。ところがあの時分の新聞は、ルビ付き活字でしょう。

高橋　漢字の活字一字一字に振り仮名がついているのですね。

内田　送り仮名もクソもあったものじゃない。たとえば漱石先生は「尽くす」と「く」を送る。ところがルビ付き活字だと初めから「尽《つく》」とルビがついている。だから送り仮名という点からいっても、新聞の切り抜き原稿というものは、単行本にするときの典拠にはならないのです。つまり、ルビ付き活字の切り抜き原稿の送り仮名を、もとのとおりにもどさなければならない。それには、先生どういう文法癖があるかということを調べたうえでなければできなかった。

高橋　大変なお仕事でございましたね。

内田　校正するには何かしっかりした典拠がなければならない、こっちから押しつけちゃならない。漱石先生の使った文法を系統だてて、それにこっちの立てた規準に従って校正する。漱石先生は、意味なく起こすとか、驚ろくという風に、「こ」とか「ろ」の字を送る。驚ろくと「ろ」を出すのは語尾の活用からいって意味がないでしょう。起こすの「こ」には根拠がある。普通の活用では変化していないんだけれど、起こすとか尽くすとか頼もしいなんかには根拠がある。そういうのを漱石先生の文法癖に系統づけて、漱石文法というものをつくったんです。いいか悪いか知らないけれども、そうしなければ校正ができないわけだ……。何だつまらない、校正の話なんかしちゃって……（笑）。

**高橋**　いいえ、後世《コーセー》にこれ残る談義ですから（笑）。

## 枕流漱石の話

**内田**　それからね、こんなことがありましたよ。あるとき、ぼくがお金に困っちゃってね。どうにもならなくなって、湯治場にいらしてた漱石先生のところに、お金を貸して下さいと言って頼みに行った。そうしたら、いいよと言うのだ。ここにはないから、東京に帰って家でもらいな、こういうわけ。

**高橋**　伊豆の湯ヶ島ですね。

**内田**　いや、天野屋ですから湯河原。そう言って下すった。最初、天野屋にお訪ねしたときには、マッサージが来ていて、先生腰をもませていました。そのあとで借金のお願いをしたわけだが、それを快く承諾して下さって、そして、あちらに寝床をとらせてお膳を用意させるから、ご飯を食べて寝ろと言う。ビール飲んでよろしいですかと言うと、いいよというので、女中のお酌で一杯飲んで、それから温泉につかってね。ずいぶん長い廊下でしたね、風呂場は薄暗くてそこにドブンと入って、そうしてお金の心配はない。翌朝はいいお天気で、眼が覚めてから先生のお部屋をお訪ねしようと思った。先生のお部屋というのは、離れのように庭の中にニューッと突き出た部屋でした。狭い部屋でしたよ、四畳半か六畳か、そのくらいの部屋で。ところがね、驚いたことに夏目漱石真っ裸なんですよ。

高橋　へっ？

內田　朝ですよ。朝日がさんさんと降りそそいでいる。襖の外から入ってよろしいですかと言ったら、いいよと言うから入った。そしたら、あんたさん、漱石先生そんな恰好で知らん顔して、そうして、薬を一生懸命どこかへ塗っていらっしゃる。何で塗ってたのかは知らないけど、神経痛みたいなものがあったんでしょう、マッサージを呼ぶくらいだから。そしてね、平然としているのですよ。こっちの方が恐れ入っちゃって。

高橋　まるだしで……。

內田　もちろん。出るというより、生えているものだから。さんさんたる朝の陽光を浴びてね、恐れ入りましたね。

高橋　まさに漱石なんでございますね、石に口すすぐ枕流《チンリュウ》……。（晋書『孫楚伝』に「石に漱《すす》ぎ流れに枕せん」の句がある）

内田　枕流漱石……。

高橋　漱石先生の、あそこを目撃せし者は、一に、いや二に……。

内田　そのほか、道ばたの犬か（笑）。

高橋　三に犬（笑）。これはおもしろいお話です。

内田　なに、そんなにおもしろがるほどおもしろいあれじゃありませんでしたよ。ごくありふれた（笑）。

高橋　どうも、はなはだ粗枕で……とはおっしゃらなかった（笑）。それではこの辺で……。

（昭和四十一年六月十七日　千代田区六番町の内田百閒氏邸にて）

# 「細雪」のころ

谷崎松子
サイデンステッカー

## 死の訪れ

**サイデンステッカー**　私が最後に先生にお会いしましたのは、去年の八月でしたね。そのあと、一度入院して、それから元気になって、今度急にこんなことになりましたのでしょうね。

**谷崎**　はい。この冬の入院の時は、自分でも「もう今度はだめかもしれない」って申しまして、私も、これは覚悟しなくちゃいけないかと思いました。この入院の時のことは、絶筆になりました「七十九歳の春」に書いておりますが。でもその時は、ふしぎと信念がございましたのですね、どうでも帰らせよう、帰ろうという……。予期しない時に、死ってやって来るものでございますね。

**サイデンステッカー**　ほんとうに残念なことでした。私は六月に日本に来て、先生から、八月になったら、東京で会いましょうという、おはがきをもらって……。

**谷崎**　それもみんなスケジュールに入れていまして、この月報の対談も、解説を拝見するのも、楽しみにしておりました。ほんとに、ゆっくりお話したいと言っておりましたのですよ。長いことお会いしない方に久々にお目にかかると、ふと目をうるませたりすることが、このごろ多くなっておりましてね、それだけは自分でも、こういうのはあまりよくないんだ、と申しておりましたが。

**サイデンステッカー**　京都へもいらっしゃいましたか。

**谷崎**　春と秋に、毎年京都を訪ねるのを楽しみにしていましたのが、ずっと病気でまいれませんでして。五月に三年ぶりにまいりまして、何もかもしたいことをいたしました。偶然と言えば偶然ですが、二年のあいだに亡くなった方のところはすっかりお参りして、お線香を上げ、御病気の方はお見舞して。まだ自分が退院してから日もたっていませんのに、こんなにしてもいいのかしらと思うくらい、毎日せっせと出かけておりました。京都のおいしいものも、たくさんいただいて喜んでおりましてね。

**サイデンステッカー**　大体先生は関西風でしたね。

**谷崎**　はい。ほんとうは京都に住みたかったのですけれども、あの気候が命をちぢめるだけだと思いましてね。京都の風物も好きでございましたけれども、大体は食べるのが目的で……（笑）。「谷崎の文学に食べることは欠かせない」とか、「あれだけの御馳走を食べないとあれだけの文学はできない」とか、おっしゃるかたがおられますけれど、やはりそれは、ずいぶん関係があると思いますよ。もし、自分の期待しているものを持って来なかったりしたら、どれほど不機嫌になりましたことか。ちょっと傍へ寄れないくらい……（笑）。それから、おいしいと思って待っていたものがおいしくなかったりしますと、そのがっかりのしかたが、ちょっと私たちにも分らないくらいでした。そのかわり、おいしかった時の喜びよう、感謝のしようも、それは大変なものでございました。七月二十四日の誕生日の朝、その前日の検査の結果が、心電図も血液も驚異的によくなっていると言われまして、今日だけは禁止なしにして、何もかも忘れてお楽しみなさいって、お医者様にお許しいただいたものですから、それこそ、思う存分いただきました。その翌日、発病しまして、三十日の朝、とうとう……。

**サイデンステッカー**　お墓は、東山の銀閣寺の近くと聞きましたが、先生にふさわしいところですね。

**谷崎**　はい。銀閣寺の近くの、疏水《そすい》のちょうど上の、法然院《ほうねんいん》という、とてもよいお寺でございます。あまり、淋しい、陰気なことは好みませんでしたから、京都なら、東京からいらっしゃる方も多くて、時々は参って下さって淋しくないだろうって、生前申しておりました。

## 「細雪」のモデル

サイデンステッカー　奥さまは、大体先生の作品を読んでいらっしゃいますか。

谷崎　はい、大体はね。

サイデンステッカー　私は一度、私の学生たちに、兼家《かねいえ》は「蜻蛉《かげろう》日記」を読んだと思うかどうか、という質問をしたのですが、おもしろい返事が来ました。「いや、決して読まない、もし読んだら、すぐ離縁したでしょう」……（笑）。つまり、同じ文学でも、作者に近い方が読む場合は、何となく読み方が違うと思うのですが。

谷崎　そうですね、「鍵」などは全部空想で書きましたのですけれど、「細雪」の場合は、われわれの身辺のことが多うございますから、こういうことがあった、ああ、これもあったと、思い当ることはずいぶんございます。それで、われわれの周囲の人たちの中からも、あれは自分がモデルだ、これはだれそれさんがモデルだと、申し出ていらっしゃる方がずいぶんございました。「奥畑の啓坊」などは、いろいろな人のミックスでございますけれども。「櫛田医師」は、丸尾長顕さんも、御自分もかかっていらっしゃったお医者さんで、実にあざやかに、いきいきと描かれているって、お書きになっていらっしゃいましたが、ほんとうにあの通りの人物でして……。もちろん「お春どん」も実在でございます。

**サイデンステッカー**　お春さんはあれを読んで、相当怒りましたでしょう（笑）。

**谷崎**　怒りません（笑）。……今は、あのころとくらべると大分年をとりましたけれども、でも、ちょっとお目にかけたいくらいですよ。そのほか、お見合いのあった人物なんかでも、そのまんま写されております。こう申し上げると差しさわりがあるかもしれませんが……。

**サイデンステッカー**　先生は、こまかいことを、とてもよくメモしていらっしゃったのですね。

**谷崎**　はい、克明に書いておりましたね。

**サイデンステッカー**　読んでいましても、これは、きっと何かに使おうと思って控えておかれたノートがあるだろう、と思われることが出て来ますね。螢がにおったり、電車の中で顔を直すと、となりの人がくしゃみをしたり、帯がキュウキュウ鳴ったり……。

**谷崎**　今日はこんなことがあったって、いつも話すものですから、そんな小さい事柄をよく記憶して……。全部メモしてあったわけではございませんでしょうけれども、あのころの生活が、「細雪」には、ほとんど出ているのじゃないかと、ときどき思います。

**サイデンステッカー**　事件は、もちろん作りごとですね。

**谷崎**　はい、それはもう、もちろんでございます。でも、たとえば私が、河口湖のホテルで魔法瓶に顔をうつして宮殿のように見えると言いましたことや、物が全部落ちてこわれる夢を見ましたことや、……お春どんが叱られて、体つきですみませんでしたというしぐさを示すところなども、よくそんなこまかいことを観察していたと思って、はじめて読みました時、驚いてしまいました。

**サイデンステッカー**　奈良のホテルの南京虫はどうですか。

**谷崎**　あれもほんとうです（笑）。兎の耳も、娘の書きました綴方をもとにしまして、ほとんど直さずに……。

**サイデンステッカー**　「台所太平記」はどうですか。

**谷崎**　あれも事実ですね、ほとんど。

**サイデンステッカー**　いかにもそうらしいですね。

**谷崎**　ほかには、もうそういうことを感じる作品はございませんけれども。今「細雪」は、とてもたまらなくて、読み返せないと思います。

**サイデンステッカー**　そうでしょう、そうでしょう。

## 執筆のころの苦労

**谷崎**　でも、苦労も大変でございましてね、戦争中でね。

**サイデンステッカー**　年譜によりますと、昭和十七年に、住吉のお宅で「稿を起す」とありますね。その時は熱海の西山と、二つお宅がありましたか。

**谷崎**　はい、熱海のほうは別荘ということで。

**サイデンステッカー**　十七年から執筆が始まって、十八年の一月と三月の「中央公論」にのせて、六月に掲載禁止になったのですが、その時は西山でしたか。

**谷崎**　はい、とてもその時つらそうで、私たまらなくなりまして――そのころ、お近くに、北原武夫さんと宇野千代さんがいらっしゃいまして、お二人にそのことを言っておいおい泣いたことを覚えております。主人の気持を考えますと、つらくなりましてね。その時、北原さんたちお二人に、とても慰め、力づけていただきました。

**サイデンステッカー**　それでも、ずっと続けて書いていらっしゃいましたか。

**谷崎**　はい。朝もちゃんと起きまして、一日もおろそかにしませんでした。きめた時間まで、きちんと机に向っておりました。その原稿を、……そのころは、空襲がございましたでしょう、空襲の時は、いつも原稿だけは自分が持って、防空壕にはいったんでございますよ。

**サイデンステッカー**　あの戦争の経験を考えますと、谷崎先生と荷風先生は、ほんとうの英雄だと思いますね。毎日が命がけで、明日はどうなるか分らない時でしたからね。

**谷崎**　いよいよ終戦に近くなりました時に、西山の家を売って、そのお金を持って、岡山県の津山に疎開いたしましたが、だんだん闇生活で心細くなりましてね。ほんとうに最後には、これ以上戦争が長びくようだったら、ここらあたりの田舎《いなか》の中学の教師でもして、食べて行かないとしょうがないな、と申しておりました。ほんとうに、その時、そんな気持でおりましたのですよ。

**サイデンステッカー**　今では、ちょっと考えられないことですがね。

**谷崎**　もうお金がぎりぎりで。阪神間の家の方は、その時分魚崎に移っておりましたけれども、そこに荷物が残してございまして、毎日荷造りをせっせとしまして、許される範囲内で送っておりました。最後に残りましたものを、……そのころ、貨車一杯の運賃が一万円と申しましたかしら、これでお金がうんと減るということで、送り出そうかどうしようかって、ずいぶん煩悶しましてね。いよいよ思い切って送り出すという間際に、阪神間の大空襲で焼けてしまいましたのですよ。

**サイデンステッカー**　「疎開日記」や「三つの場合」を拝見すると、汽車の通路で、下駄の上に防空頭巾を敷いて、それにすわって行くような具合でしょう。それから、岡山の奥へ入ってゆく汽車は、もっと大変でしょう。

**谷崎**　姫新線というのが、大変なんでございますよ。

**サイデンステッカー**　そんな目にあって、それから、中学の先生をしようかというそんな中で、私たちの感じる先生は、ちっともみじめじゃないですね。実に立派で、戦争なんか問題にしていないという、御自分の城だけはがっちり守っていらっしゃったという気がします。

**谷崎**　崩しませんでしたね、自分の生活を。そんな中で。

**サイデンステッカー**　どこからそういう力が出て来るのでしょうか、あれだけ頑張る力が。先生は思想のない人間だとよく言われますが、私は、非常にがっちりした思想がなければ、あれだけ切り抜けられなかったと思いますよ。それは一体どういうことなんでしょう。荷風先生も同じですが、力になった原理と言いましょうか、それは何だったでしょう。

**谷崎**　何だったでしょうね。

**サイデンステッカー**　こう言うのはちょっと失礼かもしれませんが、西洋流の思想があった人たちは、大体戦争中は崩れたと言えましょう。そうでない荷風先生と谷崎先生が、あれだけ自分の道を歩けたというのは、何によったことでしょうか。……とにかく、偉大です。

**谷崎**　ただ、これは「『細雪』回顧」などに書いておりますが、「細雪」には、もっと芦屋の上流家庭の頽廃した面を、たっぷり盛り込みたかった、それがものたりない、と、よく申していたようでございます。御時世が、そういうことを許さなかったものでございますから、ただの家庭小説のようになってしまいましたのでしょう。やはり、あれだけで終ってしまいましたということは、あの戦争の最中に書いたということで、ずいぶん控え目だったからなのでございますね。

# 荷風氏の来訪

**サイデンステッカー**　荷風先生が疎開先へ見えましたでしょう。

**谷崎**　はい、津山からまた、勝山へ移っておりまして、その家へお見えになりました。終戦の前の日でございましたかしら。私もお目にかかって、お話がとてもよく合いました。

**サイデンステッカー**　奥さまに大変歓待していただいたということが、「罹災日録」に出ていますね。

**谷崎**　それも今から考えれば、みすぼらしいお料理なんですけれども、あんなに喜んでいただいて……。苦心して集めはしましたけれども、あんなにまでね。

**サイデンステッカー**　三十四、五歳の「痩《やせ》立《だ》ちの美人にして愛嬌に富めり」と書いてあります。

**谷崎**　若く見ていただいて(笑)。でも、もっとお話したかったと思います。ずいぶんおもしろいお話が出て、共鳴いたしましてね。

**サイデンステッカー**　荷風先生は原稿を持って行きましたか。谷崎先生に託されたのですね。

**谷崎**　はい。あの時、もう御自分で持っていては危ないからとおっしゃって。

サイデンステッカー　でも、先生はほんとうに、いつか「細雪」が出版できるということを信じていらっしゃいましたでしょうか。それとも、その望みはあるかないかわからないけれども、書くだけは書く、というお気持だったでしょうか。明らかに文章としては、将来出版できる時期が来ることを願いながら自分は書いておくから、読者も待っていてほしい、というように書いておられますね。

谷崎　ええ、いつかは発表できる時期が来ると……。もう、これは負け戦《いくさ》だということは、いろんな情報がはいりませんでも、早くから自分で、そう見ておりましたし。

サイデンステッカー　荷風先生の場合は、「問わず語り」という題から考えますと、発表の可能性はないけれども、ただ自分の慰みとして書いていたんじゃないか、という気もします。しかし、それでも大事に持って歩いて、最後には谷崎先生に託した、というのは……。

谷崎　時期が到来すれば出すだろう、という気持はお持ちになっていたからだと思いますね。主人も大切にお預かりしておりました。

## 食糧難の思い出

サイデンステッカー　それにしても、大変な生活でした。

**谷崎**　はい。でも津山から勝山へまいりましてからは、「疎開日記」にございます通り、食物が割合に豊富で、と言っても、そのころとしてはですけれども、それが一番御機嫌でね。また食べもののお話になりますけれども、熱海の西山におりました時にも、食べものに釣られて、十国峠の奥の村まで、三島から歩いてまいったことがございます。この時も、おもしろいお話があるのでございますけれども。津山では、これは私の妹の縁戚が津山の藩主でございまして、その藩邸が残っておりましたのに、一ヵ月ばかり滞在したのですけれども、その藩邸を守っておりました人が、それこそ昔の御家来筋のかたい人でして、闇をしましょうにも、ルートを全然知りません。その時は、ほんとにどうしようかしらと思いましてね。衣類だの、いろいろなものを持って、知らないお百姓家の表に立ちまして、「食糧を分けていただきたい」って申しましてね。ほんとに、何里も歩いてまいりましたよ。

**サイデンステッカー**　奥さまが、ご自身で？

**谷崎**　はい。それが、衣類を売りましてもわずかな食べ代で。ようやくそうして手に入れた卵一箇が、その折、また訪ねて来た人がありまして、どうしてもお食事を出さなければならなくなって、せっかく楽しみにしていました卵を、その人に出してしまいまして、……「食べものの恨みは！」って、その時申しました（笑）。それほど津山では、気の毒な思いをさせました。勝山にまいりましてからは、闇相場を谷崎が釣り上げるとやら、ずいぶんつらいことも言われましたが、よほど楽になりました。そうして、終戦になりまして、京都で下巻を書き上げたわけでございます。

## 「陰翳礼讃」とユーモアと

**サイデンステッカー**　さっき、先生はあまり暗いことはお好きじゃなかったと言われましたが、私は一番最初にお宅へ伺いましたのは、もう十年も前と思います。その時一番驚きましたのは、お宅の明るさということでした。先生の「陰翳礼讃」とは全く違った世界、という感じで、どちらがほんとうの先生か、と、ちょっと迷いましたね。

**谷崎**　だんだん年をとるとともに、明るさを好むようになりましたのですね。昔は、北向きの部屋でないと、書きものをするにはだめだ、と申しておりましたが、最近は、やはり北向きでは手がつめたくて痛みましたり、視力がおとろえて来た関係もありましたりで、明るさを求めるようになったのでございましょう。「細雪」の執筆を始めました住吉の家も、阪神間のことですから、いたって明るいところでございました。赤い屋根は、あまり好みではございませんでしたけれども、阪神間だけは、ふしぎと赤い屋根が似合うと言っておりました。今のこの家を建てます時も、最初に設計をお願いしました方が、そのために「陰翳礼讃」を読み返して下さって、これで先生のお好みはよく分りました、っておっしゃいましたものですから、「陰翳礼讃」のような家では健康のために困るが、松葉を敷いたような、暗いお手洗いが出来たらどうしようって、真剣に心配しておりました（笑）。

**サイデンステッカー**　先生自身は、非常に明るい方でしたね。センチメンタルなことは嫌いで、そしてずいぶんユーモアのある小説家でした。「細雪」の最後の場面も、ああいう下痢というようなことで結んだのは、滑稽味のためじゃないかと思うのです。あるいは、「瘋癲老人日記」も喜劇的なところがありますね。大まじめなくせに。

**谷崎**　そこなんですね、とても大まじめで。それでかえっておかしみが出るところがございました。

## ハワイ旅行の夢

**谷崎**　このあいだ、京都から帰ります時に、はじめてジェット機に乗りましてね、とても気に入りまして、もう外国へも軽く行けるよって、申しておりましたのですよ。

**サイデンステッカー**　ほんとうに残念なことをしました。……もう少し生きていていただければ、たしかに何かの国際賞を受けられたと思います。去年、アメリカ・アカデミーの会員に推されたのが、慰めですけれども。

**谷崎**　「細雪」や「蓼喰う虫」を英訳していただいたおかげでございます。何とお礼を申してよいか……。誕生日にも、この冬はハワイへ行こうって、申しておりまして、これはもちろん、健康のためであったことはたしかなのですけれども、やはり、取材ということを考えていたのだと、今さら思い返しました。新しいペルシャ猫を飼いましたのも、次の小説の準備だったのでございます。いつも早くから、必ず下準備がございましたから。

**サイデンステッカー**　先生はたしかに、おもしろいものをお書きになったでしょう。……ハワイには、先生向きの美人が多いのですよ。

**谷崎**　ハワイ通信を書いて、それから小説を、って……。

**サイデンステッカー**　ハワイの随筆は、ずいぶんおもしろいでしたでしょう。先生は随筆の名人でしたから、もう少し随筆を書かせたかったと思います。残念です。

**谷崎**　マウイ島という、とてもおもしろいところがあるのだそうですね、見せとうございました。

**サイデンステッカー**　ハワイの古い町はあそこなんです。……奥さま、一度いらして下さい、お待ちしています。

**谷崎**　ありがとうございます。私、お位牌を持って……、せっかく行こうと思っておりましたのですから……。

（昭和四十年八月十七日　湯河原　（谷崎邸にて）

# 有島武郎と長与善郎

里見　弴
本多秋五

## 若き日の有島兄弟

**本多**　はじめに、武郎さんのお話を伺いたいと思います。武郎さんと里見さんは十歳違いですね。だから、里見さんが六歳の時には武郎さんが十六歳、大人と子供のような違いがあったわけですが、どのような接触があったのか、兄さんのことをどう思っていらっしゃったのか、その辺のところから……。

**里見**　今、あなたがおっしゃった通りで、もし兄貴が八十歳、私が七十歳ぐらいになったら、何となく同輩みたいに話ができたでしょうけれど、四十五歳で死んじゃったんですから、三十と四十という歳では、まだちょっとかなわない感じで、親しいというような感情はあまりもてませんでしたね。少し誇張して言えば、親父代りです。親父は大体留守がちな人でしたから。家のなかでこわいのは母と兄貴……。僕にもの心がついた時分の兄は学習院の学生でした。

**本多**　下宿でしたか、寮でしたか。

**里見**　明治二十六年の大地震で、四谷見附そとの学習院の寄宿舎がつぶれちゃったので、その後しばらくは母方の祖母（山内静子）の家から通学していました。それから間もなく札幌の農学校へ行ってしまいましたから、ついぞいっしょに遊ぶなんてことはなかったように思います。生馬、姉（しま子）、兄（隆三）そして私の四人は、しょっちゅう一緒に遊びましたけれどね。夏休で鎌倉の家に帰っているとき、雨でも降って、僕らが外で飛びはねて遊べないような日には、一間《いっけん》廊下の籐椅子に腰かけた武郎が、いろんな話をしてくれました。あとになって「ジュリアス・シーザー」だと思うんですが、片手に横文字の本を持ちながらね。僕のまだ小学校へもあがっていないころの話だけれども、そんなことを覚えています。

**本多**　日清戦争のころに、武郎さんがおかきになった絵が、ずいぶんたくさん残っていますね。

**里見**　あるんです。描いているのを、脇で見ていたりしてね。特別絵の勉強をしないのになかなか上手でした。あなたもご覧になったことがあるようだけれど……。

**本多**　そうです。絵の才能のある人だったんですね。洋行時代の絵はもっとずっと上手ですが、少年時代から絵が好きだったんですね。

**里見**　日清戦争当時ですから、隆三、生馬の兄貴たちや、それに友達が寄ってきて、戦ごっこをするのですよ。その時分は、絵ハガキもなければ、写真入りの戦場通信などなかったから、もっぱら絵草紙でその様子を知るわけです。それは、たいてい三枚続きで、親父を訪ねて来る人にもらったり、親父が買ってきてくれたりしたんですが、われわれにとっての一番楽しいお土産でした。僕らはそんなものを通してのんきに戦争というものを見ていたわけだ。のちに大きくなってから見ると、月耕《げっこう》とか清親《きよちか》とか竹坡《ちくは》とか、なかなか立派な人たちが描いているんだけれど、なにしろ戦地に従軍したことのない連中なんだから、かなりでたらめなもんでね。

**本多**　想像でかいたんですね。

**里見**　そうです。小銃の弾はシュウシュウと引いた朱の線で現わしてあるし、海戦の場面は、海に落ちる大砲とか水雷の爆発が、海坊主みたいな格好にシュッと白く海面に突っ立っているというようなものなんです。兄貴がいれば、いろいろ説明してくれたり、戦争の話をしてくれる。むろん兄貴は戦争に行かなかったんですが、台湾から帰還してきた兵隊なんぞは見ていたとみえて、暑いから、普通のと違った軍服で、帽子から肩まで白い布を下げているとか、話してくれました。そういう兵隊を描いた絵も残っていると思う。そのほか、われわれの戦ごっこを描いたのがなぜか生馬のところに保存されていると思います。

**本多**　鎌倉の、どの辺で遊ばれたんですか。

**里見**　当時のわが家は滑川の河口近くで、いま鎌倉女学院の分校が建っているあのあたりと思うのですが、すっかりもう地形が変ってしまって、いってみても、はっきりここらだとは言えません。まるッきり昔の面影がなくなっています。

## 濃情の人、武郎

**本多**　若いころに、武郎さんがお書きになったものを読むと、弟の生馬さんのことを、彼は天才だと言っていらっしゃる文章があります。もちろん、志賀さんの日記なんかを見ても、生馬さんが非常に優秀な青年であったことは想像できるんですが、自分の弟に対して、そのように書けるということは、虚心というか、ほれっぽい人というか、人の長所をよく認めるタチの人であったのではないか、そんな感じがするのですが、どうでしょうか。

**里見**　確かにその通りだけれども、僕が生意気になって、多少とも自分の考えを持つようになってからの感想が一つあるのです。それは、有島家の血統には、親父をはじめとかく最大級の表現を使いたがる性癖があるように思われることです。ちょっとうまけりゃ、こんなうまいものはないぞとか、あそこへ行ってごらん、あんないい景色はないぞ、といったふうな言い方をするんだな。最大級でなければ承知できない癖ですね。それが伝染したのか、われわれ子供たちもとかくそういう言葉使いをする者が多い。一人前になってからの僕はそのことに反撥を感じて、少々おいしくても、そうでない顔をして、逆に行きたいような気持を持った時分もあるのですがね。あなたのおっしゃる武郎のほれっぽさのなかには、多少そういう有島家伝承の口癖も含まれていたかも知れませんね。いきなり話を最大級へもっていってしまうという……。

**本多**　時代も違うし、わからないところもありますが、伝え話などで聞くと、武郎さんは非常に素直な人で、その素直なところへ、激烈なキリスト教が入ってきたために、抜け道のないキリスト教を信じてしまったのではないかという気がするのです。しかし、それだけで行ける人ならいいけれども、心の奥底の方に、それを許さないもの——里見さん流に言えば、有島家の薄情でない多情、多情でなければ濃情といったものがあって、上辺はおとなしそうだけれども、中の方では何かが煮えたぎっていたという感じがするのです。とにかく、里見さんもだんだん独自の道をお歩きになったので、ある方面については、歯がゆい兄貴だ、とお思いになったところもあるのではないでしょうか。里見さんは千軍万馬だし、武郎さんの方は純情ですからね（笑）。

**里見**　キリスト教に関しては、家庭内に相当なトラブルがあったらしいです。僕はその時分のことはよくわかりませんけど、母親が熱心な仏教信者だったものだから、キリスト教には頭からの反感で臨むでしょう。われわれ時代の子供たちには、「耶蘇、味噌、鉄火味噌」なんて囃《はや》し言葉があったくらいでね。

**本多**　とても肌合いの違うものだったわけですね。

**里見**　だから、母親がそれは困ると言ったらしいですよ。親父は仏教信者ではなかったけど、やっぱり異国の宗教にはちょっと抵抗を感じていたのではないかと思うんだ。

**本多**　昭和初年のマルクス主義ですか。

**里見**　親孝行で、めったに両親の言葉にそむくなんてことはしない人なんだけれども、内部は、さっきあなたがおっしゃったような、煮えたぎるものをもっていたから、その件に関するかぎり断じて従わなかったらしい。自分の道を突き進めて、家庭内が少しくらいごたついても、それはいたしかたないという態度をとっていたらしい。ことにその時分は北海道にいて、毎日顔を合わせるわけではないから、手紙でやりとりするとか、休みで帰って来た時に話し合うというぐらいで、それほど表面化しなかったけど、互いにちょっと反撥し合っていたらしいな。

## 「或る女」をめぐって

**里見**　それから、さっきおっしゃった、兄貴には少し歯がゆいところがあったのではないかということですが、どこまで行っても十歳違いの僕ですから、よくわからなかったんです。しかし、武郎のすぐ下の、山本という家に嫁にいった姉の愛子が大変な崇拝なんでして。

**本多**　お兄さんをですね。

**里見**　ええ、兄貴の方でもかわいがっていたようですが、そりゃもう大変な傾倒なんです。その姉などは、「或る女のグリンプス」が「白樺」に発表されたのを読んで、びっくりしてしまいましてね。兄貴のことを男女関係などはきれいごとで何も知らない人のように思っていたわけですから、僕をつかまえて、「お兄さんて、なかなか隅におけないのねえ」と、こう感歎の声を放ったものです。「隅におけない」がいいやね。自分はとうに嫁に行っちゃっているから、その点では一日の長《ちょう》きどりだ（笑）。

**本多**　それは有島家の美風良俗を語るわけですね。里見さんの時分になると、実に乱脈をきわめましたね（笑）。

**里見**　生馬のころまでは、そんなに親に心配をかけたことはなさそうですが、僕のところへきて、家庭を崩壊させたといってもいいくらい……（笑）。

**本多**　里見さんは随分悪かったですね（笑）。今度「或る女」を読み直して、私はあれを極力、私小説的に考えてみたわけです。証拠は不十分でしたけれども。そうすると、作品の初めに、古藤が早月葉子と横浜に行って、宿屋に泊って、そこでギュッと手を握られるところがある。あれは必ず実際あったことに違いない。早月葉子、すなわち佐々城信子に、いっしょに行ってくれと頼まれて、いっしょに行って、そこでああいう姿を見せられたに違いない。それから信子がアメリカに行く時に、横浜の埠頭へ見送りにいったことは、これはのちの日記に出てきますから、実際あったことに違いない。そこで岸壁を離れる船にロープ一本でスルスルとよじ登って行く船員の姿を見たというようなことも想像できる。それが倉地三吉にあたる人であったかどうかは別として、作品のなかに出て来る光景を、武郎さんは実際に見たのではないか。もうちょっと想像をたくましくすると、アメリカへ行って、そのまま帰って来て、作品の透矢町の双鶴館にあたる場所へ電話で呼びつけられて、信子から嘘と真をつき混ぜたような話を聞かされた。そんなことも、ほんとうにあったのではないか。そのほか、いろいろ想像できるのですが、この想像は駄目ですか。

**里見**　始めはもう少し自分に近く、つまりいくらか自叙伝風に書いていくつもりだったのではないでしょうかね。それが筋の発展上、だんだんフィクション的要素がましてきて、いくぶん前の部分との釣合いが悪いくらいになったのではないかと、僕はそう思うんですが……。

**本多**　そうですね。やっぱり、後篇を書くときに、ほんとうの詩的世界を、実生活から離れた世界を造る力ができてきた。それで、前篇の方を照らし返して訂正したけれども、ちょっと直しきれないところがあったように思いますね。あの小説が「白樺」に「或る女のグリンプス」として載ったときは、同人の間での評判というものはどんなものだったのでしょうか。当時、長与さんは読んでいなかったらしい。武者小路さんは読んでみえるようですが。

**里見**　そうですね……。僕の耳にはあんまり批判めいた言葉は伝わって来なかったと思うけど……。

**本多**　ちょっと派が違うし、年齢も違うし、東京在住の同人でもなかったから……。

**里見**　年齢の隔たりや東京にいなかったこともあったでしょうね。だけど、何しろ、処女作らしい素人ッぽさは、ことに前篇には見られますね。そのころ「白樺」で専用の原稿用紙をたくさんこしらえたのです。それを使えば、何ページになるってことがすぐわかるように、行数や字詰めを本誌一ページの組面《くみづら》どおりにしてあるのです。

**本多**　便利なものを作りましたね。

**里見**　となると、マス目の一画に書き込む文字は、蠅の頭ほどの小ささです。編集部には便利でも、誰だってこりゃ書きづらい。ところが兄貴ばかりは従順にその原稿用紙を使っていたんです。僕はそれに書かれた「或る女」の原稿を見た覚えがあるんですが、丹念に一画に一字ずつはめ込んでありました。

**本多**　原稿はおそらく楷書に近い字体で、消しのない、きれいなものだったでしょうね。

**里見**　どうも実に根気のいい人だと思ったな。（頭上の額を見上げながら）こんなものを書けるんだからね。

**本多**　これは写経ですか。

**里見**　そうですね。この日付けを見ると、大正九年の正月四日になっているのですがね。正月二日には、親父が必ず書初めをやって、子供たちにも勧めてやらせていたんです。親父が死んだあとも、兄貴は親父のした通り書初めの風習を続けていましたよ。これも、いずれ二日から書き出したんでしょうが、お客があったり、用で立ったりするので、なかなかひと息には書ききれないで、四日までかかったものと思います。途中でとぎれて、また書くのだから、よほどの意志力がなくちゃいやになっちゃいますよ。こんなに長いものをね。そういう人だから、原稿だってとてもきれいでした。

## 友善郎との交遊

**本多**　ボツボツ長与さんの話に入りたいと思います。長与さんと里見さんはご同年ですが、クラスから言うと、長与さんの方が二年あとですね。学習院も中途からいらっしゃったのですね。

**里見**　そうです。学習院に転校して来たときに、すでにおくれて入ったのではないかな。

**本多**　身体が弱いか何かで、おくれてみえたのですね。

**里見**　でしょうね。それについちゃあ笑い話があるんです。長与のところにしょっちゅう遊びに行っている時分に、何かのきっかけから歳の話になったんですよ。そうしたら、二人の娘さんが――滑稽な連中で、長与を親父扱いしないほどなつきっているんだが、「あら、そんなら、里見さんとパパと同い歳なのね？」って言うと、「そうだよ」「おかしいわね。それで二年も下の級にいたってのはどういうわけ？」すると長与が僕の方へ顎《あご》をしゃくって、「こいつは非常な早生まれなんだ」もちろん娘たちは大笑いで、「二年も早生まれってのは聞いたことないわ」さそくに早生まれでごまかそうとしたんだけど、そうは問屋がおろさなかった（笑）。

**本多**　そいつは無理ですね。里見さんは、学習院時代に回覧雑誌「麦」をおやりになって、「白樺」以前のグループがあったわけですが、長与さんとのお付合いはなかったんですか。

**里見**　ありませんでしたね。われわれは文弱派だけれども、当時の長与はどっちかと言えば剛健派で、柔道なんかも強くって、たしか二段ぐらいじゃなかったかな。

**本多**　帝大の正門前で、誰かを投げたとか、投げないとか、とにかく豪傑だったらしい。「白樺」のなかでは、長与さんは硬派の代表みたいなもので、里見さんはまた軟派の方の代表みたい……（笑）。

**里見**　まさにそのとおりですね。

**本多**　それでいて一本立ちになられてからは、硬軟相補うというのか、かえってよかったわけですか。

**里見**　そんなことでしょう。向うでは、僕が一向に勉強しないことを、たいそう歯がゆがってくれて、一度、僕の本のはさみ込みに、あいつがもう少し本を読んでれば、もっとましなものが書けるのに、というような意味のことを書いていましたっけ。

**本多**　しかし、里見さんの方から言えば、長与さん、もう少し別の勉強されればよかったのに……（笑）。

**里見**　長与って男は、非常に自分にきびしいから、自然人にもきびしくなるんだけど、一面、またばかに人なつっこいところや、巧まないユーモアも持ってましてね。真面目な話をしだしたら、眉間に八の字を寄せたッきりの、写真によくあるあのむずかしい顔つきになるんだが、どうかして一旦ふざけだすと、だらしがないくらい……。こういう点では僕と非常にウマが合うんだ。中年以後になるほど、そういう面がよけい出てきたわけだ。それでバカに仲良しになったんですよ。額に八の字では、とても付き合いきれないけれどね。

**本多**　そうですか。「竹沢先生と云う人」以後は、大変よく練れた、余裕のある態度になられたということは感じますが、それでも、ユーモアがあるという面はあまりピンとこないんですが、具体的には、どういう話がありますか。

**里見**　そう、例はいくらでもありますが、（少し考えてから）われわれはよくお化をやったんだが、遊びに行くと、もう話はいいから、さっさと始めようよ、という工合でね。向うから訪ねて来るにしても、露骨にそれが目的で、細君の茂子さんも好きなものだから、二人で来てね、僕のところも、家内ではないけれども、世にいう二号がいて、それが好きだときているから、すぐさま花札が持ち出される……。

**本多**　そんなことがお好きなようには思えないですがね。

**里見**　「人は見かけによらない」ってね。調子よく勝てばごきげんで、出ほうだいの洒落《しゃれ》なんかとばしているんだが、少し負け込んで来ると、例の額に八の字で、やたらと当り散らすんですよ。毎度のことですから、長与の細君も平気なんだけど、来客に対して悪いと思うもんだから、「あなた、だめですよ。そんなにいきり立ったってしようがないじゃないの」なんて……。僕は、「長与のプンプクプンプクするのは、一種の照れ隠しの愛敬《あいきょう》なんだから、茂子さん、何もそんなこと、気にすることありませんよ」と言って、からかってやるんだ。「そろそろ長与が愛敬を出してきたよ」なんて言うと、いかにプンプクしだしても、笑わないわけにいかない。お互いにひやかしたりひやかされたり、和気アイアイたるもんでした。

**本多**　武者小路さんは、生一本のようでいて、滑稽なところ、本当にユーモラスなところがありますが、長与さんも、生真面目一方のようでいて、そうでしたか。

**里見**　それがもうちっと書いたものに出た方がよかったと、僕は残念に思うんだけど。「白樺」時分には、禅の言葉に「第一義」というのがありますね、あれに対して、「七義」という言葉を作ってね。われわれのふざけた面はその「七義」ということになってました。

**本多**　長与さんは、いつか三越で絵の展覧会をなさって、拝見したんですが、なかなかいい絵だと思いました。いつごろからお始めになったのですか。

**里見**　僕らが付き合わない、もうずっと以前からやってたのだそうです。文学者より絵描きになろうと思っていた時代もあったそうで。……（頭上の絵を見上げながら）これも長与だけれど、いいでしょう。

**本多**　なるほど、いいですね。これは、いつごろのものですか。

**里見**　戦争中、疎開先の与瀬で描いたものだと思います。この自賛の文句もいい。「国難中ニ在ッテ悠々自適、コレ私事ニ非ズ」日本国民ももうちっとゆったりした気持でいてくれということだと思うんだ。「コレ私事ニ非ズ」がいいじゃありませんか。

（昭和四十二年二月十五日　鎌倉市扇ケ谷の里見弴氏邸にて）

# 里見弴をめぐって

里見　弴
伊藤　整

## 里見文学の真髄

**伊藤**　主要な作品を読ませていただきまして、私なりに感想を持ったんですが……率直に申しますと、里見さんは、同時代の方々のお仕事に比べますと、かなり行儀の悪いことも、大胆にお書きになっていらっしゃる（笑）。その行儀の悪さというのも、道徳的な大胆さがございまして、この書き方は、大正期では随分激しいものであったと、改めて思いました。むしろ現代《いま》の方が、時代にぴったり合うのではないかと感じます。同時代者の態度と、御自分の作風と、その辺はどういうものでございましょうか。

**里見**　これは僕の生まれたちで、悪く言えば軽佻浮薄なところもあるんだろうね。慎重に、重厚に、ものを考えたり、行為をすることが出来ない、気が向かないんだね。だからもう、多少捨て鉢的に、何もかも洗いざらい出した方がいい……そんな考えだったですね。

**伊藤**　今でも私そう思うんですが、日本の文壇というのに非常に形式道徳的なところがありまして、どこかで救いを読者に与える……読者は甘えて読むわけです。ですから戦時中、だんだん戦争が進んできたころには、里見さん、お仕事しにくかったんではないでしょうか。昭和十二年ごろ、「可恐児《アンファン・テリーブル》」という小説をお書きになりましたね。実に面白い小説で、ああいう男みたいな女みたいな青年、現代《いま》にぴったりなんですね。それが、お続けになれないような時代だった……。

**里見**　そうですね。あの作品はフランスでの話はあれでおしまいにして、帰国してからの、日本の社会における話を書こうと思ってたんですが、あの時代、都合の悪いことが多くてね。

**伊藤**　主人公は、どなたかをモデルに？

**里見**　いや、あの小説ではおじさんに当たるような人から、俺の知合いにこういう変った奴がいる、と話を聞いて……会ったこともないんだけどもね。両方とも実際にはフランスに行ったことのない人なんだ。それでパロディを書くんだから、随分骨折った（笑）。

**伊藤**　「可恐児」にしろ、初期の作品で「直輔の夢」、それに「多情仏心」、どの作品でもそうですが……人と人とが会って話をする。幇間が出ることも、芸者や役者が出ることもございますね。文士どうしの時もあるし、戯曲家が加わる時もある。その中で起る気分のやりとりを、一人がうまく調節しようとするんですね。あれが里見文学の真髄だと、私は思っております。苦労するんですね、こういえば、この人が白けるだろうとか、書きすぎるとこんぐらがってわからなくなります。説明の勢いを、ひょっひょっともっていかなければならない。その間に納得させて、力点を保存しておかなければならない。効果をどこかへぶっつけなければならない。その気分の劇、それがえらい芸だと、私思っているんですが。

**里見**　「直輔の夢」は、自分の書いた会話の中では、一番潑溂としていて、好きですよ。

**伊藤**　私も好きなんです。ただ、場面ということで今後、若い方々が困るのではないかと思うんです。芸者の古手が出てきた時ですね。男とどういう関係にあるか。客と芸者だけれども、友達でもあり、先輩みたいなところもある。私どもはかろうじてわかる気がしますけれど……もっとも、こういった感情は、他の人間関係のなかに復活するわけですから、連想は出来るんですが。……ところで私、昭和十年代に里見さんのお書きになった文章で、今でもいろんな意味で思い出してるものがあります。意味をとり違えてるかもしれませんよ。……文士はいろいろ芸のあるものではない、自分の書き方というものがあって、それで書く。そこに注文がくるから、また書く。あるところまで書き続けると、批評家が、彼は同じことを同じように書いていると言い出す。それで、これはいかんということで変えようとするけれども、書き始めるとそうは変えられないから、また同じように書いてしまう。そんな調子である程度までやっていると、今度は、あれはうまいと言われる。それでいいということなんです。自分のやることは自分の身についたことであって、それが本当の自分の仕事だと……。私、それを読みました時は、三十ぐらいの時で、多分くよくよしていた。非常に救われた気持がしまして、今でも、あれは本当のことだと思うんです。随分救われました。

**里見**　まあ僕なんぞは、幾つになってもこうして元気にしているし、何不自由なく暮しているということは、天道様に申しわけないということで、息のある限りは、書いて書いて書き続けるとか、最後の息を引き取るまで勉強は絶つまいとか、……よくこう言いますね。高見順君なんぞは、そのタイプだと思うけど、そういう人も感心するんだ。だけど、僕は絶対にそれをしまいと思っているね。人間、生まれた時は赤ん坊で、わけのわからない時代が何年かあるんだし、それで、おしまいの方だけ充実させたってしょうがない。後先《あとさき》、ぼやけた時代があったって、ちっとも構わないと思うんだがね。

**伊藤**　自分の良いところは、本当は自分にわからないということかもしれないですね。ですから、特別努力しても踏みはずすかもしれないんで……それで、自分の持ち味とか、仕事というものがあるんではないでしょうか。

**里見**　まあそうだな。あるいは僕だって、高見君のような病気をしたら、あのように考えたかもしれない。

**伊藤**　ところで芥川龍之介さんが文壇に出られた時に、里見さん、どんな風にあの方をごらんになったですか。

**里見**　そうね。僕は芥川君のごく初期のものだけれど、「地獄変」の感想を雑誌に求められたんだよ。ちょうど速水御舟が、年に似合わない老成した立派な絵を、帝展に出品した時だ。初入選か何かでね。その絵に実に感心してたんだが、今からこんなものを描いていたら、先にいって行き詰まらないかという気がしてた。

**伊藤**　枯れた絵というか、そんな調子ですね。

**里見**　頭にその絵のことがあったものだから、感想を求められた時に、どうも速水君の絵のようなものを感じる、先にいって行き詰まるんでは、というようなことを言ったんですよ。それを芥川君が読んだのだろうね、はじめの間はあまりいい感じを持たれてないようで、会ってもけむったそうな顔してたよ。それが原因かどうかわからないけれど。

**伊藤**　昭和二年でしたか、御一緒に北海道へ講演なさいましたね。

**里見**　あの時は、大変仲良くやってきたけどね。

**伊藤**　その折は、大変憂鬱そうであるとか、そういう気配はございませんでしたか。

**里見**　ちっともない。だけれども、連絡船——船尾がぶッたぎったように角張っているので、滝つぼのように泡立っているんだ。そこへ行ってみようということになって二人で行ったんだが、ここへ飛び込んだら助かりそうもないなんて言ってたな。こっちは何にも気にしてなかったが。

**伊藤**　そんなことおっしゃったですか。

**里見**　言ってた。馬鹿馬鹿しくふざける方では、彼、傑作がありましてね。僕は世にいう二号……彼女を連れていたんだが、芥川が友人へ手紙を出すたびに、それをいろいろに書くんだよ、「鴛鴦《えんおう》夢まどか」とか、「孤雁《こがん》さびしき」とか、自分を孤雁にして……。

**伊藤**　あの時でも、芥川さん、ふざけるお気持はあったんですね。

**里見**　好きなんだね、ふざけるのは。一番ひどかったのは、汽車の中から一緒だった役人風の旦那とその細君の話だね。大変にえばってるんだよ。二人でいやな奴だと言ってたんだが、連絡船に乗ったら、彼らも乗っているんだ。何でも今度赴任する樺太の長官なんですね。これは大出世なんだから意気軒昂たるものですよ。ところが、僕の連れていった女と、樺太長官夫人とが、隣りあわせのキャビンでね。連れていった女はすぐに船酔いになって、部屋に入って寝ちまったんだよ。おりょうというんだが、芥川がおりょうの部屋はどこだと聞くから、まあこの辺だと思って、例の船の丸い窓を指さしたんだ。「寝たね」なんて言ってから、頭の毛をこうやって（前へ垂らす）、夏のことだから窓が開いている、そこへ「ウワーッ」と言って驚かした（笑）。そこの下にいたのは、俺の女じゃなくて、樺太長官夫人なんだ（爆笑）。

伊藤　それは大変だ。そんなことをしたんですか。まあ三十七、八歳ですからね、遠藤周作君ぐらいなものでしょうな（笑）。ところで「縁談寠《えんだんやつれ》」、ようございますね。あれは、実に鎌倉の雰囲気がいたします。例の小津安二郎監督のような人に撮らせたい作品ですね。

里見　題名は忘れましたが、映画にしているんですよ。しかも僕はそれを知らなかった。晩年親しくなってから撮ったと白状したんだけど、その時分は知らない人だから、けしからん奴がいると……。

伊藤　作者にはわかりますからね。

里見　まるで俺の「縁談寠」そっくりじゃないかというんで、初めて会った時、いきなり僕は言ったんですよ。「あなた、人の作品盗んで、随分ひどいよ」って。「やあやあ」なんて言ってごまかしていたけどね。それが気になったのか、その後、僕の小説、随分撮っているんです。ただし、ほとんど彼が、こういう筋で小説書いてくれ、と僕に言ってくる。僕から言やあ、ありがた迷惑なんだよ。小津君の考えで僕が小説書くなんて、決して愉快でないからね（笑）。それでも、前の罪ほろぼしに、原作料をたくさん持ってきたいのだろう、いろいろ話を持ち込んできた。

伊藤　それで、小津さんの言ったものをお書きになりましたか。

**里見**　ずっとあとのものですが、書いたね。「秋日和」と「彼岸花」。自分ではあまり好きではないけれど、小津君が自分で立てた案だから、いろいろと説明してくれる。僕は書くのに邪魔になるからよせよせという。結局、僕の小説と、彼の同名の映画が出来るわけですよ。ところが人によっちゃあ、映画のために、僕が書いたみたいに言うんだよ。読み比べてくれれば全然違うんだ、僕の方が上等なんだけれども（笑）。よくそんなことを言ってふざけ合ったもんだね。

**伊藤**　楽しいお話でございますね。ところで、里見さんのような系統の文士、それが今日おりませんね。気分転換ごとにひらめくものを捕まえてゆくという、高見がわずかにその趣があるだけで。いずれ誰かが出て受け継ぐに違いないと思うんですが、私は地方人ですから出来ないんです。場面の全体を把握する、それから気分の転換と自然描写とをすぐ結びつける。そういうことは、高見がうまかったですね。そういえば、英語でものを書かれた方……郡虎彦さん、この人いかがですか。今東光さんが、子供のころ近所にいたということでちょっと書かれて、志賀直哉さん、武者小路実篤さんもお書きになっていられるけれど、怪物でございますね。

**里見**　才能はずいぶんあった人だと思うね。早く死にすぎたんで、ちょっと見当つかないけれど、珍しい人だ。生きていたらどんな仕事をしているか。

**伊藤**　外国語で書くということは、大変なハンディキャップですから。確か、帝劇で作品が上演されたんですね。

**里見**　それから「太陽」の懸賞小説に当選したしね。その時かな、久保田万太郎君が戯曲で当選したのは。

**伊藤**　そうしますと、久保田さんは、小宮豊隆さんにほめられた「朝顔」を「三田文学」に書いて、その後ですね、確か「プロロオグ」という戯曲が当選した。慶應の先生だった小山内薫さんが選者でございます。

**里見**　そうですよ。伝説ではないと思うけれど、小山内君が教室で生徒を集めて、今俺は「太陽」の懸賞募集の選者をしているんだけれども、こういう作品を書いた人がいる。いい作品だから、一等にしたいと思うなんてことをしゃべってるのを、久保田君は聞いてるんだ（笑）。うれしかったろうね。きっと久保田君の最良の日かもしれないね。

**伊藤**　そのころでしょうか、森鷗外さんが「三田文学」や「白樺」を集めて、自然主義退治をなさろうとした、と言われておりますのは。その会合の時に、里見さんがイタズラ描きをされていて、鷗外さんが後ろで見ていたとか、あのあたりのことを一つ……。

**里見**　われわれが集まったのは、何も自然主義退治のために決起するなんて、そんな不愉快な話じゃなかったんですよ。年四回、季刊雑誌を四つの雑誌（「三田文学」「白樺」「スバル」「新思潮」）で出そうという、それだけの寄り合いのつもりだったんだ。それが「スバル」の平出修……彼がいやに目的意識を高揚しすぎたんだね。で、武者小路がそんなことならわしはごめんだと言い出した。なんだか座が白けてくるし、僕はしょうがないから、テーブルを離れて受付みたいなところで、みんなの顔を見ながらイタズラ描きしてたんだ。いつの間にか鷗外さんが後ろに来ていて、「君うまいね」……振り返ってびっくりしたけれども、気持良かった。

**伊藤**　鷗外さんは、自然主義退治のことはどうでもよかったんでしょうか。

**里見**　どうでもいいんだよ、そんなこと。あんまり発言もしなかったしね。言いだしは「スバル」だったから、責任はあるかもしれない。でも「新思潮」の谷崎潤一郎君だって、そんなことどうでもいいという立場ですよ。

**伊藤**　それで鷗外さんのイメージも大変によくなりました。僕はまた、鷗外さんが言いだしたように受け取っていたものですから……。泉鏡花のものをよくお読みになっているようですが、お若いころ、島崎藤村はお読みになったんでしょうか。何かにお書きになってたように覚えていますが。

**里見**　読みましたね。「破戒」の前の「藁草履」「水彩画家」あたり、当時うまいと思ったよ。むしろ生馬（有島生馬）が大変に崇拝していてね。僕が中学の終りごろだな、兄貴たちと一緒に秋、もみじを見ながら軽井沢へ行ったことがある。その帰りがけ生馬一人だけ、小諸へ行くと言うんだ。碓氷峠の頂上で別れたんだが、その時初めて島崎さんにあったんじゃないかな。詩集の「落梅集」なんぞ、ボロボロになるまで読んでいるんだ。つい僕も読んでしまって「農夫の長い……」あれなぞ面白いと思ったな。そんな工合で、僕にとっても島崎藤村という名前は非常に熟しているわけだな。それから明治四十年ぐらいかな、「破戒」を書いているころ、西大久保のお宅に僕が訪ねていったことがある。生馬はイタリアに行っていて、島崎さんに届けて欲しいと、買ったものを送ってよこすんだ。向うの名画の写真版。当時の日本で見れば大したものだが、ただ絵がわかるというだけの粗末なものでね。それを持っていった。あの人は後々までそうだったんだが、誰が行っても玄関払いですね。生馬から送ってきたものだと言うと、どうもありがとうと受け取るだけだもの。印象は、黒い木綿の羽織を着て、頭ぼうぼうで、肩から後ろにかけてはふけがまっ白なんだ。随分きたない人だと思ったね。夜昼なしに書いていたんじゃないかな。

**伊藤**　そうでしょうね。初めて会った時の先輩の印象というものは、強烈なものだと思います。実は昨夜、「世界一」という作品を拝見しまして、鳥取の砂丘での話ですね。友達と、巨大なすり鉢型の砂の穴の斜面に、顔を描くんですね。あれ志賀さんでしょう。二人で同時に、ある場所から別れて何歩か歩くと眉が出来る。飛び下りたところで、また両方で歩いて目を描く。それから鼻と……あれ、面白いですね。僕も鳥取、まいりましたが、そんな大きな穴、見なかったです。

**里見**　風のかげんで出来るんだが、大すり鉢と、小すり鉢と、二つあるんだ。これは大きな方です。

**伊藤**　「或る年の初夏に」の松江の話、これも志賀さんと御一緒の時でございますね。あの時はブラブラと……。

**里見**　そう……湖で、小さなボートを借りたりして。五月から六月のころだから、湖水で遊ぶ人も少ないわけです。貸ボート屋だって二、三隻しかないんだが、一隻決めてしまって、志賀と、毎日必ず出かけるんだ。ただ漕ぐだけでは面白くないというんで、竹の棒や古木綿で、二人で帆を作って、風のいい日は方々へ行きましたよ。玉造温泉なんぞ、汽車へ乗らずに、それでスッと行きました。そんなことが大得意で。

**伊藤**　そういう無目的で遊んだりしている青年は、あのあたりにはいなかったんでしょうね。まだ著述業でもない、文学者というようなものでもない……。

**里見**　警察が、志賀のところへも、僕のところへも調べに行ったらしいね。何もしないでブラブラしてるのに、どうして食っているか。夜になると、どこかに入るんじゃないかと思われたらしいよ（笑）。

## 大正期の文士気質

**伊藤**　遊ぶといえば、大正期の文士は、傑作がいっぱいあるんですね。里見さんも、久米正雄さんなんかと警察に引っ張られたことあるんじゃないですか。麻雀《マージャン》でしたか。

**里見**　ありましたね。あの時は菊池寛がうまいことしましてね。自分も捕まるところを、先手打って、警視庁にわれわれの身柄を引き取りにきたって顔でやってきて（笑）。それを捕えるわけにもいかないし、調べている刑事が、僕らに悪うございましたって、自発的に言わせようとするんだ。それで勘弁してくれるんだが、僕は言わないんだよ。あなた方は博打というけれど、博打の性質は、それで産を失うというものであって……向うはイライラしてくるんだね（笑）。その刑事が文学青年だったらしくて、兄さんの有島武郎は立派な人格者だ、恥ずかしくないかとくるんだ。武郎が死んだあとのことでね。僕は悪いことしたつもりはないし、何か言わねば解放してくれないと思ったから、前に何かの会合の帰り、小山内君が、僕ら麻雀する連中の顔を見て、君たちは麻雀だろう、僕はこういう時まっすぐ家に帰って本を読む、と言ったことがある。小山内さんは勉強家だからね、ちょっとその時恥ずかしかったんだ。その話を刑事にしたら喜んでね。それでよろしいと。

**伊藤**　私たちの観念では、大正期の文士は、「中央公論」と「新潮」ぐらいに一つずつ書けば、責任はすんだと、後は麻雀でも花でもやっているように思ってましたが、昭和の初めごろから人間が実直になって、金の貸し借りなどはあまりしない、月給取り文士になってゆく。当時は、文壇人であるためには、お互いに悪口書いたり論争したりしていても、一つのグループとして気の知れ合ったものという気持があったのでしょうね。で、大正期はよかったと言うんですが、確かにうらやましい。里見さんからみますと、今の文壇とか文学とか小説といったもの、いかがでございますか。

**里見**　手あたり次第にそこにあった雑誌を開いて読むということで、近ごろの若い方々の傾向、何がリーダーシップを取っているか、文学はどっちの方向へゆくのかという、組織立った勉強はしていないけれど、今度の芥川賞の二人などは読みました。……そうね。小説というものを面白く書いて、読ませるようにしようという精神には僕も賛成なんですが、お世辞が良すぎるように思うんだ。自分の考えをもっと出す、……出しすぎるのは感心しないけれど、生の自分というものをもっと出してもいい。おしゃれをすればきれいですよ。でも、すっ裸でもいいから、自分の姿を人の前に出したいという気持、見てもらいたいんではなくて、そのような気構えが稀薄で……その辺が、僕らの時分との、一番顕著な違いだ。

**伊藤**　今は、賞とかがあって、選ばれるのを予定している時代ですから。それはありがたいお話でどうもありがとうございました。

（昭和四十三年六月十五日　鎌倉　華正楼にて）

# 芥川龍之介を語る

芥川比呂志
大岡昇平

## 少年の日の記憶から

大岡　お父さんがお亡くなりになったとき、あなたは幾つだった？

芥川　昭和二年ですから八歳でした。小学校二年生……。

大岡　最初の「芥川龍之介全集」（昭和二年～四年、岩波書店刊）の背文字は、たしかあなたがお書きになったのですね。

芥川　ええ。ぼくが小穴隆一さんのところへ書きに通わされましたよ。

大岡　練習したんですね。

芥川　練習といっても、鶯餅であやされながら（笑）。

大岡　ぼくはあなたとは大分永いお附合いですが、これまでに一度もお父さんの話をしたことはなかったな。あなたがなんだかいやだろうという気がしてね、なんとなく遠慮がある。森雅之に会っても、父・有島武郎の話をしたことがないんですよ。芥川龍之介の息子ということで、人に見られるのは、面白くないだろうな。

**芥川**　ええ、テレくさいから。

**大岡**　ぼくが小説を読みはじめた最初の作家は夏目漱石ですが、つぎが芥川龍之介でした。新潮社から出ていた「煙草と悪魔」（大正六年刊）という小型本でした。当時小学校六年生ですから字がむずかしくて読めないわけだ。おはずかしいことに芥川を茶川《ちゃがわ》と読んでいたな。こんどこの集の解説をするんで、久しぶりに読み返してなつかしかった。自分の少年時代にもう一度帰ったような気がしたのだけど……。日常生活のお父さんの感じというものは、どうでしたか。

**芥川**　子供のときは、あまり接触がなかったように思うのです。仕事場に行くことは禁じられているし、父は一日中、二階の書斎に上がったきりでしょう。せいぜいこっちが病気したときとか、夏、鵠沼とか軽井沢に行ったときなど、遊んでもらった記憶があるくらいで。病気のときに自作の童話を、枕許に坐って読んでくれたことがあります。「杜子春」を。自分で一度読んでたしかめる気もあったのですかね。

**大岡**　あれは、そうとうむずかしい童話ですね。

**芥川**　子供の読むものにはやかましかったようです。雑誌では「赤い鳥」（鈴木三重吉編集の童話雑誌）を読まされました。ところが普通の本は読ませてくれなかった。

**大岡**　なるほどお父さんは三重吉の新しい童話運動を積極的に支持してたんですね。お父さんの最初の記憶は。

**芥川**　前後の事情から推測してみると、三つのころです。梯子段を上がって父の書斎に行ったのです。お客さんが来ているのを覗きに行ったのですけれど、ぼくは梯子段の上から転がりおちちゃったんです、何も見ないうちに。すると父がとび出してきて、泣いちゃいけない、バイオリン弾《ひ》きのおばさんが来ているから、あとでバイオリンを弾いてもらおう、って言うんです。それが最初の記憶です。バイオリンのおばさんが来たので、母が見て来いと言ったのかもしれないな（笑）。

**大岡**　大震災のときは。

**芥川**　四つでした。

**大岡**　田端の辺は焼けなかったのですね。

**芥川**　その日は、父は朝起きるとすぐ仕事にかかっていたようでした。二階から急いで下りてきて、パンとバターをぬってトーストを食べるのに、浴衣《ゆかた》を着て立て膝をしてあわただしい食べ方をしていました。そこにドカンときた。父は庭の真ん中で腰に手をあてて、屋根瓦の落ちてくるのをにらんでいました。いかにも強そうでしたね。たのもしかった（笑）。芥川の家は下町ですから、焼け出された親戚の人が大八車を押して家に来たり、大変でした。あのときは自警団ができたてでしょう。父も自警団に行っていました。

大岡　お宅はお数寄屋《すきや》坊主……。

芥川　そうです。河内山宗俊じゃないですがね。

大岡　お数寄屋というと、普通の茶坊主と違うのですか。

芥川　いくらか格式があるのです。名字《みょうじ》帯刀《たいとう》を許されていたようです。系譜をみますと、河内山宗俊風の名前が、俊清とか春洲という名がずっと並んでいます。お数寄屋にかぎらず、茶坊主というものは、金貸しみたいなことをしていたらしい。幕末以後、経済的なバックがくずれてから、そういうことで生計を立てていたようです。

大岡　芥川道章、お祖父さんはたしか東京府の土木課長でしたね。

芥川　そうです。

大岡　お父さんは大川端で育って、あっちの方角を大分なつかしがっているけど、あなたはどうです。

芥川　そうですね。浅草とか柴又の帝釈《たいしゃく》様などにはよく連れて行かれました。なにかというと浅草でしょう。花屋敷のあやつり芝居とか山がらの曲芸とか。銀座には行かなかったですね。

大岡　あなたは山の手で育ったわけだが、そういうお家だから、連れて行かれるところは下町ってことになるんですね。とにかくこわいお父さんじゃなかったでしょう。

芥川　こわいと思ったのは、夏、鵠沼の海で水泳を教えてくれたときです。あの時分の男の海水着は上と下に分れていましてね。上が丸首シャツ、下がパンツみたいなもので、父はそれを着ていました。痩せているのでブカブカな、おかしな恰好なんです。父はぼくを肩に乗せてザブザブ水の中に入って行く。子供はみんな浅いところで泳いでいるのに、どんどん沖へ行ってしまう。自分の首が水につかるところで、ぼくを放っぽり出してしまうんですよ。こっちはもぐっちゃうし、犬かきで泣いてわめいているんです。しばらくすると、肩車をして、あやしてくれるんですが、また放り出す。あのときはこわかったですね。やはり明治の人なんですかね。自分もそういう教え方をうけたのかな。

**大岡**　スパルタ式教育ですね。男の子には自立の精神を教えなければならないという考え方、獅子は子を谷底へ蹴落して鍛えるという、……案外、「連獅子」あたりから来てるかもしれないが……。

**芥川**　三中（現在の都立両国高校）時代は大川端で泳いだんでしょうね。水泳には自信があったようです。いま考えてみると背は低かったのですね。面長で痩せているから背が高いようにみえるのですがね。

**大岡**　写真ではスラッとして見えるけど。

**芥川**　父の着物をぼくがいま着てみると、つんつるてんで脛の途中までしかない。どうなんだい、と母に聞いたら、そのままでちょうどよかったというのですから、ぼくの方が高いらしい。

**大岡**　そう言えば、一人立ちの写真が多いね。

**芥川**　だからスラッとしてみえる（笑）。

**大岡**　そのへんは演出なんだ（笑）。五尺二寸ぐらい？

**芥川**　二、三寸じゃないかな。

**大岡**　いま、あなたどのくらい？

**芥川**　五尺六寸……一メートル七十一センチ。

**大岡**　ぼくは一メートル六十九センチ。いまじゃあ、これで平均の身長だが、五尺二、三寸と言ったら、そのころとしては、特に小さい方ではなかったでしょう。

**芥川**　そうですね、きっと。

## 晩年の明るさと暗さ

**大岡**　いっしょに食事した記憶は。

**芥川**　あまりありませんね。いっしょに食べるなんて珍しいことでした。いつも書斎に閉じこもっていましたからね。ところが急に思い立って、上野まで袴を買いに行くから比呂志を連れて行こうなんていうことは、よくありました。いきなりそう言われて、横浜のオデオン座でアラ・ナジモヴァの「サロメ」を見たり……断片的なんですよ。

**大岡**　生活は仕事を中心に廻転していたわけですね。なんといっても若かったからね。ぼくは芥川龍之介から文学を教わって、この道に迷いこんだわけだけれど、こんど読んで、まったく青年のまま三十六まで来た人という印象をうけた。仕事ばかりしていたので、年をとるひまがなかったんだ。

**芥川**　文壇に出たときは、あの当時としては早かったのでしょうね。

**大岡**　それは早いですよ。いまで言うと大江健三郎君。「羅生門」も「鼻」も学生時代でしょう。もっとも家の方は別に思っていたのかもしれないけども……。お母さんはお父さんのことを話して聞かせてくれますか。

**芥川**　あまりしませんね。はじめの全集は総ルビ本でしたので、父の作品は子供のころから、わからずながら読んでいました。ただ母から聞いた話では、神経衰弱症状というのは、昭和二年よりも前の年の方がひどかったということです。なにか物音がするたびに、母はハッとして二階にとんで行ったということです。そのへんのことはぼくにはわかりませんが、非常に衰弱した感じがありました、ぼくの眼にも。なにしろ、わりあいと暖い日でも父は足袋をはいているんですよ。それも裏に毛皮のついているものです。冷えるんですかね。気持がわるかったな。後年、太宰治さんにその話をしたら、「思えば野暮な男だったな」と例の調子で笑っておられましたがね（笑）。床についたきりという時期がありました。「歯車」にあるようにいろいろな幻覚があったようです。目撃して子供心にもおぼえていることは、壁と箪笥の細い隙間をじっとにらんでいたり……大正十五年ごろのことです。

**大岡**　子供の眼にもつくくらいだから、相当のものだったんでしょうね。

**芥川**　一階に書斎を建て増したのですが、それは暗鬱な部屋で、ほとんど使いませんでした。その軒のそばに太い椎の木があって、これを登って屋根を鉤《かぎ》の手に曲ると二階の書斎に出るのです。ぼくが面白がって木登りをしていると、父は何分で登れるか競争しようと言うんです。ぼくは甲虫のように、やっさ、やっさと登るのに、父はとび上がって木の枝をゆすぶり、機械体操の足かけの要領でパッと上がってしまう。ごきげんでね。ハアハア言いながら、どうだ早いだろう、なんて言う。子供っぽいんだな（笑）。

**大岡**　それは小説にも出ている。どうも最近の芥川研究は、少し糞まじめすぎるかもしれない。どうせ研究なんかするんだから、お父さんのまじめな方ばかり見るのは当然だが、当人はずいぶん茶目っけがあったんだろうね。

**芥川**　大変ないたずらをするのです。風呂場で、比呂志、入ろう、とぼくを呼ぶんですよ。行ってみると父はいない……風呂のふたはしまっているし、着物はぬいである。狐につままれたようになって、お父さんはいない、と母に言うと、入っているはずだと言うんですね。変だなと思って、なおも探していると、風呂のフタをもたげてババッと出てくるのです。耳を押えて息をとめて湯舟の中にもぐっていたんですね。そんな茶目っけはとてもありました。そしてたいへん陽気な、冗談ばかり言っているところもありました。

# 河童忌のことなど

**大岡**　あなたはお父さんの小説から始めて、それからどんな小説を読んだ？

**芥川**　中学に入ってからは、チェーホフを最も多く読みました。

**大岡**　チェーホフからすぐ芝居の方に行ったんですか？

**芥川**　いや、そういうわけではありません。いろいろなことをやりましたが、グレゴリーとかオーケーシーとかアイルランド劇をよく読みました。そのころ「近代劇全集」が古本屋に出ていたのを一冊ずつ買って読み漁りました。父はどうも新劇は好きではなかったようですね。歌舞伎はずいぶん見ていたようです。

**大岡**　連れて行ってくれた？

**芥川**　いや、父に連れられてという記憶はありません。父が亡くなってから、祖父母に連れられて、先代の左団次などをよく見ました。

**大岡**　芥川は、歌舞伎はつまらないということを書いているけどね。

**芥川**　へんちき論みたいなのが多いですね。「四谷怪談」は鼠の害のおそるべきことを教えた芝居であるとか。なにか、うちには歌舞伎の役者衆が出入りしていたことがあるらしいですよ、幕末には。

大岡　おじいさんの関係で？

芥川　ええ。九代目団十郎が、「渡辺崋山」の舞台の上で蘭の絵を描いた扇が今でも家にあります。

大岡　ぼくが最初に書いた論文は「芥川龍之介論」なんですよ。高校で古谷綱武なんかと作った廻覧雑誌に出したのです。その後まもなく、お父さんは亡くなられた。あの朝、電話がかかってきて「大岡昇平さんのお宅ですか、こちらは芥川ですが、主人は死にました」と言ったまま切れてしまった。新聞を見ると、大きな記事が出ているのです。新聞に出てから電話をかけるのはおかしいと気がついた。そんな馬鹿なことをやるのは、古谷と富永太郎しかいない。追及したら、すぐ白状しました。

芥川　ああ、安心しましたよ（笑）。

大岡　それくらいぼくは芥川ファンだと見られていたんです。芥川龍之介の白殺はほんとに大きなショックだった。半年くらいのあいだ、考えこんでいた。本を読んだり、ものを書いたりするなんて、高級な生活は駄目で、人間はやはり自殺しなければならないのか、と本気で考えました。マインレンデルの本は、いまでもお宅にありますか。

芥川　あると思います。

大岡　どうしてもマインレンデルを読まんといかんと思って注文しましたよ。古本じゃないとなかったんで、手に入れるまで二年かかった。たしか二十円だったな。

**芥川**　マインレンデルは「或旧友へ送る手記」に出てくるのですね。

**大岡**　本が届いたころは小林秀雄や中原中也なんかと知りあって、飲代《のみしろ》に困る身分になったので（笑）、あとで売りとばしちゃったけれど。堀辰雄さんの記憶はありますか。

**芥川**　最初の記憶は軽井沢です。父に連れて行かれたときにはじめてお目にかかりました。

**大岡**　軽井沢のどのへん？

**芥川**　鶴屋旅館です。夜、ダンスの会があるというので、室生犀星さんや小穴さんたちと一緒に父が出かけてしまったことがありましてね。いくら待っても帰ってこない。玄関の脇の洋間で窓から暗い庭を見ていたら、堀さんが遊んで下さるつもりだったのでしょう、後ろからちょっと頭をつつかれたんですが、こっちは淋しいのをこらえてるところを小突かれたから、ワッと泣き出してしまった。堀さん、ずいぶんお困りになったそうです。子供をあやすのは苦手だったでしょうから。

**大岡**　お父さんが亡くなられたのちの、文壇の人々の印象は、どんなものでしたか。

**芥川**　あの時分の「河童忌」というのは、田端の自笑軒で集まるのですが、ひどく淋しい感じなんです。会話のない会という感じでした。菊池寛さん、久米正雄さんがいらっしゃる、向うには佐藤春夫さん、徳田秋声さん、こちらには久保田万太郎さん、宇野浩二さんというふうに坐っておられるが、ただシーンとして御飯を食べる会という、そんな気がしましたね。

**大岡**　三回忌をすぎると、どうもそういう空気になるようですね。もっともあのころは、友好団体としての文壇のグループは分解する時期にあったんじゃないかな。改造社から「現代日本文学全集」という円本全集が出たりしていろいろのことがあった時代ですね。久米さんが待合で酔っぱらっているのを、あなたのお父さんが意見したことがあったらしい。それを久米さんが小説に書いた。お父さんは随筆に書いている。一度意見したことがあったけれど、俺の間違いだったと冗談みたいに書いてあるが、結局、気まずくなったんでしょうね。そんなこともあって、ずいぶん淋しかったのじゃないかな。菊池さんともっとしっくりいっていれば、金の問題は解決したわけだから、そう極端なことにはならなかったのじゃないかと思う。遺書に、小穴隆一さんを父と思え、というところがありますね。

**芥川**　小穴さんとは、弱さで結びついた友情みたいなところがあったのではないでしょうか。気持の弱まっているところで書いた文章という気がします。同じ時期に書いた文章でも「歯車」なんかは、かえって自由な感じがします。ぼくは好きです。

**大岡**　文士にはほんとうの友達というものは、文士のなかにはなかなか出来にくいものなんですよ。仕事の違う人の方が親友になるものです。あのころの追悼文を覚えていますけれど、恒藤恭さんのものにいちばん感動しました。恒藤さんはずっと京都へ行ったままですね。

**芥川**　いまでも京都へ行ったときは、ときどきお訪ねすることがあります。

**大岡**　仲間に親友ができないとは、因果な商売ですよ。

**芥川**　わかるような気がします。

**大岡**　先だって西武デパートで「芥川賞・直木賞展」という催しがあって、お父さんの書斎が復元されたということでしたが、どうでした。

**芥川**　大正時代といまとでは、畳の大きさが違いますかね。元どおりの八畳間を作ったのですが、なんだか小さくてしようがない。机や書物やその他の遺品を並べてみると、すごくせせこましく感じました。

**大岡**　団地サイズとかがあるけれども、普通の畳なら東京の畳は変わりはないはずだけどね。小さかったとすれば、百貨店の陳列場の都合じゃないかな。

**芥川**　記憶のあるときが、ぼくがまだ背の小さな、歩幅の狭い子供時代ですから、非常にひろく感じたということがあるかもしれませんね。

**大岡**　そうかもしれないな。お母さんは、お父さんのことを公けの席で話したり、想い出を書かれたりされませんが……。

**芥川**　なにしろ古風な家柄の育ちですから……。

**大岡**　ずいぶんいろいろな人が引出しにかかるらしいが、その態度を一貫しておられるというのは、立派なことですね。

（昭和三十九年八月十一日　虎の門　福田家にて）

室生朝子
萩原葉子

# 室生犀星の思い出

## ふるさとは遠きにありて

**萩原**　犀川のほとりに文学碑ができたり、お墓参りなどで、金沢へたびたび出かけているようですけど、お父さまの幼年時代のことなんかお聞きになりますか。

**室生**　去年の夏だったけど、小学校のとき同級生だったというおじさんに会って話を聞いたのよ。九歳か十歳ぐらいのことらしいんだけど、喧嘩が大変上手だったというの。雨宝院の近くの神社のお祭りで、父の住んでいる貧乏な町とお隣の裕福な町が、出している山《だ》車《し》同士をぶっつけあって、お互いに貧乏だ、金持ちだといってののしり合って喧嘩するらしいの。そのときなんか先頭にたって、頭を割られたりしちゃってね。それでも次の日には鉢巻きをして出かけていくんですって。また太鼓を叩くのも上手だったようだわ。しかし、子供は叩かせてもらえないので、桴《ばち》がないわけよ。すると犀川の縁へ行って、木を折って作っちゃうんですって。そこでこっそり叩くんだって。それから金沢の古い家や犀川には杏《あんず》がたくさんあるでしょう。犀川ではその枝が川の方に張っているから、道の方からはなかなか取れないのだって。そうすると父は竹馬を作って、それに乗って川へ入っていき、杏の実を取ったそうよ。喧嘩が強くて、こわがられたらしいけど、優しいところもある腕白小僧だったらしいわ。

**萩原**　馬込のお宅にも杏の木があったわね。

**室生**　一本だけね。毎年、二十箇か三十箇しか生《な》らないんだけれど、とっても大切にするの。母も金沢の出身だから、夫婦二人とも、杏というものに郷愁があるのよ。だから杏の実の季節になると、あそこの家のあの古木はどうとか、たくさん生ったかどうか、といった話題が多くなるの。杏の実一箇で、故郷への思慕が拡がっていっちゃうの。それから、金沢からいただくお菓子を非常に大切にしたわ。長生殿という干菓子の一つを三つに割って、その一つを飲み薬のあとに食べたりしてね。私も、父に似て金沢のものになると、すごくけちになっちゃう。

**萩原**　お父さまは金沢へは帰られなかったの？

**室生**　ええ、三十年間も。「帰るところにあるまじや」という詩の一節もあって、故郷を捨ててしまったと思われているけれども、金沢の座談会や講演会などで、今までの話なんかすると、やっと納得してくれる。

萩原　そういう点ではうちの父も同じですね。前橋の人に追われて出て来たと書いていますが、やっぱり前橋が好きで、そして大事にするところが似ているわ。

## 二人の詩人の交遊

室生　萩原さんとは性格が全く違っていたわね。

萩原　全然違うのね。父は部屋を散らかしっぱなしで、かたづけると、おこるのです。

室生　うちの父の方はよごれていることが嫌いだったでしょう。母の方は割合に物をぐしゃぐしゃ押入れに入れておくのが好きな人だったんですね。母が少し遠いところへ買物へ行って、三時間ぐらい家をあけると、その押入れを全部きれいにかたづけちゃう。帰ってくるときれいになってしまってどこに何が入っているのかわからなくなってしまうの。

萩原　お仕事部屋もきれいだったわね。

室生　そうね。机の上に原稿用紙とペンと文鎮とパイプぐらいのものかしら。新聞も朝見たらすぐさげてしまうし、雑誌や本も午後三時ごろまで。十時半ごろ郵便が来るから、机の傍において、読みたいものは押入れにしまっておくし、読んでしまったものは、私がもらってくるの。だから、自分の身の回りに活字をおくのが嫌いだったのよ。本嫌いというのと違うんだと思うんだけれども。

**萩原**　ご自分の考えを一番大事にされていて、それ以外のものはいっさい置かないという感じがしたわね。ほんとに原稿用紙とペンしかなかったわ。

**室生**　若い時のことは知らないけど、私の記憶では辞書を引いているの見たことないの。母が元気なころには、呼んで、なんとかいう字を引いてくれなんて頼んでいたけど、それもほんのたまにしかないの。母の具合が悪くなって、私がするようになったんですが、それも数えるほどしかない。だから辞書を上手にあけられないかもしれない。だから初期の作品では活字を作っちゃったことがあるんですってね（笑）。女性の名前をね。

**萩原**　そういう言葉をどこで覚えられたんでしょうね。ご自分で考えられたのかしら。勉強というと変だけど、誰の影響を受けられたのかしら。

**室生**　父の先生という人はいないのよ。萩原さんとか、白秋とか、お付合いしていた人たちから、影響を受けたでしょうけど。それから、金沢では藤井紫影という四高の先生に随分教えてもらったようだわ。十七歳のときから俳句をやったのね。今の文庫本より小さい形の「蕪《かぶら》ずし」という俳句の同人誌があって、まだ犀星という名前は使っていないけれども、三句ばかり出しているの。金沢で父のことを研究していらっしゃる方に聞くと、犀星の文学は詩からではなく俳句から始まったとはっきりおっしゃるのよ。葉子さん、お父さまといっしょにうちにいらっしったことなかったわね。やっぱりお酒の席だったから、子供はお留守番だったのね。

**萩原**　そうそう。うちの父は子供を連れていくような性質ではなかったから。

**室生**　萩原さん、佐藤惣之助さん、竹村俊郎さんはみなうちの近くに住んでいらっしゃって、菖蒲《あやめ》が咲いたとか、やれ満月だとか、雪が降ったとかいっては、寄って下さった。萩原さん、敷島という煙草をすっていらっしゃって、吸い口がくしゃくしゃになってしまうの。すごく印象的でね。だんだんお酒が入って来ると、私が呼ばれるの。父が萩原君はまたこぼしたから、新聞紙を持って来いと言うの。すると、萩原さんはすっと立って、新聞紙をちゃんと敷いて召し上がられたわ。今から考えると、とてもお気の毒に思うけど、萩原さんは決して怒られなかったし、父も失礼とは思っていなかったの。そこに、何かとっても親密な友情があったらしいわ。

**萩原**　とてもたくさんこぼすの。後かたづけが大変です。ちょっとやそっとではないのですもの、そんな時どんな話が出たのかしら。

**室生**　お話は覚えていないけど、たいていあとで短冊や色紙がでてきて、それで一句、必ず書いていらした。惣之助さんはいつも着物なのよ。書いた短冊を背中にすっと入れて、帯でとめて大事に持って帰られたわ。また、萩原さんと父はほとんど毎晩会っていたようだわ。どっちが誘うともなく、それぞれ家で晩酌を一本か一本半飲んで、何となく、動き出すのね。道で会えないようなときには、大森駅近くの馴染のおでん屋とか小料理屋へ行けば必ずぶつかる。萩原さん、父のことをいろいろ話していたかしら。

萩原　たまに噂をぽつんぽつん聞く程度ね。朝子さんみたいにしょっちゅう話をしていなかったのです。普通の親子のようにいつも会っていないでしょう。朝子さんが可愛いということはよく聞いていて、トンビがタカを生んだとか、掃きダメにツルだとか言って(笑)。

室生　そうよね。父は自分の顔のことを生涯気にしていたから。

萩原　お若いころの室生さんは、ちょっと見るとこわいような感じだったけど、晩年は皺の深さにも積み重ねられた貴い年輪が感じられて、とても温かい、よいお顔だったわ。

## 庭のこと、女のひとのこと

室生　葉子さんは、いつごろから父のところへたずねていらっしゃいましたか。

萩原　「父・朔太郎」を「青い花」に連載したとき、室生さんからお手紙をいただき、ほめたり励ましたりして下さったんで思いきっておたずねするようになったのです。そのころから女の人がたくさん集まっていたわね。

室生　そうね。気が付かないうちに、仕事でいらっしゃる方もご婦人ばかりになってしまったから、よけいにそう感ずるのね。葉子さんがたまにいらしても、必ずお客様がいたでしょう。

萩原　会わないことがないくらいです。それから、お宅へ伺うといつも、門から一歩入ったとたんにおじけついちゃうの。なめたようなきめのこまかい土にハイヒールでポコンと穴をあけてしまうといけないから、低い靴をはいていきましたけど、室生さんは私の足を必ず見て、ハイヒールでいらっしゃいというの。その上、門から茶の間までが花道みたいだし、室生さんが腰板まである大きなガラス戸越しに見ているし、ますます緊張しちゃう。

**室生**　ハイヒールをはくことで、その日の洋服の総元締めみたいなものができるという考えを持っていたから、よけいそういうのよ。帽子よりも靴のちゃんとしたものをはきなさいということなの。

**萩原**　ハンドバッグもあんまりいいのじゃないけど、持っていったの。そうしたら、それいいハンドバッグだね、見せてごらんといって大変ほめられたわ。それから、坐るときに足をよく見ているのね。

**室生**　足が好きだったわね。父は割合洋画をよく見たんだけど、いっしょに見たりすると、あの女優は大変きれいで、車へ乗るときの足の形とか、体のこなしが上手だから、よく覚えておけという風に言っていたのよ。だから映画を見ても、なにか妙な関心があったらしい。それと、軽井沢の家の垣根なんだけど、以前は柴垣があって、その下の石垣との間に二寸ぐらいの空間があったの。それで、庭を歩いていたり、茶の間に坐っていると、その隙間から、家の前を歩いて行く人の足が見えてね。父は、いろんな人種のショーツをはいたお嬢さんたちの足を眺めるのがとっても楽しみだった。お父さまはどうして足にばかりこっちゃうんだろうと言ってよく笑ったんだけど、とっても好きだったわ。

**萩原**　室生さん、文章にも書いているけど、夏になると、女の人の腕の美しさについて、よく言っていたわね。

**室生**　そうなの。夏の女性の美しさというのは、豪華な洋服だとか、見た目のきれいな生地の洋服の美しさではないと言うの。黒いタイトスカートを着て、糊のついた木綿の開襟シャツのようなブラウスを着ている女が一番美しいんだって。だから六月末になって、着替えしたいと思ってもなかなかできないの。だんだん暑くなって来るから、どうしたって広い木綿のスカートをはくでしょう。そうするとまずその日に叱られるのよ。今日はなぜそんなスカートをはいたんだ、いつものをはきたまえと言われるの。つまり、暑くなると、広がったスカートをはくということがどうしても納得できないのよ。毎年毎年、それをくり返すの。そんなことを二、三日くり返しているうちに、だんだんみんなも夏服になって、家にあらわれるお客さまがきれいなスカートをはいてきちゃうわけよ。たまたまある年にほとんど全円のスカートをはいていらっしゃった方がいたの。それで、父の前に坐ると、それが半畳ぐらいにフワッと広がって、赤い花模様がとってもきれいだったの。そうしたら、そのスカートに感心しちゃって、実に美しかったと言うの。それで、女の人は、夏になると涼感のあるスカートをはかなければならないんだなということがわかったわけ。そうすると、次の日から何にも言わない。だけど、それも一夏だけで、毎年同じことを言って納得させなければならなかったけれどね。私だけじゃなくて、家のなかの女がみなそういう恰好になるでしょう。だから、みんなが行ったり来たりするたびにほこりが立つんで、それがとっても耐えられなかったのね。

**萩原**　私の父などには、まったく夢にも考えられないことだわ。何よりも私がいつもうらやましいと思うのは、とてもこまかいことで朝子さんたちを可愛がることです。いつか朝子さんと私が並んで写真を撮ろうとしたときなど、眉毛を画いた方がいいよと注意していらっしゃるし、口紅をもって行こうかねと廊下にのり出すようにして、熱心に言われたりしてね。私、びっくりしたわ。

**室生**　写真をとるときには、あの洋服を着たまえとか、あのセーターがいいなんて、妙に写真うつりのいいのを覚えていたわ。子供のときからそうだった。

**萩原**　父はよく「室生は家庭を大事にするし、将来のことまでちゃんと考えているよ」と感心していたけど、娘のことばかりでなく、奥さん思いの暖かい家庭の空気は、ほんとうに居心地よかった。すぐ帰ろうと思っていながら、つい夕食まで御馳走になってしまって。

**室生**　仕事でいらっしゃる女のひとたちも、夕方になって、いっしょに食事をすることが多かったわ。父はそのころ、まるで汽車に乗るみたいに、八時半というともう寝床に入るの。食事が終ると七時だから、一時間ぐらい話して、お客さまを離れにつれて来て、十時や十一時ぐらいまでいろんな話をするでしょう。父は、それがとっても気に入らなかった。

翌日になると、君、ゆうべのあの方は何時に帰られたかと聞いて、わしのところへ来る女のお客さまをすぐ横取りしちゃうって恨まれたりしてね、男性じゃないからいいでしょうなんて笑うんだけれど、女性であったからこそ、また腹も立ったんだと思うのよ。

## 生活について

**萩原**　晩年はよく辛子色の着物を着ていらっしゃったわね。草木染めのような淡い色の着物がよくお似合いでしたね。

**室生**　そんな上等なもんじゃないんだけど、何万もする着物に見えるんで、とっても不思議だと言っていた。

**萩原**　どこでお誂えになったのかしら。父も草木染めばかり着てましたけど。

**室生**　デパートへ行って、黄色い着物を出してもらって、それでおしまいなの。実に簡単なのよ。そういうことでは決して贅沢な人ではなかった。それから、一枚の着物をずっと着てしまうの。そういうのはすごく明治的だと思うんだけれど、坐ること多いから、お尻は抜けるし、膝が駄目になるし、手入れが大変なの。その上、洗濯することが嫌いで、悪くなっちゃうの、色がさめちゃうのと言って大騒ぎだったわ。

**萩原**　父もそうだったわ。一度気にいってしまうと、そればかり着ちゃうの。ほかのもの着ないでね。着物の着方にしても室生さんは几帳面だったのですね。

**室生**　そうね。非常に几帳面だった。一日の生活の時間がハンコで押したみたいにきまっていた。

**萩原**　それから、集金の人なんかが来ると、ご自分で廊下へ出て行って、ちゃんとお金を払うのね。私、見ていて不思議だったわ、はじめは驚いてしまったわ。

**室生**　そうなの。とっても不思議な習慣でね。お勝手代だけは母に渡してあるの。だけど、ガスとか、電気とか、ほかのいろんな費用はそのなかに入っていないわけよ。母は長い間病気していたから、そういった細かい計算をすると、頭を使うからいけないでしょう。しかし、台所のお金の出し入れまで、病気だからって取り上げてしまうと、女房として何の楽しみもないという父の考えからなのよ。

**萩原**　日記を見るとそういった買物とか、生活のことが細かく書いてあるわね。

**室生**　書いてあるでしょう。私がちょうどお嫁にいっていたし、母の具合が悪かったから、どうしてもやらないわけにはいかないのよ。それから、小学生のころの話なんだけど、月末でお金がなくなってしまったときにでも、私と弟の貯金を借りて骨董品を買うのよ。女が宝石を好きなように、あれは男の宝石だと言って。

**萩原**　飾りの棚の陶器が、時々もよう変えしてあったわね。いつごろから、蒐集されたのかしら。

**室生**　三十代のころかしら。そのとき買ったものは全部、玄関のところにしまってあったんだけど、ある夏、それを全部出して奥の部屋に飾っておいたの。軽井沢から帰ってきた父が、それを見て、それからまた昔の骨董集めの病気が始まったの。昭和二十九年ごろからね。若いときは黒っぽい壺ばかり買っていたけど、今度は木工品で、船簞笥とか、木彫りの仏さま、経机、脇息みたいなものに凝ってね、それからお地蔵さまを庭に集めたり、晩年は焼物だったわ。

**萩原**　さっき、着物のこと、聞いたんだけど、やはり黄色が好きだったのね。

**室生**　そう。向日葵《ひまわり》をとっても愛したの。色のことで、とっても面白い話があるの。父と母が新聞の投書欄で知り合って犀（川）の河原——母はそのように言うんだけれども——で会っていたころ、母の勤めていた七尾の小学校の同僚の先生で、結婚を申し込んできた人がいたらしいの。母の実家では、貧乏書生の父よりも、その人に乗り気だったようなんだけど、その人が緑色の幅の広いショールを母にプレゼントしたんですって。それを聞いて、父は大変嫉妬したわけ。そのために、私たちには緑色のものを着せてくれなかったの。木々の緑は好きなんだけど、身につける緑は敵みたいに嫌いだった。おかしな話よね。

## 父から受けつぐもの

**萩原**　私が「父・萩原朔太郎」を出版したとき、その記念会で、室生さんが親代りになってくださったわね。それで、会の最後にひと言求められたのですけど、なかなか言ってくださらないの。そうして急に立ち上って「皆様ありがとうございました」と言って……。それから「葉子さんが文学をやろうとやるまいと、できようとできまいと、わしの知ったことじゃない」と言って。みんな驚いてしまったのです。やっぱり、芯はきびしい人でした。日常生活では甘くても、文学のことには決して甘やかさない。朝子さんには、どんなふうでした？　文学のことでは気むずかしかったかしら？

**室生**　きびしい先生であるような、ないような。文章を書いていても原稿で見てくれたことは一度もなかったわ。

**萩原**　本になってから読むの？

**室生**　そう。読んでくれているようだけど、その読後感なんて直接に決して言わないのよ。なぜ言わないのか今だにわからない。読んでくれていることは、父が随筆なんか書くと、私の本に書いてあるエピソードなどが載っているの。だから、それがわかるわけなんだけど、非常に反応が遅いの。結婚生活のことを書いたときも、うちにいらっしゃる親しい方に、よくまとまってはいるが、大事なところを十枚落しているといったんですって。さて何が大事なところか結局わからないの。だから、今考えると、毎日の何でもない生活のなかの会話というものをすべて忘れずに覚えておかなければならなかったのではないかしら。

あらたまって小言をいう性質ではなかったし、言ってもその本人が叱られたという意識がないように、文句が出てくるの。それから、わしが死んだら、君は必ずわしのことを書かなければならない。それが君に残す何よりも大きな遺産であるといったことがあるの。

**萩原**　朝子さんは、私が父を失《な》くしたときの年齢の倍もお父さまといっしょにいたわけでしょう。うらやましいわ。

**室生**　しかし、葉子さんは、父親を亡くしてから、結婚をし、いろいろのことを体験して、貴い時間を過したわけよ。

**萩原**　そうね。どっちが幸か不幸かはわからないわね。

（昭和四十一年九月二日　虎の門　福田家にて）

# 堀辰雄について

堀　多恵子
遠藤周作

## 生活のことなど

**遠藤**　堀先生の作品にはよく奥様のイメージが現われてまいりますが、それとともに堀先生にとてもよくお仕えになったという伝説みたいなものもございますね。

**堀**　そのことでは室生犀星先生にからかわれたものです。なにかほんとうによくやったように皆さんが思っていらっしゃるけれども、あんがいそうじゃないのだろうなどと言われて……。主人がなくなりましてから、私が主人からもらった手紙を本にしたことがございましたが、あのなかで、主人がご飯を食べないので私が癇癪を起こして、食べものを捨ててしまったことを書きましたらば、あれを室生先生、どうしても書いてはいけないとおっしゃる。おけずりなさい、あれは誤解をまねくことになるし、君はいい奥さんで通っているのだから、やはり貞淑な夫人で最後まで通さなければならないのだとおっしゃって、どうしてもあそこをけずりなさいというお手紙を下さったのです。でも嘘を書くのはいけない、一つ嘘を書くと、たくさん嘘を重ねなければならなくなるから、ほんとうのことを書きますと言って、先生のおことばに従わなかったことがありました。

**遠藤**　ご結婚になられたころは、堀先生はお元気だったのでございますか。

**堀**　私、昭和十二年に初めて主人と追分で会いましたときは、とても元気だったんです。よく散歩もするし。でも、結婚の直前に鎌倉へ行って喀血して病院に入ったのですから、結局体は悪かったのですね。

**遠藤**　結婚されてからはご健康になったようで、ずいぶん大和路、信濃路など旅行されていますね。

**堀**　ですけど、いま考えてみると、やはり無理があったのではないかと思います。旅行に行っちゃいけないと言っても、どうせ聞いてはくれないと思いますが、もうすこし私が病気のことをよくわかっていたら……加藤周一さんのお話をあとで聞いたのですけれども、病気がとても悪かったらしいのです。ああいう旅行も、意志の力だけでできたような感じなんですね。

　私の母が病気のときに主人がそばで咳をしましたら、医者が不思議そうに見ていまして、「ご主人はお体が悪いのですか」と私に聞きました。「一度診察させて下さい」と言いましてね、診察したあとで「たいへんな人のところにお嫁にやったものだなあ」と、親しかったので母にそう言ったそうです。

**遠藤**　私も同じ病気をしましたから、日常のことは多少わかりますが、非常に疲れるとか、めまいがするとか、そういうことはおっしゃいませんでしたか。

**堀**　それが痛いとか苦しいとか、ほんとうに言わない人なんです。主人は喀血性の体質なのでしょうが、春になるとよく血痰を出しました。それがあると、あと静かに寝ていました。

**遠藤**　そういうときは、なかなか安静ということは長続きしないものですよ。ところが、堀先生がじっと我慢して寝ていらっしゃったということは、もちろん意志の力もあるでしょうが、ずいぶん病気に対する技術というものがお上手だと思いました。

**堀**　私は、主人が病気に対する知識がなかったのではないかと思うのです。矢野さんのお嬢さんとごいっしょに富士見のサナトリウムに入っていましたから、そんなに病気のことを知らないと考えるのもおかしいかもしれないのですけれど、いろいろな結核の本を送っていただきましても、絶対に読みませんでした。これはおれの読む本ではない、お前の読む本だと言いましてね。

**遠藤**　やはりそれは、病気の頭のなで方がうまい人のやり方ですね。つまりああいう本は患者がよく読むのですが、害あって利なしです。……先生がいちばん最後にずっと床にお臥せりになったのは、戦争の終わる一年ぐらい前ですか。

**堀**　ええ、杉並の成宗の家で昭和十九年の春に具合が悪くなりました。どうにか追分に行けるようになったので、そのままそっと追分に行ったのですけれども、でも、二十一年の春に一度東京に出ました。その年の秋からですね、ぜんぜん起きられなくなりましたのは。それからまる七年くらい……。

**遠藤**　いちばんお元気で旅行なさったのは、いつごろですか。

**堀**　昭和十三年から十九年の春までです。なにかそのころのことを考えますと、ほんとうによく旅行に行っては、くたびれて帰って来ました。旅行先では気が散るのでしょう、東京の家に帰ってから仕事をし、そうして病気になって休んで、それからまた旅行に出て行ってしまう……。そんなことの連続ではなかったかと思いますけれども。

**遠藤**　旅先からのお便りはいつも欠かさず……。

**堀**　一人で旅に出ればかならず便りは書いたのじゃあないかしら。日記を書くように毎日書き送って来た手紙が、「十月」（「大和路・信濃路」）という作品になっていますが、これは手を入れて少し長くなっています。私が手紙を書いても、その返事は書いてきませんでした。

**遠藤**　ほかの旅行をなすっても、先生はああいう手紙をお書きになる……。

**堀**　長い旅行はそんなにしないのです。私、いっしょに行っていますから。

**遠藤**　そういうご旅行のときには、ずいぶん気をおつかいになるでしょう。

堀　荷物などはみな、私が持たされますの。それで宿屋の前ではちゃんと自分で持ちます（笑）。

遠藤　それはわかるな。僕もそうだった。外国旅行の時、僕は家内のかばんに荷物をみんな詰めて、空《から》のかばんを重そうな顔をして持っていたものだ（笑）。……先生の場合はいまの作家とは違って、お書きになりましたのは一年にほとんど一冊くらいですね。毎日ご執筆だったのですか。

堀　いえ、ほんとうは怠け者なのかも知れません。よく言っていました、お金があって仕事をしなくてもよければ、自分はぜんぜん仕事をしないで、本を読んで暮らしたいのだと。書きたいことはいろいろありましょうけれども、やはりそうとう苦労だったのではないかと思います。

遠藤　じゃあ、たとえばいまのように締切り日に合わせてお書きになるというのは、普通お断わりになっていらっしゃったんですか。

堀　雑誌などには書けそうなときに書きますという約束をしていたようです。ですから連載というのはできないのです。連載は「幼年時代」と「大和路・信濃路」だけですね。

遠藤　いまとは違って、先生の本はたいてい五百部くらいの限定版で、しかも全部ご自分で装幀されていますね。それに作品も一年に二つか三つくらいですから、全然いまでは想像もつかないような作家生活でしょうね。失礼ですが、印税なんかは……。

**堀**　野田書房とか江川書房とか、印税なんかもちろんなかったでしょう。新潮社の昭和名作選集の「聖家族」が出たとき、たくさん印税を頂いて二人で大喜びをした記憶がございます。貧乏だったのですけれど、お金がなくて困ったことはあまり記憶にありません。私がのんきだったのかしら。でも、本をはじめレコードやいろいろのものがほしかったでしょうね。

**遠藤**　堀先生の持っておられたものは、いかにも堀先生らしいなというような感じのものになっていましたね。本でも、壺でも、コーヒー・セットでも、なんでも。ほんとうに不思議でならなかった……。

**堀**　鉛筆など文房具の類から衣類までも、お茶碗なんかも、私といっしょに見ます。私だけで選択することはほとんどありませんでした。

## 読書について

**遠藤**　お仕事をなさらないときは、ほとんどお勉強をなさっておられたでしょう。

**堀**　そうなのです。本を読んで勉強することが楽しいのですね。

**遠藤**　戦時中追分にお訪ねしたとき、お体が悪いのに机に正座してマラルメの本なんか読んでいらっしゃるのでびっくりしました。

**堀**　寝ころがって本を読むのは見たことがありません。病気になってからは別ですが、ちゃんと机に向かって読んでいました。大きい本ですと寝ていて読めませんでしょう。ですからそのために起き上がりたいと、よく言っていました。食事のときなど、少し気分がいいと、ふとんの上に起き上がって、後に支えをし、ご飯を大急ぎに食べて、早くお膳を下げて本をのせろと言って……外国の画集を見たり、キリシタンの本なども読んでいました。

**遠藤**　追分にいらっしゃって、ほしい本を手に入れるのにどういうふうになさっておられたのですか。

**堀**　古書目録が本屋さんから来るのが楽しみで、それに印をつけて……。本屋さんから、その本はもう売れてしまってないと言われたりするとがっかりしたりして。外国の本は矢内原伊作さんや中村真一郎さんがよく見て下さっていました。

**遠藤**　枕もとにおいてたえずお読みになった、いわゆる枕頭の書は……。

**堀**　なくなるころは荷風の日記や茂吉の歌集をよく読んでいましたが、リルケに関する本はいつもそばにあったものなのでしょう。そう、モーリアックの編んだパスカルがいちばん最後に読んでいたものです。

**遠藤**　鷗外は。

**堀**　鷗外は自分の頭の中に入ってしまっているのだそうで、あまり枕もとには置いていません。かなづかいなどは、ずいぶん鷗外の真似をしているのがございますでしょう。主人は昼間は自分で読んでいましたけれども、夜になると気力がなくなって私に読んでくれと申しましてね。寝ていました部屋は狭いので隣の部屋で読むのです、ふすまごしに。冬など私の三畳間はこたつが切ってありますが、主人の部屋には暖房がありません。終戦後かしら、漱石の全集を買いまして、私は毎日漱石の小説を音読していました。漱石はあまり好きではなかったらしいのですが、漱石のものを読むのを聞いて、たいへん感銘があったようでした。漱石はずいぶん人間的に暖かい人だなと話していました。

**遠藤**　ほかにお読みになった本は……。

**堀**　そのころはずいぶん読みました。鏡花なども読んでくれと申しました。でも、鏡花は読みにくいですね。楽に読めるものでないと、私がつかえますでしょう。そうすると聞いていてわかるのでしょうね、こういう字だろう、こう読むのだといって教えてくれるのです。隣の部屋から。

**遠藤**　ときどき、もう一度そこのところを繰り返してなどとおっしゃいましたか。

**堀**　ええ、申したこともございます。月刊雑誌で川端先生の小説を読んでおりましたとき、途中でちょっともう一ぺんそこを繰り返してくれと言いますので、二度繰り返して読みましたら、あとは読まないでくれと言うのです。私は読みたいでしょう。それなのにどうして読まないのかしらと思ったのですけれども、あとで聞きましたら、川端先生の小説はそのときお書きになったばかりでしょう、やはり自分が勉強しなくちゃならないという気持になるのでしょうね、非常に疲れて聞いていられないと言うのです。

**遠藤**　一日じゅう本をお読みになって、夜また奥様に読んでいただいて聞いていらっしゃったわけですか。ほんとうに読書人でいられたわけだなあ。

**堀**　気分が悪いとか熱があったりして具合の悪いときは、探偵小説なども読まされました。「Yの悲劇」とか「僧正殺人事件」とか、そうとうたくさん読みました。それから、明治の作家の思い出などで、たとえば内田魯庵の「おもい出す人々」、今泉みねという人の「なごりのゆめ」などおもしろく読んだ記憶があります。矢田挿雲の「江戸から東京へ」や半七捕物帳なんかも読みました。

**遠藤**　でも、なんでもお読みになるというのじゃありませんでしたね。嫌いな本はあまり……。

**堀**　そうですね、月々の雑誌はサッと目を通すだけで読みませんでした。私なんか雑誌がたくさんまいりますでしょう、読みたいと思っても、単行本になってから読めというのです。どなたの作品でも。

**遠藤**　堀先生はご自分の好きな本、ご自分の世界の糧となるものを見つけられることがお上手な感じがしますね、直感的に……。

**堀**　そういう直感がはたらくみたいですね。本屋さんなんかへ行っても、いい本を見つけ出すと、とても喜んで。

**遠藤**　中国の本なんかもずいぶんお持ちだったですね。

**堀**　唐本がございます。私にはよくわかりませんが勉強したかったものなのでしょう。

## 作品のことなど

**遠藤**　奥様が作品をお読みになるのを先生は好まなかったようにうかがっていますが、しかし「曠野」だけは例外だったとか……。

**堀**　若いころの作品なんかは読んじゃいけないといいましたので、「風立ちぬ」より前のものはあまり読みませんでした。主人の前で作品を読みますと、とてもいやがります。主人の寝ている隣の部屋で、私が何かそっと主人の作品を読んでいますと、お前、なにかおれのものを読んでいるだろうと言いまして、ちゃんとわかるのですね。結婚して後に書いたものなども単行本で読みましたが、雑誌ではあまり読みませんでした。「曠野」のときは、一月も大和にいっていて、何も仕事をしないで帰ってまいりましたでしょう。そのころ防空演習や隣組のことでたいへんだったのです。それで、私はほんとに腹がたって涙がぽろぽろ出ました。そんなわけで「曠野」を書き上げましたときは、原稿のまま読ませてくれました。

**遠藤**　やはり、自信もおありだったのではないかな。

**堀**　自分でも好きな作品だったのだと思います。

**遠藤**　「雪の上の足跡」をお書きになったのは、お床の上でですか。口述筆記かなんかで……。

**堀**　口述筆記も短い、ちょっとしたもののときはいたしましたが、「雪の上の足跡」はちゃんと起きて、自分で書きました。そのころはまだそんなに弱っていませんでしたから。口述筆記というのは、話をするのが苦しくてできなかったらしいです。話をすることは体に悪いのでしょう。無言の行なんていうのをしていたこともあるくらいですから。

**遠藤**　先生の作品の中で、奥様がご覧になって、先生がいちばん苦しんで書かれていたというのは……。

**堀**　「菜穂子」でしょうね。夜おそくまで仕事をするということは、あまりなかったのですが、「菜穂子」のときは長いこと夜仕事をしていました。そうして、仕事を始めますと、おにぎりしか食べないのですね。ちっちゃなおにぎりを作って行くと、仕事しながら食べますが、「菜穂子」のときは、おにぎりをしょっちゅう作っていた記憶があります。

**遠藤**　慶應へ折口信夫先生の講義を聞きにしばらく行っていらしたというのはほんとうですか。

**堀**　ええ、行っていました。源氏物語の講義をききに慶應にゆきましたのは結婚した年だと思います。折口先生にはその年の夏、先生が軽井沢で過ごされたので、そのときお目にかかっています。

**遠藤**　「死者の書」など、堀先生が折口先生の本をスッと抜き出して読まれる感じというのは、実になんと言うのかな……名人芸のような感じがするな。だいたい堀先生は、リルケが読んでいる本、リルケが好きな詩人、モーリアックが読んでいた本とかモーリアックと繋がりのあるものは、たいてい読んでおられる。そういう繋がりはわかる感じがしますが、折口先生に興味をもたれたのは、神西清先生とご旅行なさってからですか。

**堀**　神西さんと大和にまいりましたのは、十四年ですが、それよりも二年ぐらい前に一人で京都にゆき、一ヵ月ぐらい過ごしたようですね。それが京都に行った最初でしょう。新薬師寺や唐招提寺を訪れて、このころから日本の古い美しさに心を向けだしたのだということです。

**遠藤**　キリシタン物を読んでいらっしゃいましたのはいつごろからですか。

**堀**　キリシタン物を書きたいと考えていたのは、十八年か十九年のころからだったと思いますが、ほんとうに本を一生懸命に集めはじめたのは、戦後なんです。

**遠藤**　それは「大和路・信濃路」のなかに出てくる、もっと大きな小説というのとは、別の構想として考えていらっしゃったのですか。

**堀**　別のものだと思います。あの「十月」の中にある物語の構想というのは日本の古い神々が仏教が日本にはいってきたので、だんだん追われていく物語なのでしょう。そういうこととキリシタン物とどこかでつながっているかどうかは私にはわかりませんが。本はいろいろなものがあります。キリシタン物は厚くて重いので、なかなか読めないで、いつになったらこれが読めてキリシタン物が書けるだろうかと、よく申していました。

**遠藤**　もし先生が生きていらっしゃったら、どういう方向に進んでいかれたかということは、いちばんわれわれに関心があることです。個人的な解釈かもしれませんが、キリシタン物と大和への親近感との板ばさみになって思想的に非常に苦しまれて、それからどういうふうに抜けられていくか……。

**堀**　キリシタン物といっても、それは自分流のものでしょうね。

**遠藤**　ぼくは時々空想ですが、迫害時代にかくれキリシタンがひそかに信仰したマリア観音が代々、父から子、子から孫に手わたされて、それが明治の信仰の自由の日まで続いていく……そんなマリア観音を中心にした物語などを先生がお書きになったかななどと思うことがあります。それからもう一つ、遠い外国から来て、日本で転宗を強いられたため、遂に和人となって生きのびた外人司祭の話、これなどは、先生ならきっと、興味をおもちになっていたにちがいないような感じもいたします。間違っているかもしれませんが……。それから、先生は聖書を読んでいられましたか。

**堀**　聖書はよく読んでいました。旧約聖書は毎日、音読するなかに入っていました。

**遠藤**　毎日ですか。新約はご自分で……。

**堀**　新約は音読はいたしませんでした。旧約は二回くらい読んでいるはずです。初めから終わりまで。

**遠藤**　それでは、一年くらいかかられたことでしょう。

**堀**　もっと長い年月です。新約は手もとにおいていましたが、あまり読まなかったと思います。

**遠藤**　これは、ぼくの非常に個人的な感想かもしれないけれども、堀先生は宗教的な作家だという気がしてならないのです。だから、このあと、ずっと生きていらっしゃったら、信仰にお入りになるとかどうとかは別として、そういう世界のことをいろいろ考えられたりする可能性を非常にもっていらっしゃったんじゃないかと思います。

**堀**　そうですね。カトリックの信仰に入りたいという気持はあったのじゃないかと思うこともあります。最後の二年ぐらいは苦しい毎日の連続でしたから。私がプロテスタントでなくてカトリック教徒だったならば、楽に信仰の道に入れたかもしれないというようなことを言っていたことがありました。でも、仏教の本もずいぶん読んでいたのですし、本をたくさん読んだということはどっちも自分の仕事のためで、結局は信仰とは関係のないことだったのだとも思います。

（昭和三十九年七月二日　中央公論社にて）

# 女流文学と作家生活

野上彌生子
網野　菊

## 文学と生活

**野上**　網野さん、一日にどのくらいお書きになるの。私は半ぺらの原稿紙で三枚も書けたら、いちばん進んだことになりますよ。

**網野**　普通の原稿用紙だと一枚半ぐらいですね。

**野上**　時には一枚ぐらいでへばることがあるし、どうかして三枚以上書いたりして、うまくいったなと思って、その翌日はもとの木阿弥ですね。気にいらないところが目について、またやり直しだから。

**網野**　書いていらっしゃって、やっぱりお楽しいでしょうね。

**野上**　どうして苦しいばかり。時たま、まあちょっと楽しいことがなくはないけれど、書き上げてしまうと、もう私は自分の作品にひどく冷淡なの。もう顔見るのもいやだという人間があるでしょう。それと同じように、古い作品なんて見たくもない。なにか書いたもののことをひとに話しだされると、いやだなと思うのです。

網野　大友宗麟をお書きになるとかいうこと伺いましたが。

野上　それも書けばいろいろあるのですが、西教史をいろいろ調べなければならないし、書きかけたって死ぬまでにすみそうもありませんもの。

網野　いまは何をお書きになっていらっしゃいますか。

野上　いまはちょっと短いものを思いついて書きはじめたのですけど、何枚になるか、いつすむか、そんなことはあなたまかせです。ただ書くということは、自分というものを全霊的に集中するという生活だから、充実感だけはありますわね。

網野　朝お書きになります？

野上　朝。このごろは面白いの。私はテレビでドイツ語とフランス語を聞いているわけなの。私は明治女学校以来、外国語というものを目と頭だけで勉強したんで、それこそ八十の手習いで耳からの勉強を始めたので大笑い。とにかくそれを三十分聞いて、仕事はそれからですの。

網野　お食事のお時間なんかで、ずいぶん時間をおとりになりましょう。

野上　私は朝ご飯はいただきません。その代りにお抹茶を大服で二杯がぶがぶ飲んで、お菓子をたくさん食べて、それでお仕舞い。お昼は牛乳二合に有り合わせの果物を食べるくらいで、すこしも手間はかかりません。ただ晩だけはご飯を食べるから、どこかでお招ばれすると、恥ずかしいみたいにたくさん食べますよ。それで山にいられるの。

**網野**　山にいらっしゃるときは家政婦さんでも……。

**野上**　田辺元先生のところにいたお手伝いさんが一週間に二、三度と、夜はじいやが泊まりにきてくれます。そばに人がいたって、どうしようもないでしょう。だからありったけのわがままをしているんです。網野さんの食生活はいかが。

**網野**　私は腎臓が悪いものですから、ラジオやテレビで健康の時間だと一生懸命聞いているんでございますよ。このごろ、私もお抹茶を一杯だけ飲んでいるんでございます。

**野上**　やはりご飯は召し上がるんですか。

**網野**　ご飯はなるべく一日に一ぺんぐらいの方がいいんでございますね。食べ過ぎるとあくる日は具合が悪うございますね。

**野上**　お昼は。

**網野**　お昼はめん類にした方がいいんでございますけれども、ご飯が前の日のが残っていたりすると、それを食べたりして。それに一日に牛乳を一、二本。それからヨーグルト。でも、お昼を牛乳と果物にお決めになっていらっしゃるの、たいへんようございますね。

**野上**　面倒くさいからよ。人手をあんまりわずらわさないで、自分だけでできる生活がしたいのです。だから皆さまがご飯炊きをなさるんですかと聞くけれども、自分の食べるものぐらいできないなんて、おかしな話だと私は思うから。

網野　内臓のご病気というのは、あんまりなさらないんですか。

野上　私は病気ってしたことがないくらい。入院はお産の時のほか存じません。でも目だけは駄目であなたのお顔だって近くで見なければほんとうはわかりません。

網野　本をお読みになるとお疲れになりますでしょう。

野上　そうなの。もとは六時間ぶっつづけでも平気だったんですが、このごろはつい面白くて二時間も読むとてきめんにこたえますから、リーダーを雇おうかなんて考えているんですよ。

網野　お謡《うたい》の稽古は一週に一ぺんぐらい……。

野上　いいえ。そんなに習ったら破産しますよ。疲れたときに声をだすと、すっとしますね。網野さんはお上手なんでしょう。

網野　上手なんてとんでもない……。てんでお話になりません。野上先生はご立派です。この間受賞なさいましたときに、宝生弥一先生がお祝いにお謡いになりましたね。そのとき、壺井繁治さんが大変感心なさって、そばにいらっしゃった湯浅芳子さんに「何という人ですか。あの人は」と、お訊きになったんです。そうしたら、湯浅さんが例の口調で、「宝生弥一さん。野上さんなんかもっとすばらしいから……」っておっしゃったんですよ。私もいつぞや、北軽井沢のお別荘でお謡を伺ったとき、実に感心申し上げたんです。小さな声で謡われたのに、まわりの空気がピリリと震動する感じで、びっくりしました。強く印象に残っているんでございますよ。

**野上**　嘘なのよ。素人の謡なんて仕方がありませんよ。ことに女は生理的に駄目です。とうてい上達はできないものだということをわかるために稽古をしているようなものです。

網野さんはいつお書きになるのですか。

**網野**　毎日、きまって書くということができないんです。それは、いつも実行したいと思っていて、ちっとも実行できないんです。朝からザワザワくらしていまして……。勉強になるテレビでも見ていればいいんです。これから心改めて……。

**野上**　締切りが迫ると徹夜なさいますか。

**網野**　完全な徹夜はしないんでございますけれども、やっぱりよなかの三時ぐらいまで。それでだいたい下書きしておいて、朝、起きてからお清書するわけです。このごろはもうそれが疲れて辛くなりましたから、下書きなしでぶっつけで書いているんでございます。

**野上**　やっぱりお若いから夜書けるんですわ。

**網野**　そのかわりあくる日疲労が大変でございます。

**網野**　漱石のところへ行かれるようになったのは、どういう……。

**野上**　先生のところに木曜会というのがありました。先生が大学をおやめになり、文学的な生活をおはじめになって、面会者が大変多くなったんです。それを避けるために木曜だけが面会日ということになっていました。その夜には、鈴木三重吉氏とか寺田寅彦氏とかいった人々が集まって、その人たちの書いた短篇を、高浜虚子さんとかときには先生とかが朗読をして批評をし、みんなの同意をえたものを「ホトトギス」に載せるという一つの機構みたいなものが自然にできていたわけです。野上豊一郎もお仲間に入っていたので、だれの作品がどういうふうに読まれたとか、鈴木君が声色《こわいろ》めいた読み方をするので、君はよせと先生にいわれ、高浜さんが引き取って読んだとかいう土産話《みやげばなし》をよく話してくれました。だから「男のすなる日記というもの、われもしてみんとて」といったような具合で私も書いたわけなんで、たいした主張も抱負もなんにもあるわけじゃございません。

**網野**　お作品はご主人がおもちになったわけですか。

**野上**　そうなの。会は夜ですし、家から大変遠いし、それに、いろいろと自由な男たちの話もでるのですからね。若い夫としてはあんまり連れて行きたくなかったのでしょう。お土産話でけっこう楽しいから、別に行きたいとも思わない。それでも、用事で二、三度うかがったこともあるし、またどうかして、先生がいらしてくださってお目にかかったことがありました。

**網野**　それはお幾つぐらいのときでございますか。

**野上**　私が二十一歳ぐらい。二十二歳で書いたんですから。だいたい書いたものは先生に見ていただいた。先生が一つ一つ、「ここはよい、ここは悪い」とか言って下さるのが唯一の基準でした。

**網野**　それでお小さいときから作文がお好きとか、そういうことはなかったんですか。

**野上**　あんまり昔のことを考えてみる気はないんですけれども、私の母が九州の竹田に近い田舎の生まれなんですよ。こんなことも一度書くと面白いのでしょうが、母の父親（私の祖父）というのは、今でいうと憂鬱症なのね。それでふだんはおとなしいけれど、どうかして怒りだすとみんなを追いだしたりしたものだそうで、その父を祖母と母が二十年間も優しく看護したのだそうです。それで県庁から貞女として表彰され、私の母も孝子とかいってご褒美がでたのですって。そのため寺子屋で人並みの勉強ができなかったのね。仮名はもちろん書きますけれども。そうして父のところへ嫁いだら、城下町のことだし、小《こ》姑《じゅうと》たちはみんな四角い字なんぞ読んでいたからコンプレックスを感じたのでしょう。それで、女でも学問はしなくちゃいけないといわれ、作歌の稽古も、十歳ぐらいからさせられたのでした。

網野　でもやっぱりそういうふうにお小さいときから勉強なさったということが違うんでございます。私、このごろそれをとても感じるんでございますよ。私、自分の根が浅いということをね。やはり野上先生だとか、宮本百合子さんだのは、お小さいときから種子《たね》や土や教養が違っていたという感じがするんでございます。

野上　私は素町人の家に生まれたんで……。網野さんは志賀直哉さんにどうしてお会いになったの。

網野　だいたい作文は好きだったんですよ。母親が違ったりしてから、新聞の通俗小説のような続きものを早くから読んでいましたでしょう。作文はわりに……。作文だけがいい成績だったんですよ。それですから、女学校の作文の先生から上の学校へいったらいいと勧められ、親が反対でしたけれども無理に入ったんです。入学前は夏目さんのものが好きだったんですが、女子大へ入ってから偶然「大津順吉」を読んで、非常に清新な感銘を受けました。だけどお訪ねするという気はありませんでした。ちょうど関東大震災のとき、湯浅芳子さんと福島県下の山の温泉へ行っていましてね、向うで震災を知って山をおりて帰って来ましたら、婦女子は東京へ入れないということで、大宮で足止めに会いました。それで湯浅さんが京都の方ですから、京都まで逃れ、祇園の湯浅さんのお友達の家に泊めていただいているうち、九月下旬になって、東京の父の家が助かっているとわかったんで、ひとり先に帰ることになりました。無事に帰京できるかどうかわからないので、一期《いちご》の思い出にと、粟田口にいらっしゃった志賀先生をお訪ねしようと思ったんです。それで、朝、湯浅さんとその友達の方が寝ているうちに、そっとその家を出ました。粟田口のお家はすぐ見つかって、門が少し開いていたから、ちょっと入って引き返そうと思ったら、洗濯をしていた女中さんに声をかけられて、いやおうなしにお訪ねする具合になってしまったんです。ちょうど先生がご在宅でしてね。

**野上**　一つの運命的なチャンスでしたわね。

**網野**　そうでございます。そのとき、いつも持ち歩いていた二つの原稿のうちの一つを袂《たもと》に入れていったんです。先生が三十枚ぐらいのなら見てあげてもいいとおっしゃったんで、私は五十枚ぐらいかもわかりませんと言って取り出したら、「光子」という百幾枚の原稿だったんです。ある文芸評論家の方が、そのことについて私が先生をペテンにかけたみたいに言っていらっしったのですが、ほんとうに思い違いしていたんです。もう一つの五十幾枚のをあとで先生に読んでいただいたら、それは落第だったんです。不思議な廻り合わせです。それでその晩京都をたって帰って来たのですが、そんな次第で、思いがけない機縁でございました。

**野上**　網野さん、学生のころすでに書いていらしたの。

**網野**　なにしろ女子大に入ったら同級に中条百合子さんがいらっしゃったでしょう。ですからもうびっくりしちゃったんですよ。

野上　宮本さんのデビューというのは、それははなばなしいものだったわね。芥川さんでさえびっくりなすったのですもの。

網野　中条さんは数え年で十八でしたから。私は正当な入学期よりおくれて、しかも英語の力が不足で仮入学という形式で、おなさけでやっと入ったときでしょう。これはなにか書かなくちゃいけないと思って、「二月」という作品をともかく書いたんですね。ですから、あの方からは非常にいい刺激を受けたわけですね。それから後にもあの方がいられたんで、ずいぶんよかったと思うんですよ。

野上　百合子さんみたいに勇ましく、自分の信念をつらぬくという性格を私はもたないけれども、非常に違っているだけに魅力を感じる。それから嘘のない人でしょう。だから安心してつきあうことができました。

網野　油断できないという気持など全然感じませんでした。

野上　そうなんですよ。思想的なものの考え方がだんだん違ってきて、私たちの書くものが気にいらなかったことがずいぶん多くて、悪口をいわれたけれど、百合子さんに対する気持は最後まで揺るがなかったですよ。

## 作品をめぐって

**網野**　三人のお子様をお育てになりながら、作品をお書きになるのはずいぶん大変でございましょうね。

**野上**　私のところみんな男の子でしょう。男は男として人間的に生きられるだろうけれども、女は馬鹿な娘だと、その苦労というのは、男のそれよりみじめなものだし、だから女の子なんていらないと思っていたんです。息子たちみんな私にとてもよくしてくれますよ。男の子というものは全然話相手にならないと皆さんがおっしゃるけれども、私は息子と友達みたいにいまだに話していますから。

**編集部**　作品のなかで女のお子さんを育てていらっしゃるというようなことは？

**野上**　別に育てていないわ。

**網野**　「真知子」から「迷路」にいたるまで野上先生が取り組んでこられたテーマについて、お伺いしたいんです。

**野上**　網野さんと私とは大変違った道を歩いたことになりますが、網野さんは、ほんとうにご自分のなかを見詰めて、見詰めて、見詰めぬいて、きびしい歩き方をしていらっしゃったと思うの。ほんとうに強い人というのは網野さんじゃないかと思っていますよ。だけど私はそんなに強くないんですよ。私に社会的な関心が強いのもやっぱり育ちのせいかも知れません。私が自分のことを書くとなると、そこから語らなければならないけれど、私の家は酒屋ですが、四代前までは、非常に古い田舎で、豊後国《ぶんごのくにの》風土記《ふどき》にただ一つでているような農村にいたわけ。だからきっと熊襲《くまそ》なのよ。そこの二男坊か三男坊かが、こんな田舎にいてはうだつが上がらないと思ったんでしょうね。ちょうどお米ができるものだから、それを里からもらうようなつもりで町へでて酒屋をはじめたわけなんでしょうね。それで、とにかく成功して、ちゃんとお店ができるようになったとき、封建制という壁にぶつかって、非常に辛い思いをしたの。この話は私の家の伝説みたいになっているんですが、町に京都と同じように祇園祭があるんです。山車が二つでて、町の旦那衆が白張を着て舎人《とねり》のような格好でお御輿《みこし》についていくの。ところが、いっぱしの旦那になっているというのに、田舎から出たというので旗やお御輿の道具をもたされたのだそうです。それから御維新になって、士族たちがお上から奉還金をもらって銀行みたいなものを建てたんですね。それは一種の金融機関としてどうしても依存しなければならなかった。今の銀行と違って、そのときは、言葉づかいからして、「通らっしゃれ」とかやられて、それがまたくやしい。この間、河野与一さんにも話したんですが、ほんとうにちっぽけだけれども、フランスのブルジョアジーの勃興地帯のようになっていたんではないでしょうか。それから明治二十三年の選挙のことをぼんやりおぼえていますよ。五つのときだから、もっとも早い記憶なんですが、私の家は自由党でいつでも野党の方で、そういう気持が伝統的に家にあったのですね。選挙のことがいつでも家庭の話題になっていましたよ。それだから今でも、新聞の社会面よりも政治面を見るくせになった。だからあんなへんなもの書く気になったんじゃないかしら。つまり、時代の推移に従って、いつも考えなければならない問題があり、それを作家として取り上げるということは自然なことじゃないかしら。それはやめておこうというわけにいかなくなるんでしょうね。

**網野**　「秀吉と利休」では人間の気持を書いていらっしゃるんですか。

**野上**　ええ。唐木順三さんの「千利休」を読む前から秀吉と利休との拮抗といったものに興味があったんですが、やはり田辺元先生のお講義を聞いたことが、大きな原因じゃないかと思うんです。

**網野**　どういう意味でございますか。

**野上**　つまり人間の二面性というふうなものね。人の心というものが、ただ一本調子に決して動いていないということを分析的に考える傾向が私のなかにはあるの。

**網野**　でもずいぶんよくお書きになりましたですね。とてもたいへんな……。

**野上**　ただ時間をかけてするんですものね。皆さんはいろいろお仕事が多いから、私みたいにぐずぐず同じことをかまっていられないからで、だれだってできることをしているんです。

網野　時代考証だけでもずいぶん大変でございますね。

野上　やりかかると、いいかげんなことができない性分だもんだから。きょうは私ひとりでお話して、なんか遺言のようなもので……。網野さん、作品のことなどをお話し下さい。

網野　だからいまは、ことに恥じ入っているんでございますよ。

野上　そんなことありませんよ。

網野　私、これから野上先生のお年まで生きても、あんまりいいもの書けないと思って恥ずかしいんです。このごろ、しきりにそういうこと考えています。

野上　網野さんは英語のほかにロシア語までちゃんとおできになる。それをほんとうにつつましく、なにもお出しにならないで。

網野　みんな浅いんですね。ですから作品も浅いし、語学も浅いし……。普通でしたら、これほど年月かけていたら、もう少しできるはずなんですけれども、いっこうにできなくて……。

（昭和四十年五月三十一日　世田谷成城町の野上邸にて）

# 宮本百合子を語る

湯浅芳子
本多秋五

## 第一の結婚生活

**本多**　宮本百合子さんの生涯には、三つのターニング・ポイントがある。第一はアメリカへ行ったこと、そこで結婚生活に入る。第二はソビエトへ行ったこと、そこからプロレタリア文学に入る。第三は宮本顕治と結婚したこと――と私は思うのですが、その第二のソビエト行きに火をつけたのは、湯浅さん……。

**湯浅**　私が火をつけたんじゃないけれども……。

**本多**　百合子さんは第一の結婚生活が、いやでいやでしかたがなかったにもかかわらず、どうしてもふんぎりがつかなかった。それが、湯浅さんに会うと、とたんに決心がついちゃった。そのころの百合子さんのことは、湯浅さんが一番よくご存じのはずだから、そのへんのことをまずお伺いしたい。それから、百合子さんの離婚したのが一九二四年で、二四年、五年、六年、七年と四年間東京で一緒に暮していらっしゃった。またソビエトの旅行が二七年末からで、八、九、三〇年と、三年間ご一緒なわけですね。

**湯浅**　いや、三一年いっぱいはともかく一緒でした。

**本多**　だから、実に長い間ご一緒なんですね。そこで、まず初めに伺いたいのは荒木茂との結婚生活をとてもやっていけないと百合子さんが思ったのは、日記を見ても非常にはっきりと書いているわけですが……。

**湯浅**　日記に書いているの。

**本多**　震災の年の四月から五月ごろまでの、原稿用紙に書いた特別の日記があるのです。それが「『伸子』時代の日記」という表題で、宮本さんが亡くなってから活字になっているのですが、それを見ると非常にはっきりとやっていけないということを書いているのです。そのもう一つ前、二二年という年にも、もうほとんどだめだという気持がこれは他の日記の抜萃に見えています。いやだということは、もう積りに積っていたのに、どうしても別れられなかった。それが湯浅さんに会うと、とたんに別れちゃうんですね。湯浅さんはいったい何を吹き込んだのですか（笑）。

**湯浅**　そういうところの機微を、今度出そうという書簡集が証明するんだけれども……。それを出せばはっきりするわね。

**本多**　あの人はとても長い手紙を、ずいぶんよく書かれたようですね。

**湯浅**　じゃんじゃん長い手紙を書くの、しかも一日に二度も。しょっちゅう手紙を書いている。小説を書きながら、手紙を書いているんだから。

**本多**　そのころの手紙が出れば、きっとよくわかると思いますね。

**湯浅**　あの人が別れられないというのは、やっぱり男と女だから、性的な問題であとへ引きずられるのね。だから変なこともありましたよ。

**本多**　日記にも、自分の結婚はスタートから考え直して失敗だったということ、もう私と別れたら死ぬと言っても、死ぬなら死んでもよろしいという心のはりを持ち続けなきゃいかんということを書いているんですよ。それでも別れられない（笑）。荒木茂という人がどういう人であったのか、「伸子」を読んでも一方的なところがあって、よくわからないんですが、お会いになったことがあるんですね。

**湯浅**　たった一ぺんね。百合子さんがもう別れようと決心して開成山へ行っていたでしょう。途中で帰ってきて、私のところへ来たんだけれども、帰らないわけにいかんから青山へ一ぺん帰ったのね。そうしたら、やっぱり夫婦のことだから、元へ戻ったらしいのだが、知らん顔してる。来るのがたいへん遅かったから、どうしたのと言ったら、引っ越すのと言うわけよ。引っ越すということは、荒木との生活をくずすんでなしに、今までいた青山の家からもっと広い家へ引っ越すという意味なんだ。

**本多**　開成山へ行って、もう離縁しましょうという手紙を書いて、東京へ帰ってきたわけでしょう。それでまた一緒に引っ越ししようというんですか。

**湯浅**　そう。青山へ帰ったら、向うは戻そうと必死だからいろいろして、百合子さんは誘惑にまけたんやな。私ははじめ変な顔していたけど、言ってやったよ。あんた変じゃないかって。それでおそれいったのよ。具体的にどういうことだということは書いてなくて、ただ自分でおそれいって、失敗とかなんとか書いている手紙があるのよ。

**本多**　それは意外ですね……僕らの知ったころの宮本さんは男まさりで、大変裁断力のある人のように思っていたのですが……。

**湯浅**　そういうところがあるのよ。

**本多**　情緒てんめん、割り切れないんですね。それじゃ、最後の訣別の手紙を開成山へ行って書いて、東京へ帰ってきたのに……。

**湯浅**　また引き戻されて、今度私のところへ来て、私に言われたらまたいやになって、それで開成山へ行ったから、おやじの方じゃびっくり。せっかく自分がうまくやったのに私が邪魔したというわけで……。それで私が開成山へ行っている時に来たんです。

**本多**　その時、百合子さんもいたんですね。

**湯浅**　だから来たのよ。それが夜汽車に乗って、朝着くので来たの。夜明けになにか戸の外から呼ぶから出ていったわけね。

**本多**　これは大変な話だな（笑）。

**湯浅**　それでも百合子さんは中へ入れなかったんです。だけどおばあちゃんがいて、気をもむでしょう。百合子さんのお婿さんが来ているのにね……。それで茶の間の方へ来て、お茶を飲んだりなんかしてたわけね。その時、百合子さんが立ったあとで、あなたなんかには、夫婦のことはわかりませんから、と私に言った。

**本多**　おばあさんは……。

**湯浅**　おばあさんはいたんだけれども、その時は席をはずしていたのかな。

**本多**　おばあさんが荒木を中へ入れたわけでしょう。

**湯浅**　いや、それは百合子さんが入れたのよ。寝たり、仕事したりしている二間続きの大きな上段の間というのがあるんです。そこへは入れないで、台所から茶の間の方へ入れた。朝ご飯を食べたか、お茶飲んだかして、二人だけの時に、夫婦のことはあなたなんかにはわからんと言うたんや。あの人からはそれだけ聞いたね。そしてそのまま、昼ごろバスかなにかで帰っていった。

**本多**　そうですか。最近、島為男という人が「宮本百合子論」というのを書いて、これが今までのもののうちでは荒木茂のことを最も詳しく書いているんです。

**湯浅**　荒木茂のことから書いているのね。茂の同郷かなんかで。

**本多**　そうですか。これはまたひどく否定的な評価を荒木茂に加えているわけです。東京の高師へ入ったが、落第したぐらいの男だから頭の悪い男だという論理でね。だからアメリカへ行って、学業もならないし、ぐずぐずしているうちに十五年もたっちゃった。残ってる手紙なんかを見ても、字は下手だし、文章は拙いし、たいした男ではない。こういうふうに言っているんですが。

**湯浅**　変な字でね。しかし、それにどうして百合子さんがあんなに一所懸命になったかということ。そこが百合子さんやね。

**本多**　湯浅さんがお会いになった感じでは、どういう人ですか。

**湯浅**　さあ、なんか陰気な人ね。およそインテリジェンスとは遠いような人やね（笑）。どうしてあんな人にほれたか不思議だね。またそれは別なのかな。よっぽど寂しかったのね。

**本多**　それは、あると思いますね。

**湯浅**　それから百合子さんは早熟だから……。また荒木はアメリカに長くいて、女学生なんかと付合いがあって、女を扱うのが上手だったかもしれませんね。

**本多**　百合子さんの方にしても、思い込むと一途なところがありますからね。

**湯浅**　自分で描いちゃうんだから。

## ソビエト旅行について

**本多**　ソビエトへ行くということは、湯浅さんがプランを立てちゃったわけなんだが……。

**湯浅**　私は親からも承諾を得て、前から行くことにしていたんです。だけどそのころはまだ国交が回復していない、やっと回復して行くことになり、百合子さんはあとに残ることになっていた。二人の生活にも限界がきていたんです。ところがいよいよとなって、自分も行くと言いだしたんです。山本実彦がやって来て、自分とこの日本文学全集にあなたのを入れると言うんで、それじゃその印税で行かれるというわけです。

**本多**　「二つの庭」を読むと、湯浅さんが旅費の調達に京都へ帰って、二人分の旅費を親父さんに交渉したけれども、一人分しか出してもらえなかった。百合子さんには黙って、湯浅さんが二人分の旅費をつくろうと……。

**湯浅**　したかもしれないわね、もう忘れているけれども。行くときごっそりもらえばなんとかなるつもりで。ところがそうはいかなかった。

**本多**　とにかく、自分も行きたくなった。金のあてはないけれども、旅券の申請をした。その後で山本実彦が来て金ができることになった。これはちょっとおかしいと思うんですが……。

**湯浅**　山本さんが来たから行かれることになって申請したんですよ。

**本多**　常識からいえば、旅費のめあてがつかないのに旅券を申請することはありえないことで、親の家からは出してもらわないと決心しているんですからね。

**湯浅**　それは出してもらえないわね。

**本多**　しかし「二つの庭」は日記なんかを調べて書いたものだろうと思うのです。

**湯浅**　私の記憶によれば、実彦が来て、その話をしたから、それじゃ行けると喜んだ。そういう記憶がある。

**本多**　ソビエトではずいぶん芝居を見たり、映画を見たり、根気よく見たものですね。

**湯浅**　ええ、若い時はね、今度なんか行っても芝居なんか見る気がしないわ。

**本多**　今年になって、「民主文学」に百合子さんのソビエト時代の日記が「滞ソ日記」という題で連載されましたが、それを見ると、ロシア人の官僚主義とか、夫婦生活を見てもろくな夫婦生活をしているものはないとか、ピオニールにだまされてお金と時計をとられたとか、物資の欠乏とか、いろんなマイナス面を見ているのに、ソビエト社会にものすごく惚れ込んじゃったんですね。

**湯浅**　それは、よさがあったのよ。ちぐはぐだったりするけれども、なんかロシア的な、あったかいような、なんとなしの雰囲気ね。昔の人は昔の生活をしているしさ。今はそういうもの皆無だ。

**本多**　その「滞ソ日記」を見ると、いろんな日本人が出て来ますね。「文学アルバム」なんかにも秋田雨雀と一緒に写っている鳴海完造という人、あれはどういう人ですか。

**湯浅**　あの人の学校は、早稲田だったかな、外語かな。きっと外語だ。

本多　どういう名目で行ったんですか。外務省関係の人ですか。

湯浅　そうじゃないの。秋田さんの同郷の後輩なんだわね。

本多　秋田さんの秘書みたいな関係ですか。

湯浅　秘書というんでもない。秋田さんが旅費を出していたわけじゃない。それで、のちにはレニングラードの学校で日本語を教えたの。戦争のちょっと前だったかに帰って来て、駒込あたりで下宿してたのを一ぺん尋ねたことがあったけど、それから国へ帰って、図書館の仕事をしていた。芽が出なかったね、あの人は。

本多　ゴーリキイと会ったのは、モスクワとばかり思っていたら、レニングラードですね。

湯浅　ゴーリキイはモスクワから全国を歩いていたわけね。その時はレニングラードへ来ていて、同じヨーロッパ・ホテルだったの。それで、紙きれに書いて……。

本多　誰の紹介もなしに、ぶっつけに……。

湯浅　ボーイかなんかに持たしてやったんです。そしたら、向うからあしたの何時に来てくれという返事があって、行ったんですよ。その私が書いてやったものが今でも残っているらしいわね。その時もっていった名刺も、こないだのゴーリキイ展に出ていましたよ。

本多　弟さんのなくなった通知が来たのも、やはりあのときデーツコエ・セローで……。

湯浅　ええ。建築家の曽禰さんも一ぺん来たわ。

本多　石橋和訓という人が「滞ソ日記」に出てくるんですが、どういう人ですか。

**湯浅**　絵描きじゃないの。イギリスで勉強した絵描きらしいわね。お父さんが親しかったの。

**本多**　「二つの庭」に出てくる、外国へ行って出世しようと思ったら、金のことなんかわからんふりしなさいという、あの絵描きですか。

**湯浅**　そうですね。イギリスだから、ちょっと別流だけれども、やっぱり大家ですよ。今、和訓の絵なんて残ってないですね。肖像画家かな。あんまり芸術的な画家じゃないんだね。

**本多**　ニキーチナというのはどういう人ですか。

**湯浅**　この人は作家でもあるのね。出版屋《ほんや》もやっていて、なにか百合子さんが日本文学の話をするんで、そういう夕べのあった時に来て知合いになったんです。

**本多**　三〇年の年末に、二人が帰国された時、一等車から出て来られたので驚いた、と誰かが書いてましたね（笑）。

**湯浅**　二等車よ。一等の切符を持っているんだけれども、迎えに来た人のために二等にのったの。ヨーロッパからの切符は一等なのよ。

**本多**　帰った直後は、菊富士ホテルですね。そのころのことだと思うんですが、広津和郎さんが書いていますね。

**湯浅**　ホテルへ行って間もなしに、朝の食堂で出会った。

**本多**　百合子さんに、あんた見込みないわね、なんて言われたと。

**湯浅**　単純だったからね、百合子さんも。

**本多**　僕らには大先輩で、いつも叱られてるような気がしてましたが、広津さんみたいな先輩に対しても、あねご気質というか、お説教したんですね。

**湯浅**　広津さんに対してはあねご気質じゃないな、広津さんは、何言ってもあの調子でしょう。だから見込みないわねと言ったんだろうね。あなたに会うころは、もうだいぶあねご的になっていたようでしたからね。

**本多**　それはもう、年も違いますしね。

## 宮本百合子の偉大さ

**本多**　話がまたもとへ戻りますが、「伸子」を見ると、百合子さんは野上さんの家で、湯浅さんに紹介されたことになっているんですが。

**湯浅**　その前から話には百合ちゃんが来るのなんて、野上さんから聞いていた。

**本多**　どっちが先に野上さんとお知合いだったんですか。

**湯浅**　もちろん私ですよ。私と野上さんというのは古いのよ。十九ぐらいの時からあそこへ行っているのよ。百合子さんとはなかなか行き会うことがなかったが、偶然行き会ったもんだから紹介した。

**本多**　一九二四年の春ごろですね、二人がお知合いになられたのは。

**湯浅**　そう。

**本多**　宮本さんの日記を見ると、前の年か、その前の年ぐらいから、野上さんのことが出てきますが。

**湯浅**　だから出入りしてたのね。私もしょっちゅう行くわけじゃないから会わなかったのが、偶然神さまのお引き合わせによって行き会ったのよ。行き会わなかったらずいぶん変わってきていますね。人間の一生っておもしろいものね。そうしたら、なにか私がひどく独立的に見えたもんだから、そうでもないんだけれど、大いに買いかぶったのね。

**本多**　女の人が一人で暮らすことに、なんか不安があったのを、湯浅さんという実例を見て、これはいけると感じた、そういうこともあるわけですか。

**湯浅**　それはあるでしょうね。

**本多**　百合子さんの日記を見ると、非常に早くから、野上さんと自分との、文学者としての性格の比較をしているんですね。野上さんにとても敬服しているけれども、野上さんは観照する人で、自分はそれだけではあきたらない、生活の中へ突進していきたい、というような意味のことを書いてますね。そういう情熱的なところが、宮本さんの一つの大きな特色で、情熱の女、というものは珍しくないけれども、宮本さんだけの教養と聡明さとを兼ね備えた人は、やっぱり珍しい。豊かな人だったと思いますね。

**湯浅**　それは私もそう思います。今、誰を見ても、ちょっといないですね。

**本多**　野上さんとか、平林たい子さんとか、佐多稲子さんとか、いろいろ偉い人がいますけれど、宮本さんはまた特別な溌剌とした人でしたね。ウソがいえない。それだけに相手のウソやゴマカシは直覚的に見破ってしまう。それがまたひらめくようで……。

**湯浅**　あれは特別な人だと思うね。比較できないね。いわゆる日本の玄人《くろうと》作家は、あの人をあんまり作家として認めないようなところがあるね。だけど、ほんとうの作家というのは、やっぱりああいうんでなきゃ……。あの人もっと長く生きりゃ、もっといいものを書いたろうにね。

**本多**　そうだと思いますね。

**湯浅**　ヨーロッパの文学と比較して、日本の文学というのには、私はあきたりないところがあるけれども、百合子さんなんかはそういう意味じゃやっぱり、レベルに達しなかったかもしれんけれども、そういう作家じゃないですか。つまりそういう広さ、深さをもっていたんじゃない。そういう作家は、ことに女流作家にはちょっといないじゃない。

**本多**　職人的にならなくって、人生的豊かさというものと、文学的豊かさというものとが一緒に育っている感じですね。

**湯浅**　それは職人的な、うまい技術を持っている作家はたくさんいるけど、生きるというめどが違うんじゃない。作家になって、一人前になればそれでいいというような人が多いなあ。野上さんは、ご存じのようにいわゆる生きることの上手な人だからあそこまでになったけれども、百合子さんみたいに、書くということと生きるということが一つになっている人というのはないね。

**本多**　だから、作品も面白いけれども、手紙も日記も面白い。日記は女学校三年生ごろから、ずうっとあるらしいですね。湯浅さんのところにある手紙なんかをぜひ発表してもらい、それから日記もだんだんに発表して、全集を編み直して欲しいものです。

（昭和四十四年八月二十日　紀尾井町　福田家にて）

# 太宰治のこと

津島美知子
ドナルド・キーン

## 太宰文学の翻訳について

**津島**　キーンさんには、いつかお礼の言葉だけでも申し上げたいと思っていたのでございますが、思いがけなくも本日お目にかかれまして、うれしく存じております。このたびはまた解説をご執筆くださるそうで光栄に存じます。キーンさんに英訳を出していただきましたおかげで、もう何ヵ国になるかしら、六、七ヵ国語ぐらいに広がりまして、英語のアルファベットでない、楔形文字のような「斜陽」も出版されました。あれはカルカッタでございますか。

**キーン**　はい、インドでした。インドのテレグー語の翻訳です。二年ほど前、私がカルカッタに行ったときに、「斜陽」のインド版があることに初めて気がつきました。インドでは、太宰文学は人気があるそうです。しかし残念ながら、人気があっても、だれも本を買わない国民のようで、インドのベストセラーはまあ三百部ぐらいなものです（笑）。それでも、「斜陽」や「人間失格」についての書評のなかで、私のいちばん気に入ったのは、インド人の書いたものでした。インドの英字新聞に発表されたもので、りっぱな文章でした。それは別として、いつかインド人の留学生が、ニューヨークの私の研究室に訪ねてきて、「斜陽」について詳しく知りたがっていました。太宰文学のたいへんなファンで、著者に会えないことを残念がっていましたが、ともかく翻訳者にだけでも会いたいと言っていました。

**津島**　キーンさんの英訳のご本はたいへんごりっぱなもので、皆さまにお見せしましても感心されるばかりでございます。翻訳にはやはり、たいへんなご苦心があったことでございましょう。

**キーン**　もともと私たちにとって、日本語はたいへんむずかしいのです。そのかわり、ほかの外国語よりも、日本語ないし日本文学がふかい魅力を感じさせます。そのうえ、西洋人として日本文学を研究しますと、いろいろ発見の楽しみも味わえます。私が英文学をやっていたら、英文学は徹底的に研究されてきたものですから、まず新しい発見はないでしょう。日本文学の場合は始終あります。たとえば、私が「斜陽」や「人間失格」を訳したときまで太宰治の長篇小説が訳されていませんでしたから、まあ探検家が知るような快感がありました。私がいくら英文学や仏文学の研究に力をいれても、あんな楽しみはまずないと思いますね。

**津島**　いまアメリカで日本文学を研究したいという学生は、キーンさんのようないい先生方がいらしてよろしゅうございますが、キーンさんが初めてお勉強になりましたころは、ほんとうにご苦心なさいましたことでしょう。日本語はやはりアメリカで……。

**キーン**　はい。私が日本語を勉強し始めましたのは、ちょうど第二次世界大戦が起こった年でしたから、日本へは行けなかったのです。戦時中、米国の海軍日本語学校へ行って、卒業してからずっと通訳や翻訳の仕事をやっていました。終戦後、一時コロンビアやハーバード大学の大学院で勉強してから英国へ渡って、ケンブリッジ大学で日本語を教えるようになりました。私が初めてケンブリッジ大学で教えていたときに、学生たちが初めて日本語として勉強したのは「古今集」の序でした。そして、現代語の会話がぜんぜんできないうちに紀貫之の文章をすらすら読めるようになったわけです。日本人にとってはとても考えられないことでしょうが、日本語を一つも知らない外国人には、「古今集」のほうが現代文学や新聞よりも読みやすい。漢字はほとんどないし、文法もはっきりして現代語よりもはるかに親しみやすいのです。しかし、かりにその学生たちが日本語で会話しようとすると、いとあやしきわざなりけり……（笑）。一度ある学生に古典文学のテキストをすすめて、原文はむずかしいから現代語訳を読んでから原文を読んだほうがいいと言ったのですが、後で学生に聞くと現代語訳がわからなくて、原文のほうがわかりやすかったと言うのです（笑）。

**津島**　キーンさんが初めて太宰を海外に紹介してくださった、十年前のあの当時は、なにか黒船来たるみたいな感じで大あわての気持でございました。キーンさんがあの時のペルリかハリスのような気がするのです（笑）。「斜陽」や「人間失格」の題名の英訳にしましても、いろいろお考えになったようでございますね。

**キーン**　はい。私の太宰文学のはじめての翻訳は、「ヴィヨンの妻」（Villon's Wife）でしたが、「斜陽」（The Setting Sun）の場合は直訳しても面白い題ですので簡単でした。「人間失格」（No Longer Human）は直訳すると題として長すぎるのです。どこの国でもそうですが、面白い題でなければ本が売れないと思いましたので、いろいろ考えて自由に訳したのです。

**津島**　「斜陽」と「人間失格」では、どちらがお好きでいらっしゃいますか。

**キーン**　そうですね。私は「斜陽」のほうが好きです。「人間失格」のある部分は「斜陽」よりもすぐれていると思うのですが、全体としては「斜陽」のほうが作品としてまとまっていると思います。それで私は訳すとき、どちらを先にしようかと思って躊躇しました。いろんな日本人に聞きましたが、ほとんどの人は「人間失格」を先にすべきだと言いました。しかし、私はやはり自分の興味とか趣味もありまして、「斜陽」のほうがたぶん外国人の読者にとって面白いのではないかと思いました。

**津島**　「斜陽」のお訳には何ヵ月ぐらいおかかりになりましたか。

**キーン**　まあ、半年くらいはかかったでしょう。翻訳をやり始めたときのことを思い出しますが、「斜陽」の最初のところに、主人公のかず子の母がスープを飲むシーンがありますね。これがどうも面白い英語になりそうもないと思って、何回も書き直したんです。その次の章に火事の話があるでしょう。日本ですと、木造建築なので火事はたいへんな災難です。大火になる可能性が十分ありますから、かず子がほうぼうにお詫びにまわるのですが、西洋人の常識では、火事は、たとえ自分の家が燃えても、他人と関係のないことです(笑)。……なんでもないところがむずかしかったのです。しかし、「斜陽」は好きな小説でしたから、いくらやりにくくても最後までやろうと覚悟しました。それから「人間失格」の翻訳には七、八ヵ月くらいかかりました。

**津島**　はあ。ご苦心には頭が下がります。英訳されようなどとは夢にも思いませんでしたのに……。

**キーン**　日本人独特の表現とか、考え方とか、風俗習慣があって、それについていろいろ悩んだのですが、今の例はしかし、文学の中心問題じゃないのです。文学の中心はもっと普遍的なところにあるはずで、風俗習慣が違っていても、人間の心、人間の感じているものは相通ずるはずです。英訳を読む読者は全体が面白ければわかりにくいところを飛ばして読むのです。私はいろいろ心配して、外国人はこれを読んでわかるだろうか、日本の火事と外国の火事とが質的にちがうことを理解できるだろうかと思ったのですが、あんがいそういう心配は不必要でした。……読者は賢いです。

**津島**　そうでございますね。

**キーン**　翻訳のことで、私の困ったことのもう一つは、日本語のいい文章と英語のいい文章とでは、いろんな点で違うのです。日本語のいい文章というのは同じ言葉を繰り返してもかまわないようですが、英語の場合は、特徴のある言葉なら同じページにおなじ言葉を二回使ってはいけないという習慣があります。絶対的なものじゃないのですが。ですから、日本語の原文には同じ言葉が出ていても、翻訳の場合はそれぞれ違う英語の言葉で訳す必要があります。逆に、英語の小説を日本語に訳す場合にも困ることがたくさんあるでしょう。たとえばyouの訳語なんかそうでしょうね。そういう言葉の選択があるからこそ翻訳は一種の芸術にもなるわけです。

**編集部**　アメリカでは、「斜陽」はどのくらい部数が出たのですか。

**キーン**　五千部くらいと思います。そのころまったく知られていない外国人の作家のものとしては、そんなに悪くないと思います。それから各国語の翻訳、フランス語、イタリア語、ドイツ語、スペイン語、インドのテレグー語などの翻訳がつづいて出ました。

**津島**　どういう方、若い方が読んでいるのでございましょうか。

**キーン**　よくわからないのですが、若い人に限らず教養ある人が多いのじゃないかと思います。初めは「斜陽」の抜萃訳でしたが、アメリカの婦人雑誌に載りまして、相当反響がありました。全訳が出たときに、いろんな人が、思いがけないような人が読んでいたということを聞きました。たとえば、ちょうどそのとき、ニューヨークにイタリアの劇団が来ていましたが、その人たちが夢中になって読んでいたということを聞きました。

**津島**　はあ。「斜陽」と「人間失格」とでは、お訳しになって、ご苦心はどちらのほうが……同じようでございましたか。

**キーン**　「人間失格」で、非常に困った場面は、葉蔵と堀木がアパートの屋上で反対語《アントニム》の当てっこをするところでした。その場合、日本語そのものの表現が大切であって意味だけを伝えても面白くありません。たとえばツミ（罪）の対語はミツ（蜜）だと言って、蜜から食べものに連想がいくところがありますね。英語の罪はクライム crime ですが、それを逆さに書いても意味がありません。クライムと同じような文字でライス rice という言葉がありますので、原文の罪と蜜にかえて、私は crime と rice にしました。なんでもないことのようですが、そのために何時間も脳髄をしぼったのです（笑）。

**津島**　そうでございますか。服装なども違いますし、袴をはいて立っている写真の話が初めにございますね。あれなどもお困りでしたでしょう。

**キーン**　はい。もう一つ、非常に困ったのはコタツです。それから「人間失格」におしるこを食べる場面があるでしょう。堀木の母がおしるこにお餅のかわりに何かえたいの知れないものを入れて葉蔵に出しますね。外国人の読者には、おしるこやお餅はどんなものかわかりません。それで私はいろいろ考えてから勝手に原文を変えて、ジェリーにして、中に入っているものを果物にしました。そうするとわかりやすいし、質的にはだいたい同じようなものだと思うのです。

## 文学と生活について

**津島**　こんどのお原稿は、やはり日本字でお書きになるのでございますか。

**キーン**　私はたいてい日本語で書きます。初め英語で書いて訳す場合にはどうしても不自然な日本語になってしまうんです。いわゆる翻訳調ですね。こんどの解説のために太宰治の作品をいろいろ読んでみましたが、いちばん楽しかったのは「お伽草紙《とぎぞうし》」でした。ほんとうに気にいりました。とくに昭和二十年の三月ごろに書かれたものとしては、奇蹟的なものだといってもいいと思います。爆撃をうけたり疎開したりしていたときに、あんなに明るい、感じのいい作品が出来たのは不思議に思います。「お伽草紙」について、何か思い出がありませんか。

**津島**　ええ、そのころまだ園子が四つぐらいでございまして、お伽話をきかせたり、絵本を読んでやったり、そういう雰囲気から、浦島さんとかカチカチ山とかが生まれたのかと思いますが……。いまだに太宰の絵本を読む声が耳に残っております。

**キーン**　お嬢さんに防空壕でお伽話を読んできかせたのが始まりですね。お話そのものは昔のお伽話にもとづいていますが、非常に個性的な味があると思います。

**津島**　ラジオなどでは、よく「お伽草紙」や「新釈諸国噺」がとり上げられています。太宰の作品のなかでは、いちばん放送回数が多いのではないかと思います。

**キーン**　「諸国噺」のほうが「お伽草紙」よりも原文に近いでしょう。私の考えでは、「諸国噺」にはそれほど太宰さんの個性が出ていないのです。それよりもう少し前の作品ですが、「右大臣実朝」も、なかなか面白い小説だと思いました。戦時中に、あんなに明るい小説が書けたというのは意外でしたね。

**津島**　ああいう死に方をいたしましたけれども、ほんとうは生まれつき、明るい陽気な面をもっている人でございました。

**キーン**　「実朝」には「吾妻鏡」や「増鏡」などの古い文献が引用されていますが、ご主人はいろいろ勉強なさったでしょうね。小説のなかには、いっこう勉強しなかったと書いてありますが、実はよく勉強していたのじゃないですか。

**津島**　いいえ、もういっこうに。必要に迫られて、「実朝」のとき俄《にわ》か勉強したような状態です。まあ主人は怠け者とはいえないと思いますが……。寝てもさめても、始終作品のことは頭から離れずにいたらしゅうございますけれどもね。

**キーン**　私が初めて太宰治の文学を読んだとき、いちばん惹かれたのは、「人間失格」のはしがきでした。それから、あのあとがきですね。ご主人は「人間失格」を書きながら、どういうような顔をしていましたか。

**津島**　あの作品によりませず、書くときはたいへんむずかしい顔をしておりました。机の前では別人のように。執筆するとき以外はたいへんふざけておりましたけれども……。「人間失格」という題で書きたいということは、ものを書き始めたころからの願いだったらしゅうございます。とにかくあれを書かなくては死ねないという気持だったらしゅうございます。

**キーン**　まだ二十代の若さで、最初の創作集に「晩年」という変わった題をつけていますね。そのころから「人間失格」というような考えがあったのでしょうか。

**津島**　ええ、内容は変わるにしましても、「人間失格」という題で書きたいというのは、二年や三年の考えではなかったらしゅうございます。二十三、四で、晩年といいますか、あとは余生を送ったっていう感じでございましたね。……私には生理的にたいへん健康な人は、太宰の書いたものを芯から理解できないのじゃないかというように思われるのですが、いかがでございましょう。

**キーン**　そうですね。最近だれか「桜桃」を読んで、どうしても主人公の言うことに賛成できないと言っていました。やっぱり健康な人でしたら、賛成できないという感じはあるでしょう。外国では、とくにアメリカでは「斜陽」ほど「人間失格」が売れなかったのは、そのためでしょうね。しかし、イギリスでは、「人間失格」がよく売れて普及版、ペーパーバックも出たのです。

**津島**　キーンさんは、近松研究のごりっぱな本をお出しになったそうでございますね。

**キーン**　はい。最近共訳本を出しましたが、もう十五年ほど前からずっと近松の研究をやってきました。初めのうちは相当自信をもって翻訳していましたが、だんだん自信がなくなって、いまはわからないことばっかり多くて……。

**津島**　じゃ、文楽などにもご興味ございますね。

**キーン**　はい、ございます。

**津島**　太宰は弘前の高等学校時代、義太夫のけいこをしましたそうです。学校から帰ると和服に着替えて角帯を締めて通ったそうでございます。結婚して間もなくのころは、お酒に酔いますと、いいご機嫌で語って聞かせたものでございます。あのお俊伝兵衛の猿まわしの段ですとか、朝顔日記のデンデン、デンデンというところですとか。娘が二人おりますが、二人とも浄瑠璃から名前をとりましたんですの。姉娘のほうは園子で、二勝半七のおそのから、妹のほうは里子と申しますが、それも鮨屋《すしや》の段の……。

**キーン**　「思い出」という小説に、歌舞伎に非常に興味があったということが書いてありましたが、浄瑠璃にご興味があったことは知りませんでした。

**津島**　郷里の家が邦楽のほうの趣味があったらしゅうございますね。歌舞伎などにもわりあいくわしいようでございました。

**キーン**　ご主人の小説のなかに、よくお金がないことを嘆く場面があって、実際の生活の場合でもそのためにお困りになったでしょうが、不思議に思うのは記念写真が非常に多いことですね。そんな生活でよく会合や宴会などに出たなあという印象を受けます。あるいは、いろんな人に、えらい作家だと思われて、あんなに写真を撮られたのじゃないかとも考えられます。そうでなければ、そんなに記念写真を撮るはずはなかったでしょう（笑）。

**津島**　太宰はたいへん誇張して書いておりますが、食べるものに困るほど、それほど貧乏したこともないのです。戦前によく自分の生家の富裕なことを大げさに書いていますが、それと同じ程度の誇張がございます。

**キーン**　そうですか。日本の文人の伝統ですね。西洋の作家でも、自分は健康で幸福だというようなことを書く作家はまずないでしょうね。いま若い人たちのあいだで、太宰文学が相変わらず人気がありますが、それについて、何かご説明がありませんか。

**津島**　はあ。太宰の作品は多すぎず少なすぎず、ちょうど論文などにまとめやすいらしいんでございます。あるいはまとめやすいような気がするのでしょう……。キーンさんにはいかがでございますか。

**キーン**　日本文学の翻訳はむずかしいのですが、ある作品が好きになると、どうしてもそれを外国人に知らせたいという希望が湧いてきます。翻訳しながら、ずいぶん太宰治の魅力にひかれました。もしそういう魅力や希望がなければ、翻訳ほどいやな仕事はありませんね。

（昭和三十八年九月十一日　虎の門　福田家にて）

*

# 明治文学を語る

稲垣達郎
瀬沼茂樹

## 近代的精神について

瀬沼　こんどの巻が、明治文学の短篇集という意味を兼ねているので、明治文学の特色というようなものを、長所短所の両方から考えてみたい。どこまでうまくいくかわかりませんけれども、やってみようというのです。つまり日本の近代文学としての明治文学と、もう一つは日本の伝統の文学をひいている明治文学、そのプラスとマイナスという面をも考えてみたいのです。

稲垣　むずかしいな（笑）。

瀬沼　まあふつうに、近代文学が、西洋文化の刺激によって興ってくるというように考えれば、それは幕末から考えられるけれども、今日われわれの言う意味の文学というのは、明治二十年前後に、坪内逍遙が「小説神髄」や「当世書生気質」を書いたころから始まると普通見るんだけれども、いわゆる軟文学の前に、一応硬文学も考えなければならないだろうと思う。その硬文学としての、徳川時代からもっている儒教精神というものは、頽廃してきてはいるけれども、それが一つの気骨になっていて、明治文学を通じて一つのモラル・バックボーンだったと思うのです。それがまた逆の面から言えば、文学の形成を邪魔している面があって、明治文学を糞真面目なものにし過ぎている。例えば、文学の中にある戯作的精神をあまりに厳しく退け過ぎてしまった。逍遙自身でもそれが好きな癖に、逆に退け過ぎてしまった。そういうところにプラス・マイナスが出てくるのだと思うのです。

**稲垣**　儒教的な精神は、確かに強いもので、明治の末あたりまできているんじゃないかという気がしますね。大正期になると、少しずつ崩れてきて、いわゆる漢字が精神構造の中枢になっていかない。「白樺」とか「新思潮」とかいう時期になるとだんだん衰えていく。漱石なんかは、大正にむしろ一番いい仕事をしたと思うけれども、内から支えているのは、やはり江戸以来の儒教精神であるということは、相当程度考えられますね。

**瀬沼**　文学をやるなら、維新の志士の気概をもってやれ、といったことね。

**稲垣**　ああいう強い形でいわれた面がずうっとあると思うな。

**瀬沼**　儒教的な精神が、西洋で言えばキリスト教のようなものとして、内面の良心を形作っているように、内在化していければ、日本の文学を内から支えるものとして役立ったし、また現にある人たちにとっては役立っているわけですね。それがどうしてマイナス面になるかというと、やはり明治憲法や教育勅語というもので、上から強圧的に抑えつけて枠にはめこむことになってしまった。明治の社会構造というか、政治の方の形に使われてしまったので、それがマイナス面になるということがあったのではないかな。

**稲垣**　内面化しないで、むしろ内面を外の枠にしてしまって、内面を抑えていくというような形になっていった。憲法、政治というような形でね。よく言われる家なんていうものも、確か明治三十年代ごろから……。

**瀬沼**　民法の施行から極端になる。国家権力と家長権あるいは相続権というものを結びつけて、父親あるいは財産がそういうものと結びついて、家族を拘束することになってくる。それで例えば、家に対する叛逆をすれば、それは国に対する叛逆だということになる。「国家」という言葉自身がそれを表わしているわけだな。国と家とが結びついている（笑）。ところが近代文学とか、近代的精神とかいうものは、本来、個人主義の精神であったわけで、民法で言えば、財産篇は個人主義であり、家族篇は国家権力の出先みたいになった。そういう二重性がある。その矛盾が、文学者のような、あまり官憲の勢力とは関係のない、むしろ拒絶している人たちを非常に苦しめてきたということがあるわけでしょう。

**稲垣**　そのとおりだな。

**瀬沼**　そこで問題は、そういう近代精神とは何かよくわからないけれども、近代個人主義と言ってしまえばわかったような気がする……。

**稲垣**　大体それで片づけちゃう。近代個人主義が中核だろうけれども、日本じゃ完成されたとは思えないからね。

**瀬沼**　そうなんだね。西洋で言うような意味の近代的自我があったのか、という疑いが出てくるわけだ。

**稲垣**　作家はそれに一番苦しんだろうが、作品の上では近代的自我を完成したり、形成したりできなくて崩れていったという実例ばかりだと言っていいね。

**瀬沼**　近代的自我が形成されなかったのは、もちろん、いろんなバックグラウンドから考えることができると思うけれども、それよりも個人と社会との関係を、個人の側から考えることができなかった。あるいは、確かな自分の考えを作らないでいた。例えば漱石みたいな人は、はっきりとつかんでいる。鷗外もある意味ではつかんでいる。しかし、社会意識というものがなくて、すぐに社会と国家とが結びついてしまう、そこで対決して、個人なり、自我なりの位置づけをする、あるいは意識する、という方向にいかなかった、ということが一つの大きな原因じゃないかと思うのだけれどもね。

**稲垣**　かなり早くから国の意見というのは強く出ているので、常にそこに統一されていっていることは事実だからね。

**瀬沼**　日本の文学者が、そのために逆にいつも在野であって、その在野であることのために、かえって国家社会に対する批判みたいな形、文明批評という形で出ているという点もあるんだな。しかし同時に、そのために明治文学というのは、非常に暗いでしょう。

稲垣　福沢諭吉の「学問のすすめ」の第一行が、いまだに完成されない。だから近代はまだないんだ、ということを時々言うんだけれどもね。

瀬沼　近代の成熟しない時期に、近代がすでに終りかけているんじゃないのかな（笑）。

稲垣　それから、近代ということが戦後非常に言われたけれども、そう言われなければならないほど近代がなかったということでしょうね。

瀬沼　それは賛成ですね。

稲垣　だから、一ぺんお聞きしたいと思っているのは、「近代文学」の人たちが、どうして「近代文学」という名前をつけたのだかね。前に「現代文学」を出しているでしょう。おそらくそれは、近代に対する自覚というか反省などから出たのかな、と臆測をしているんだけれどもね。

瀬沼　創刊のころに出ている、本多秋五の論文を見ればわかるのではないかな。日本の場合、現代と近代とをどうするかというのは、また非常にむずかしいですからね。

稲垣　むずかしいですね。

## 戯作精神と真面目さ

**瀬沼**　どうして日本人はこう糞真面目になり過ぎちゃったのだろうね。戯作といっても、通や粋をふり廻す、おちゃらけたような意味の戯作ではなくて、文学を楽しんでやる、余裕のある形をもっていなくなったのはどういうわけだろう。

**稲垣**　いわゆる文学改良というようなところから、真面目になろうということに仕向けているね。近代の新しい精神は、真面目にならなければならんものというふうに、考えたことでもあるのだろうけれどもね。

**瀬沼**　虚構をするということを、遊びのようにとって、そして虚構はいけないというような言い方をするようになってしまう。これは吉川幸次郎さんによれば、東洋人の傾向なんだそうだけれども。

**稲垣**　確かにそういう余裕のある笑いはないですね。まあ、「吾輩は猫である」とかがそうだろうが、本当の笑いじゃないだろうからね。

**瀬沼**　まあ「猫」なんかはあるけどね。だから斎藤緑雨はひねくれて、すねていて、コンプレックスのできそこないみたいなところがあるけれども、気魄があって面白いと思うんですよ。あれは田舎者のコンプレックスかな（笑）。

**稲垣**　硯友社をどうしても意識して向うに廻しているから、しゃれなければならないけれども、しゃれられない。しかし、しゃれなければならない、というようなことなんだね。

**瀬沼**　緑雨の場合は、小説より評論が面白いけれどね。

稲垣　それは面白い。しかし「かくれんぼ」でも、今読んで読むに耐える作品になってると思うね。最後の短篇だが、「わたし舟」というのがある。金だけに執着して、娘を食いものにしようとするお婆さんが出てくるが、これなんか非常に珍しい人物だと思う。突き放して、ほかの人が書かなかった非情な人間を書いている。その点、緑雨はなかなかのもんだなという気がするね。

瀬沼　僕は批評精神をもって、もっと小説を書いてくれれば面白かったと思うな。小説はこういうものじゃなければいけないと思ってても、硯友社と似たものを書くでしょう。対比する意味があるんでしょうけれどもね。このごろ、戯作精神が復興してるけれど、戯作精神は滑稽とか洒落風な諧謔精神というように言ってしまうけれども、それだけじゃないような気がするね。

稲垣　諧謔精神というか、やはりまともに抵抗できないための方法だろうからね。本心は真面目なんだが、それが諧謔という形にならざるを得ないんだね。真面目そのものではやりきれないから、一種の余裕で書くのが戯作になるんだろうね。

瀬沼　だから、また元に戻ってしまうけれども、日本の社会構造のために、批判しようと思うと、戯作の形をとらざるを得ないんだな。

稲垣　まともに正面きって言えないということは、明治の初めから非常にあったね。例の「三条の教則」からそうだし、「讒謗律」、「新聞紙条例」がすぐあとだし、もうほとんど箝《かん》口令《こうれい》を布《し》かれたようなものだから、多少知識人が批判的なものをもっていても表現できない。「明六雑誌」を廃刊したのも象徴的だと思うね。インテリの姿勢をだんだん決めていくという感じがする。

**瀬沼**　そうすると落首の精神なんだな。

**稲垣**　そう。それで陰にこもらざるを得なくなるんだね。勝本さんは明治十年の役から曲ってきていると言っておられるが、僕はもう二年前の、「新聞紙条例」や「讒謗律」あたりからだと思う。「書生気質」だって伏字があるでしょう。官吏をちょっとからかっているところなどね。あんなものを伏字にしなければならないというほど、作家は警戒しなければならない。「書生気質」が中絶したのも、今の時勢が悪いから書かない。もっと時勢がよくなったら書き続けると言っているんですね。あのころから、多少とも批判がましい視点で小説を書くのが、むしろ困難だったということは言えるね。これはあまり外側と結びつけ過ぎるけれども、じりじりとそういうものが深化していると思うね。

**瀬沼**　しかしどうもあそこで、戯作精神を叩き過ぎたために、日本の文学の大きさがなくなってしまう。もちろんほかの事情もあるけれども、残念な気がしてしようがない。一つは逍遥先生の罪だと思うけれどもね（笑）。

**稲垣**　余裕を失ったのは事実だね。芸術というものをいい意味の遊びのものだというふうに、やはり考えにくかったんだろうな。

**瀬沼**　それで、政治なんかから独立させなければならない、自主性をもたせなければならないということで、逍遥先生が、熱海の双柿舎にも掲げてある「遊於芸」という精神、漱石流に言えば道楽だが、そういうものが余裕をもって活潑に働かなかった。そこに立身出世小説がないばかりでなく、近世の滑稽本が高度のものとして存在しないことになってしまったという感じがするね。

**稲垣**　それも息の根が止った程度になくなっているね。あるとすれば通俗なゲラゲラ笑いになっちゃう。

**瀬沼**　だから漱石の「猫」や「坊っちゃん」が、非常に清新な感じがするんだ。

**稲垣**　それも漱石ぐらいで、あとは「学士様なら娘をやろか」とか、明治から大正にかけてベストセラーを書いた奥野他見男になってしまうんだ。

**瀬沼**　漱石が、せっかく開拓した、あるいはもっていた幅――新聞小説を書く前の幅があとを絶っているのはどういうわけなんだろう。

**稲垣**　あとを受けたという人はいないね。

**瀬沼**　内田百閒先生がある意味ではそうだろう。

**稲垣**　百閒先生だけだろうね。あとは井伏鱒二……。

**瀬沼**　あんまり偉すぎたということもあるかもしれないけれど、漱石の可能性の一部だけを引き受けて、漱石をしのぐというお弟子さんが出なかった。あれは日露戦争後のことだけれども、経済的には発展しながら、社会情勢は悪くなっていくわけですね。だからこそ逆に言えば、そういう諷刺的精神というものが非常に大切になってくるはずですがね。ところがあのころになってくると、自然主義が糞真面目なもんだから、逆に干あがってしまったような気がするね。

**稲垣**　それは諷刺なんていうのは、全然なくなるね。真面目ということがいい半面、やはり余裕を失ったということね。

**瀬沼**　自然主義の前には硯友社があり、硯友社が都会人の文学であったのに対して、自然主義は田舎者の文学であった。都会人と地方人との生活の態度というか、何かが違っている。しかし田舎の生活を見れば、さまざまな遊びやおどけがあるのだけれども、それが文学をやる人に限って非常に糞真面目になっちゃって、本来自分の地盤にあったものを捨ててしまっている、あるいは自分の作品の中に生かしていない。藤村なんか、ユーモアのない奴は人生はつまんない、なんて言うけれども、本人に決してユーモアなんかないものね。

**稲垣**　日本人全体、特に知識人に欠けていたんだ。民話の中のウソ話とかいったような、われわれの周りにはたくさんあるけれどもね。

**瀬沼**　このごろは世界中の政治家の喋ることが、聞けるけれども、西洋の政治家はウィットをもって、ユーモアで言っているけれども、日本人の場合は糞真面目で、これはやはり日本人の性格かしら。

稲垣　それはもう気のきいた話術はないね。

瀬沼　そのくせ落語なんかあるんだからね。

稲垣　落語のもっているウィットというものが、本格的な文学の中に入り込まなかったなあ。入り込むようなものじゃないのか、そこは問題だけれども、ああいうものを好むものがあるわけだからね。

瀬沼　俳諧だって、本来は滑稽精神でしょう。漱石は俳諧が好きだということで、滑稽精神をやしなった。俳諧を作る人はたくさんいるくせに……。

稲垣　俳諧が実に真面目になっちゃった。

瀬沼　あれは正岡子規の責任だな（笑）。つまり、狭い世界で修業道場にしちゃった。

稲垣　川柳と別れちゃったからね。ほかに狂歌もあるけれども、狂歌ではなくて、滑稽でしかも程度の高いものが近世にあったわけだからね。新しい俳句を作ろうというので、そういう滑稽精神をむしろ置き忘れて、これまた新しく近代というために、ああいう真面目なものになったということね。

瀬沼　日本人にとっては、近代というのは真面目なものだということだな（笑）。

稲垣　もっとも明治の初期には、滑稽精神はあるんだな。

瀬沼　ですけれども、それは程度が低いんだ、つまり近代精神化されていないんだね。

稲垣　江戸のをもち越したままの精神でね。

瀬沼　だからやはり、自然主義の作家たちが、そういうものを低俗なものとか、卑しいものとかいうふうに見た。おそらく逍遙や、四迷たちからあったものだと思うけれども、そういう心がけを作った。

稲垣　文体だけとってみてもそうだね。余裕をなくしてだんだん、こちこちしたものにしていこうというような、文体を練っていく方向になっている。

瀬沼　文章で遊ぶと言ったって、美文を作るということをするが、精神から作ってくれない、何か本末転倒したようなことになっている。

稲垣　美文は、一種の遊びだったには違いないけれど、非常に生真面目なんだな。

瀬沼　つまり、文章道的な修業を含んでいる遊びで、それも元をただせば、漢学の文章方式というものがあって、そこからきていると思う。

稲垣　文章というものが、かなり遊離した形で歩いているからね。

瀬沼　だから文章を書くことが修業なんだ。それと私小説家が、文学をやることは修業だ、心身鍛練だという道場意識が出てくるね。もちろんこれは俳句的なものからきているんでしょうけれども、これも糞真面目精神だね。

稲垣　歌でも、島木赤彦の道場みたいなものがあるわけだからね。

瀬沼　どうも少し悪いことばかり言って来たね（笑）。

稲垣　全体の調子が、薄暗いからこれはやむを得ないね。戦後の十年間は、近代文学には限界があったんだ、挫折したんだということばかり繰り返してきたんだけれども、しかし、どれだけのことをやり得たかということだね。

**瀬沼**　逆に考えると、むしろ社会からアウトサイダー視され、変人扱いされていたからこそ、糞真面目に一生懸命にやって、短い期間に二十世紀の当時の世界思潮をあるところまで吸収し、消化し得るものに高めたことも事実だね。これは日本だからこそ、ある程度やり得たんだな。漱石に言わせれば、上すべりするか、神経衰弱になるかどっちかだといった開化の外発性が、とにかく大正の中ごろまでに内面化するということだな。

**稲垣**　そのとおりだと思うね。

## 近代と伝統

**瀬沼**　近代と伝統との分裂というようなものが、明治時代にもうすでにある程度見えてきているんじゃないかと思うのですけれどもね。

**稲垣**　二十年代前に分離しかけているね。

**瀬沼**　本来ならば、近代はそういう伝統的なものを図式的にアウフヘーベンして、そこに新しく本当に近代が根のあるものになっていくべきだったのに対して、分裂してきたということは、日本の伝統の強さと、それに惹かれる日本人の心情が関係しているのかな。

**稲垣**　伝統的なものだとか、ナショナリズムだとか、これは厄介な問題だね。いまだにこれはむずかしい問題で、もう一ぺん考えなければならない、大きな問題になっていると思う。政教社のもっていた進歩性を評価しようというようなことが起ってきているけれど、あの中の伝統とか国民性とかいうものは、やはり体制とかそういうところへ最後になっていくと結びついているところがあるね。陸羯南《くがかつなん》なんて、非常に素晴らしいことを言っているかと思うと、結局癒着してしまうということがあってね。

**瀬沼**　西洋では、近代は国民国家が成立するわけだけれども、日本は異民族がいないから、国民国家ができたと称しても国民国家とは何か、どういう意義をもつのかということへの反省が足りない。つまり、そこで国民がすぐ臣民に転化しちゃうのですよ。国民国家は、臣民国家じゃないんで、人民主権というか、国民主権の国家の意味でしょう。

**稲垣**　そうそう。そのはずですよ。

**瀬沼**　だから、三宅雪嶺のもっていたナショナリズムの本来は、「真善美日本人」など読むと、書いてある題字なんかを見れば、国民国家的意識があるごとく見える。また、あるところで抵抗している時には国民国家みたいな顔をしているが、こっち向いた時にすぐに臣民国家になってしまう。

**稲垣**　癒着する前は、非常に進歩的なことを言っているけれども、とどのつまりはやはりそこにくっついちゃう。

**瀬沼**　だから、民友社の方からは、随分作家が育ったけれども、政教社の方からは育たなかったね。

**稲垣**　結局俳句になったわけだからね。

**瀬沼**　あのナショナリズムは、本当は安政の不平等条約に対する日本人の国民的自覚、民族国家あるいは民族の独立といった、現代の状況によく似ている主張が含まれている面がある。

**稲垣**　陸羯南の条約改正の論文を見ていると、安保反対と同じことを言っているんだね。

**瀬沼**　そういう積極性がどうして持続しないのかという問題は、またさっきの問題にかえってしまうけれども、日本の国家の壁が堅過ぎたんだな。近代的自我が本当に自覚されていなかったということだろうな。

**稲垣**　つづめて言えばそうなるだろうね。そこまで行っては引き返し、そこまで行っては引き返すという形になっているね。透谷だの、晶子だの、自然主義でも、自我の解放とか、確立ということをまたぞろ言っているね。長い間繰り返し繰り返しやって、自我が明確に確立できなかった。それがやはり今の国民性とかにつながっているということだろうな。

（昭和四十五年五月八日　番町　福田家にて）

# 大正時代と文学

小島信夫
江藤　淳

## 朱色の時代

**江藤**　僕は大正というのは、だいたい明治四十三年からはじまるという説なんですよ。ハレー彗星というのが近づいてきて、確か五月十九日に地球が破滅するというようなことが言われたり、そのほかいろんなことが起っている年です。「白樺」創刊が四月で、「三田文学」が一ヵ月おいて出てくる。一方は白樺派人道主義といわれるものになってゆくし、一方は「パンの会」なんかと関係してくる唯美主義ですよね。「白樺」の方がどちらかというと漱石にふれているでしょう。逆に「三田文学」は鷗外の影響下にあって、荷風が主宰する。つまり有島に当る人が荷風ですかね。二葉亭を根底に置くと、まあ、漱石、鷗外がいる。そこで大正期になって、二つの雑誌を考えると、かたや有島、かたや荷風。「白樺」を有島からいうのは少し邪道みたいですけど、もっと大きな流れからいうと、僕のパースペクティブではそうなっていく。

**小島**　なるほどね。

**江藤**　前に小島さんが、大正文学を次男坊の文学だとおっしゃってたけれども、非常に名言だと思うのです。明治というのは、あまり川幅が広くなくて、勢いの強い川のようなもので、そこに岩があると、岩に飛沫がかかって、パーッと見える。問題が率直簡明な本質的な形で出ているわけですね。長男的性格です。次男坊の時代になりますと、これはセカンドゼネレーションでもあるわけで、この時代になると、ダムに水が入ったような形になって、流れはもうあんまり見えない。その代りあるゆとりが出てきて、今とは規模が違うでしょうけれども、日本の社会が、第一次の都市化というようなものを、いちおう体験した時代になってくる。そこには、田舎的要素と都会的要素の混じり合った、明治の第一世代が作りあげた都市があるわけです。これは赤煉瓦の銀座で象徴される西洋と、山手に残っている武家長屋とか武家屋敷とか、それから下町の町家というもので象徴される江戸というもの、その混合からなる都市ですね。その上今日とは違って、東京がむしろ美しい都市であったということ。吉田健一さんが「瓦礫の中」という小説に、焼ける前までは東京というのはむしろ森に似ていた、と書いてらして、そういえばそうだったなと感じたことがある。僕らはまったく焼跡派でしょう。焼跡の印象があまりに強烈で、そうした記憶の断絶があるために、そのことを忘れているんですね。

**小島**　そうですね。大きい屋敷もあったし、それから小石川なら小石川、本郷なら本郷と、森という感じはどこかにあったと思いますね。確かに赤煉瓦など明治以来のものと、そういう森とが調和して、共存していましたね、大正時代というのは。それから、少しあとのことになるけれども、第一次大戦のあと成金が出来ますね。また不景気になってくるわけだけれど、いずれにしてもそのころ、いわゆる文化住宅風なものも出てくる。なんとなく豊かな感じが下町の町家などにもあって、それが駄目になってくる時期が、大正の終りから昭和にかけてあるんじゃないの。

**江藤**　関東大震災でしょうね。鷗外が大正十一年に亡くなっていますが、鷗外というのは幸せな男だったと思うんですよ。つまり、武家時代、明治の文明開化と、まさに彼が生きた時代そのものの中で死んでいった。ところが大正十二年の九月一日に、東京はまず一回滅びるわけです。その後復興されたり、昭和通りが出来たりいろいろして、まあまあ体質そのものは残っていたけど、震災が大きいですね。

**小島**　普通文学史の上では、震災からあと、ものの考え方なり作風なりが変ってきたと言いますね。

**江藤**　「三田文学」「白樺」「新思潮」があって、そして大正七年に佐藤春夫の「田園の憂鬱」、同じころに荷風の「腕くらべ」が発表される。結局、第一次大戦後の、つまり「腕くらべ」に出てくる新橋の花柳界の感じというのは、そうした成金の財力に支えられた花柳界でしょう。そういうものは五年後には滅びるわけです。大正十四年には普通選挙法が通り、同時に治安維持法が施行される。いつでもワンセットでいくわけですからね。そして昭和二年に芥川が死ぬ。そのころはもう、左翼ならずんばインテリにあらず、ということになっている。

**小島**　今明治がいろいろ問題にされているけれど、大正は期間が短い割にかなりの変化もあり、相反するものも起ったりして、非常に豊富な時代ですよね。

**江藤**　そうですね。勝本清一郎さんが「座談会大正文学史」で、朱色、それが大正のキーノートだといわれた。「赤い鳥」の表紙というのはまさにそれだったんですね。

**小島**　絵が盛んで、短歌が盛んなんです。白秋、茂吉、赤彦、みんなあのころに仕事をしている。それから虚子の仕事もある程度実るわけです。

**江藤**　小島さんが以前に言ってらしたと思うけれど、大正という時代は、確かに現在にちょっと似ているところがあって、スケールは小さいかもしれないけれど、豊かさの感覚を考えると今よりずっと質がいい。現在、国際通貨体制が、アメリカ・ヨーロッパでガタガタになって、円はどんどん強くなる。これで日本が安保理事会の常任理事国になりでもすれば、これはヴェルサイユ条約の円卓を囲んだと同じ状態ですよ（笑）。当時、あれで明治維新の目的は一応達成された。世界の強国となり平等の地位を獲得して文明開化の実をあげたという、ああ安心したという気持ね。中村光夫さんが指摘しておられますが、日本の私小説には他人がない、非常に閉鎖された主観的な世界である、ということ。それは「田園の憂鬱」に一番洗練された芸術的表現を得たのかもしれない。しかしこの感じというのは、ヴェルサイユで、ああもう恐い他人はいなくなった、というホッとした感じと似ていてね。その時日本人は、震災で驚くまでの短い間だけれども、もうあまり建設しなくていいと思ったのではないか。僕は、文学者というものは何一つ建設しなくてもいいものだと思うのです。なんだかわけのわからないことをやっているのですよ。ところが、明治の文学者の悲劇は、逍遙以来、二葉亭以来と言おうか、小説なるものを建設することを要求されたことでしょう。

**小島**　そうです。言葉を通してね。

**江藤**　西洋人に笑われないような、公序良俗を乱さず荒唐無稽な勧善懲悪ではない小説というものを作らなければいけなかった。それは帝国陸海軍を作るのと同じことでね。自分の家の不幸とか、時代に対する感受性とか、感じれば感じるほど建設しなければならないようになる。戦後の文学者もそうじゃないですか。思想的な文学とか、大河小説とか、みんな建設しなければならないということ。ロジェ・マルタン・デュ・ガールが「チボー家の人々」を書いたのは、あれは書いてたら長くなったんですよ。ところが大正の人は、幸いなことに建設しないでもよかった。親父がやってくれたし、子供もなんとかやるだろう、というので、空に真赤な雲の色、と言っていられた。つまり、短くてもこれは豊かな時なんだ。

**小島**　僕は漱石が死ぬころに生まれたんだけれど、やはりものの考え方にしても、自由を非常に鼓吹していた、という気分はありましたね。戦後に行なわれたことと似ているけれど、小学校で五、六人ずつ班を作って、共同研究をするんです。班長を決めて、いろいろとやってゆく。先生はあまりタッチしないわけですよ。便所にだって自由に行けるとかね。小原国芳の自由学園を真似たのかもしれないけど、公立学校でそういうことをした。やはり豊かなんだな。偉くなろうと思わなくてもいい、けれどかなりのところまで自己主張してもいいという自由は。

## 対人感情のやさしさ

**江藤**　それで、これは見逃してはならないことに、大正十四年までは制限選挙だったということがある。この年に普通選挙法が通過した。最初の選挙は昭和に入ってからですけれど。だからそれまでは、地租と所得税で直接税十円以上の納付者でないと選挙は出来なかった。国が少しずつ豊かになってくるから、人数は増えてくるでしょうが、やはり旦那衆と地主に限られますね。つまりリスポンシブル・クラスがあったわけです。これは勝手な僕の推測なんだけれど、かりに文士や芸術家がその出身ではないにしても、どんなに貧乏であったとしても、表現する者として、リスポンシブル・クラスの席が与えられていたんですね。ところがそのリスポンシビリティーが非常に軽いものになってきた。そうすると自由なわけです。僕は大正の小説を読んでいて、水上滝太郎でも、上司小剣、岸田国士、佐佐木茂索でも、作者の対人感情のやさしさに驚くんです。リスポンシビリティーはあまり重くないとすれば、当然人に対してやさしくなれると思う。全人口の七割は垣の向う側にいる、三割の文化ですからね。三割というのは、当然腕を伸ばしてもぶっつからないわけです。

**小島**　僕なんかはその七割の方に育っているんです。でも、三割の方に行くということは、可能性として充分ある。また七割でいれば七割でいるだけの気楽さもあるわけですよ。三割だって七割に行く可能性は常に持っている。どちらにもなれる教育をいちおうしている建前があるわけで、そこが気楽さというか、争う必要もない気持というか、そういう気軽さはあったという気がするね。やさしさと言えばそのあたりかもしれないな。例えば、佐佐木茂索の「曠日」という作品は、兄に従姉の娘と結婚しないかと言われる話なんですね。つき合っても発展しなくて、女は老けてもいるし思ったよりきれいでもない。もちろん子供もいる。それであれはよせと兄の方から言われてしまい、妙な気持で日傘をさした女の姿を高いところから見ているという、それだけの話。ある意味では残酷な話だけれどね。

**江藤**　僕には、文学というものはそういうものだと思っているところがどこかにあります。

しかし、戦後になって体験した生活というものはもちろんそんなものじゃない。文学の表現として新しいものは、そうではないものになってきている。必ずしも対象を捉えたものが文学とは思いませんけれど、いろいろな過程を経て、作家の中で醸成されて出てくる認識、人間観というものは、どうしたってやさしさを失ってきたわけですね。最近になると、このやさしさという概念の方は復活するけれど、実はそれがなんだかわからないでやっているわけですよ。

**小島**　そこのやさしさの問題は、最近の傾向から考えると面白くて、このごろの小説の書き方に、ソフトで行こうという態度がありますよね。ソフトタッチで書くだけではなくて、もう一つは年齢を下げていく方法ですよ。社会の問題を捉える時にも、セブンティーンというところで捉える。それは観念的だったと言われる強面《こわもて》の戦後派がやってきた仕事との関係でそうなったとも言えるけれど、一つはやはり、つかみどころのなさを捉えるのに、ソフトタッチでいく方がよくつかめるのではないかという姿勢だと思うのです。これは現象として面白いと思うけれど、それをやればいいのだという感じが流行している、当り前になってるんですね。

**江藤**　極端な例で言えば、いまやイレブンですよ（笑）。最近読んだ小説に、十一歳の小学生が、ママはときどき若い男の人から電話がかかって喜んで出かけていく、といっているのがある。そのくせ大学生の言いそうななんとか的、あまりにもなんとか的というのが入る一人称小説なんです。話の起承転結はついていても、これはルール違反ですよ。僕は相当神童だったけれど（笑）、十一歳の時そんなことはとても言えなかったよ。

**小島**　ソフトに、年齢を下げて、両方やってるわけですか（笑）。秋山駿君が「簡単な生活」というエッセイを書きましたでしょう。言ってみれば、簡単な生活というのがセブンティーンですね。十七歳でありたいという考え方なんです。二十になり三十になり五十になるのは面倒なことで、そういう相対的な幅で生きるのは大変なことだ、というのがセブンティーンの思想ですよ。そこで、二葉亭の「浮雲」は二十三歳で書きはじめるけれど、主人公も二十二、三歳の男でしょう。かなり諷刺的に書いてゆくけれど、後半はそうはいかなくなる。同じ年齢であることの難しさです。漱石の「吾輩は猫である」、これは猫の反対側に全部の人間を持っていって、諷刺的に面白く扱っているわけですね。で、今の年齢を下げる方法というのは、なんと言うのか、一つには、世の中に対する諷刺的な扱いがどこかにありますね。子供にした方が端的に問題が出てくるというその考え方自体はわかるのだけれど、いつまでも十七歳でいくというのは具合が悪いと思うんですよ。

**江藤**　そうですよ、具合が悪いですよ。

**小島**　十七歳というのは、確かに象徴的な年齢ですよ。その場合、二十五歳というのはもう三十歳とも等しい年齢でしてね。セブンティーンを使うというのは、はじめから無責任な年にしてあるわけです。責任ある年齢にするとなると、ものの考え方がすべて変わってくるはずです。その問題から大正とは……。

**江藤**　それは大正と非常に関係があって、大正文学の現代まで続いている貢献は何かと言えば、やはり志賀直哉だと思います。彼は十七歳のようなところからやっているけれど、二十歳になれば二十歳に、二十五歳になれば二十五歳にしている。それは実に生物学的な正確さです。それで、その対応として何が出て来ているかというと、ものだけはきちんと書いてあるんだな。他人の姿は見えないかもしれない。他人のことを書いても、愉快だった、不愉快だったという皮膚感覚で切っていくわけですから。しかしその皮膚感覚は、外界のものをぴしっと精密に捉えて、まさにビジョンと化すようなものです。ところが、現在のセブンティーンの諸君は絶対にものを書かない、ものの不在ですね。

**小島**　なるほど。その現在の、もの自体をうつす姿勢がないというのは、どうしてですかね。

**江藤**　いまのわれわれは窮乏していると思うのです。広津和郎さんに伺ったことがあるけれど、当時は金なんてどうにでもなったものだということですね。どこかにある。広津さんに言わせれば、金がろくろくないという小説ばかり書いている葛西善蔵も、そういうものの上に乗っかっていることになる。もちろん、享受出来ない多数の人間がいて、米騒動のように爆発したりします。しかしそれは動乱ですからね、文化を作るわけではない。文化を作っているのはやはり何か別のものです。大正期の余裕とでもいうのか、ものに対して物怖じしない。「物怖じしない」という言葉はよく出来ていると思います。つまり、何かを所有していることにてれないわけですからね。てれないから見える。見えるから、ものを愛することも出来るわけです。そうするとやさしくなれる。今のわれわれには所有感がないのですよ。

**小島**　そうですね、それは僕もそう思うな。

**江藤**　この点で、大江健三郎という人は文学史的に言っても重要な人で、「奇妙な仕事」という作品があるでしょう。あれに東大の構内のことが書いてある。それから、中野重治さんの「むらぎも」に、東大構内の銀杏並木の非常に印象的な描写がある。大江君のあの犬殺しの話の構内の描写と、ほぼ同じ場所であろうと推定されるところを引用して較べまして、十年ほど前に書いたことがあるんです。中野重治はものを見て書いている。大江君はものを見ることを拒否するか回避して、自分の中に投写された感覚からあるイメージを作り出して書いている、ということですが、僕は大事なことを言ったのかもしれないと、このごろ思うようになったわけなんです。大江君のあのスタイルは、戦後文学にずーっとあったわけですね。あったけれど、これでいいんだということにしたのは大江君なんです。それからのちは、まったく安心してやっているわけです。

**小島**　わかりますね。それで外国ではこのごろ、非常にものということを問題にして、ものそれ自体を書くとか、もう一回フロベールに戻るとかいわれている。大江君以後の世代は、そういうことをそれなりに知っていながら、あるいは強調してる点さえあるのだけれど、これでいいんだと思っていることも間違いないな。

**江藤**　そうなんですよ。ものという概念で持ってくるんですね。ものというのはまさにものであって、これは概念のレベルにないものということなのだけれど。ものの不在が現代の特徴なら、ものの存在が大正の特徴ということでしょう。

## 大正らしさ

**小島**　小説そのものは昭和に入るけれど、谷崎さんの「細雪」を読んでると、出てくる姉妹たち、特に次女の雪子なんかは大正のやはりいいころに育ってるんだな。だいたい名所図会的な小説になっているけれど、良きものとして大正を頭に置いて書いてますね。特に着物のことがふんだんに出てくるのだけれど、例えば大垣在の不破で雪子が見合いするところがありましょう。姉さんと妹が雪子にいろいろ気を使う。雪子はとぼけたような顔をしている。そういう状態と着物とが結びつくようになっていると思えるのですね。

**江藤**　あります。そのとおりです。

**小島**　ね。途中でホタル狩りに行く時の浴衣とか、見合いだからこれを着せようというような一つの演出。そういうことに着物が使われ、生活の中に入っている。詳しく書いてあるけれど、こまごまとしてという印象ではなく、必要なこととして書いてある。そのやり方が大正が基本になって、良きものとして書かれているという気配が面白かったんですがね。着物のことは、尾崎紅葉の書き方と繋がりはあるらしいけれど、同時に、明治と大正の違いにもなっていますね。

**江藤**　紅葉のは一つの様式ですからね。谷崎潤一郎は、その様式がないことを知っていて、ものとしての着物を書くわけです。それは非常によく書く。ところが、現代の女流作家が書くと、それともまた違うんですね。

**小島**　違うんですよね。で、あのころ男は夏は麻の洋服ですよ。すぐ汚れるから二着持っていたんですって。ワイシャツの決まりがまたいろいろあって、エリが違っていたりね。谷崎の「細雪」などは特に豊かなんだけど、豊かさというのは、僕のようにずっと七割で過ごしてきた中にも、三割と通じる何かがあるんですね。僕ら子供の時に、カツレツというのを歩いて買いに行くわけです。キャベツをきざんだものと一緒にくれる。そういうものは買いに行かなければならなかったんだけど、月に三回くらい食べたりした。カレーライスなども食堂に出かけて食べた。楽しみだったんだな。

**江藤**　例えば食べものの話というのは大事なんですね。あそこの屋台のおでんがうまかったという話だろうが、当時の帝国ホテルのディナーがうまかったという話だろうが、同じことなんです。味覚の楽しみというのは豊かさだと思いますよ。

小島　いまだに焼けないで残っているレストランなどにはありますね、何々亭とかいう名前が……。建物も、天井の高い、ちょっと東京駅風の感じなんです。それから写真館というのがあって、これは今でも田舎には残っているのではないですか。

江藤　写真館のご主人というのは、知識階級でしょう。

小島　そうですよ、知識階級なんです。

江藤　レストランと写真館というと、谷崎潤一郎になってくるわけですね。それから活動写真ですか。ハイカラなんだな。それでいて、女の人は洋服を着て歩かない。風俗画で、竹久夢二のあの骨がないような女でも、銀座の女給のように着物を着てるけれど、草履が違うんだ。

小島　そう、それでパラソルを持っていてね。

江藤　リボンを効果的に使いましてね。あのころ、フランス語のアンニュイなんて言葉が入ってきてそれが肉体化される。そういうものは、文化・文政から少し前ごろの浮世絵にもあるんだけれど、浮世絵のアンニュイはもう少し暗いですね。

小島　やっぱり、アンニュイもハイカラですよね（笑）。それで僕ら子供の時はクレヨンではなくて、セピア色の鉛筆で、西洋人の、美人画ではなくて俳優かなにかの写真で、似顔を書いた覚えがありますね。

江藤　セピア色ですか、なるほどね。

**小島**　大正時代は、ちょうど印象派的な絵が流行《はや》った時ですよね。小学校の時に絵を書くと、紫も、出来合いの紫を使うのを軽蔑して赤と青で紫を作りましたね。黒はなるべく使わないように言われましたし、縁どりをしないということでした。ある時期から急に縁どりを始めたような、むしろモダンになった時期があるんですけども、そのころは縁どりをしないのですよ。色を中心に考えたんでしょうね。その色はやはり明るい色ですから、大正全体の傾向として明るさが強かったんだな。

**江藤**　そうだろうと思います。それからちょっと違う話になりますが、案外今まで指摘されていないことで、重要かもしれないと思うことがある。何かに書いたこともあるのですが、漱石は十九世紀の最後の年に留学して一九〇三年に帰ってくるわけだけれど、ラファエル前派とか、ウィリアム・モーリスなどの漱石に対する影響です。このあたりから、明治、大正、昭和と推移してゆく日本の感受性の歴史の中に、アーサー・シモンズ経由でフランス象徴派につながる線があるように思います。

**小島**　そうです、あると思いますね。

**江藤**　つまり漱石から岩野泡鳴の「表象派の文学運動」につながる線ですね。それを読んだ小林秀雄、富永太郎といった人たちがサンボリスムをやる。それから芥川龍之介を否定しながら昭和へ移って行くという、大正時代の一種の地下水というか、昭和になって川になってゆく流れがある。

小島　なるほど、そうかもしれない。

江藤　夏目漱石と小林秀雄はつながらない気もするけれど、つながるとしたらあるいは、こういう流れもあるわけですよ。ですから、大正時代というのは過渡期ではないんですね。それ自体ある完結性を持った一つの時代だとも言えますね。

（昭和四十五年六月二十九日　番町　福田家にて）

# 文学と演劇

山本有三
阿部知二

## 学生時代と第三次「新思潮」

**阿部**　ご健康のように見えます。

**山本**　そうありたいと思うんだけども……。久しぶりできみに会うんだから、ひと口でもつきあいたいと思ってね（笑）、沖中重雄さんに、ついこのあいだ診察してもらったときに、お酒を少しぐらい飲んでもいいですかと尋ねたのだが、まだお許しが出ないんですよ。どうも肝臓のほうが悪いものだから……。

**阿部**　先生が一高在学中、明治四十三年に初めて「穴」をお書きになった。わたしが七つのときかな。そのころは、自然主義が相当隆盛なときで、武者小路実篤さんたちの「白樺」の運動もさかんになってきましたが、当時、主としてどういう作家のものをお読みになりましたか。

**山本**　自然主義のものでは、ぼくら、やっぱり国木田独歩は多く読んだでしょうな。そのころ一高では、泉鏡花が相当読まれてましたよ。徳田秋声のものは、むろん、ぼくは読みましたがね、鏡花はあんまり読んでないんです。それから田山花袋。当時ぼくは、小説を書こうという気はなくて、戯曲でいくつもりだったから……。戯曲では、ぼくらは、なんといってもイプセンですよ、あの当時は。「人形の家」のノラ、今じゃ、日本じゅうの女がノラになっちゃって、イプセンは忘れられているようですが……(笑)。それから、ぼくはマーテルリンク、ずいぶん読みましたね。英訳で読むわけなんだが、たいへんやさしい英訳で、読みよかった。それから、あの時分には「気分劇」ということばがありましたね。いまはもう、ぼくらの年配の人でなければ知っている人はないんじゃないかしら。

**阿部**　今のはやりことばで言えば、ムードなんとかいう……。

**山本**　そうでしょうかね。マーテルリンクの作品みたいなのを気分劇といったんです。

**阿部**　もちろん、ストリンドベリーなんかもお読みになったんでしょう。

**山本**　それは大学にはいってからですね。それから忘れられないのは、森鷗外さんの翻訳ですね。毎号「歌舞伎」に翻訳脚本が出たし、本にもなったし……。

**阿部**　先生たちの第三次「新思潮」が出るころは、すでに、「白樺」とか、広津和郎さんたちの「奇蹟」とか、そういった同人雑誌が出ていたのですが、そうしたかたたちと、交流がございましたか。

**山本**　いや、そのころはありません。ずっとあとになってからですね。それだからといって、そういう雑誌を読まなかったわけではありません。

**阿部**　先生の作品というと、「白樺」の理想主義的なものと一脈通ずるように感ずる読者がありますね。

**山本**　かもしれませんね。大学を出てからの話ですけれど、まっさきに武者小路氏の「二つの心」をとりあげて演出したり、「その妹」というのを舞台協会でやったりした。そういう意味では、親しみをもっていましたね。「白樺」の人たちには、イプセンの影響はないのかしら……。イプセンの、あの正義感なんてものは、「白樺」のどこかに通じるものがあるように思うが……。

**阿部**　そうですね。話があとに飛びますが、先生の「波」にショーペンハウアーが出てきますでしょう。「白樺」の長与善郎さんからも、ショーペンハウアーに打ちこんだということを聞いたことがありますよ。

**山本**　イプセンとかビョルンソンとか、哲学のほうではショーペンハウアーなんか、あの時代の青年だったら読んだでしょうね、だれでも。ぼくも読んだし、「白樺」の人も読んだでしょうな。

**阿部**　一高の同級生では、近衛文麿、豊島与志雄、現存では土屋文明さん。それから次のクラスでは芥川龍之介、菊池寛、久米正雄、松岡譲さんたちとごいっしょだったわけですね。

**山本**　落第したから、土屋だの、ぼくだのが、菊池や芥川といっしょになっちゃったんだ。

**阿部**　ドイツ語の先生が妙な採点法で……。

**山本**　それは減点法なんですよ。一字まちがうと五点引くとかいう……何点引くんだか知りませんがね。

**阿部**　そうすると、へたをするとマイナスになるじゃありませんか（笑）。

**山本**　だから零点というのが何人もいたんだよ。

**阿部**　そのころは、すこし大げさかもわからないけれど、ルネッサンスみたいなものですね。豊島、土屋、芥川、菊池、久米などがいて、文学的雰囲気がもりあがって。

**山本**　まあ、ルネッサンスなんてことは言えなくてもね、これはいつか言ったことがあると思うんだが、波があるんじゃないでしょうか。そういう一つの波の高まったときじゃないでしょうかね。

**阿部**　第三次「新思潮」では、やっぱり芥川が……。

**山本**　芥川は芥川という名まえを使わないでね、そのときは柳川隆之介だった。だから、どのくらい本気だったのか……そんなわけで芥川は、第三次では出なかったですよ。第三次で出たのは、豊島と久米ですね。久米は「牛乳屋の兄弟」というのを「新思潮」に出して、学生時代にすでに上演されてますからね。早く世に出たという点では久米でしょうね。

それから小説のほうじゃ豊島。

阿部　菊池寛は大学を出てからですか。

山本　あのとき菊池は京都の大学に行ってましてね、親しいから同人にしたので、菊池も草田杜太郎なんて筆名で「玉村吉弥の死」なんていう戯曲など書いてました。菊池寛で書いてなかった時代ですからね。あの人たちは、第四次で出たわけでしょう。

阿部　先生は卒業論文にハウプトマンをお書きになったということですが……。

山本　菊池なんか、ショーやシングなんていうものをだいぶ読んでいたように思いますが、ぼくはドイツ文学をやったもんだからハウプトマン。あの時分には、同時代に生きている作家のことを卒業論文に書くなんていうのは喜ばれない——とくに英文科じゃ喜ばれなかったという話を聞いていますね。わたしたちの独文科ではそういうことはなかったんだが、やはり古典というか、評価の定まった人を選んで書くほうが無難だったようですね。だからハウプトマンなんていうのは……。

阿部　まだチャキチャキの流行作家だった。

山本　その「ウェーベル」（織工）という戯曲について書きました。主人公なしの、群衆を主人公にした作品……。

阿部　あれは歴史的に記念すべき作品ですね。

山本　複数の主人公をもった戯曲というのはなかなか成功しないもので、むずかしいものと思いますけれど、そういう点、社会劇としておもしろかったんで、ぼくは取り上げたんです。

## 新劇のころ

**阿部**　シュニッツラーのご研究は、これよりあとですか。

**山本**　シュニッツラーを読むようになったのは、大学を出てからです。じつを言うと、自分じゃもう、芝居はおれぐらい知っているものはないぐらいに思って、新派といいますか、松竹にはいって、……あのとき月給が百二十円くらいでしたかな、大正初期の初任給としては高額でした……それでいい気になってはいったところ、二、三ヵ月して、自分はつくづくだめなやつだってことを思い知らされましてね、……たちまち新派から逃げ出してしまって……。

**阿部**　案外、気が弱いんですね（笑）。

**山本**　いや、それからわたしは、いくらか自分がかたまりかけてきたんです。ストリンドベリー、シュニッツラーを読みだしたのは、そのころなんです。

**阿部**　シュニッツラーなんていうのは、なかなか一筋縄ではいかない、微妙な作者なんでしょうね。

**山本**　そうですね。シュニッツラーはウィーンの人ですから、パリに近いところがあって、作品に柔かい味がありますね。ドイツふうのゴツゴツしたところがなく、文学の味っていうようなものを、この作家から学びました。そのうちに、山岸（光宣）さんのお世話で、早稲田大学に出るようになったんです。

**阿部**　それが大正六年ですね。それから大正八年に「生命の冠」「嬰児ごろし」をお書きになった。そのころは最初のメーデーがあるとか、財界不況とか、そういった嵐のなかで、非常に社会的な問題を含んだ作品をお書きになりました。わたしどもが高等学校にはいって、在学中に、これらの作品を読んだんじゃないかと思います。たしか、井上正夫が「生命の冠」をやったと記憶していますが。

**山本**　そうです。大正九年の一月号の「人間」に発表して、二月に井上がやったんです。それで初めて世の中に出た……。

**阿部**　その先生が、もう相当なじいさまになっているんだから……（笑）。

**山本**　大正九年なんていうのは、あまりにも古い話だね。

**阿部**　ところが、ぼくは戦争中に、従軍から帰ってきたころに、先生から声をかけていただいて、井上正夫がやった「米百俵」を新橋演舞場で見たんですよ。そのとき近衛文麿さんもこられて、先生に紹介していただいた。これが昭和十八年。そうすると大正九年の「生命の冠」から「米百俵」まで、ざっと数えて二十三年……。

山本　そうですね。井上とは、ぼくは学生時代から知っているんです。ぼくが学生時代、井上の家とぼくの家と何軒も隔たっていなかった。

阿部　どこですか、それは。

山本　駒込の神明町に住んでました。震災のころまで。それに井上という役者、ぼくも好きだったもんだから、ずいぶん長いつきあいでしたね。

阿部　日本の近代演劇史に残る人でしょうね。

山本　残るでしょう。ぼくらの芝居勉強の大きな刺激になった自由劇場というのが、たしか明治四十二、三年ころあってね、その直後、井上正夫たちの新時代劇協会というのが結成された。とにかく、新劇の方へ進んでいくうえでの先駆者ですね。

阿部　この人は、狭い新劇にしないで、いい意味で大衆に……。

山本　そうそう。だから、新派でやっていても、ふつうの新派よりは、どれだけか進んだものをやろうとしていたようですね。

阿部　左団次が先生のもの、やったでしょう。

山本　一つもないんです。よくそう言われるんだけれど、一つもない。だから個人的にはあの人に会ったことがない。そのくせ、ぼくは学生時代に左団次の芝居を、実によく見に行った。彼がまだ明治座の座主だった時分、「歌舞伎物語」なんて山崎紫紅のものをやって、寿美蔵《すみぞう》、今の寿海なんかも出ていたし、背景も和田英作氏あたりが担当したり、その当時としては、新しい、いい芝居をやったわけです。ところが、入りがわるくてね、ぼくはちょうど入学試験の前だったけれども、見に行ったんです。土間で見てると、その土間に、ちょこちょこっとしかお客がいないんです。ぼくは試験があるから中幕は見ないで帰ろうと思ったら、出方《でかた》に、ごらんのとおり入りが少ないんだから（笑）、終りまで見てくださいって、たのまれたことがありましたよ。先代左団次というと、新しい劇のほうでは、いつでも入りがあるように思われてるけど、初期のころ——新しい芝居をやりだしたころは、入りがわるくて、ひどいもんでしたよ。もちろん、新しいのは一番めにやって、中幕——二番めには古いものをやっていたわけです。

**阿部**　小山内薫の築地小劇場が開場したのが、大正十三年ですね。そのころ先生は、華やかな脚光を浴びていられたわけですね。

**山本**　さあ、華やかかどうか知りませんがね（笑）、まあ、田中純君なんかが、その時分に、新劇の曙がきた、というようなことを書いた時代ですね。

**阿部**　そのころ、「新劇新潮」という雑誌は、先生たちがおやりになったんでしょう。

**山本**　ええ、あれは菊池の発案です。つまり、震災で劇場は焼けちゃう、あの時分出ていた演劇の雑誌……「演芸画報」と「新演芸」、それが両方とも出ないのです。それで菊池が言い出して、同人制でやろうということになったわけです。はじめに菊池がつけた雑誌の名まえが「演劇復興」というのだったが、どうもピンとこない。ほかにないかというようなときに、菊池が新潮社と交渉して、発行を新潮社で引き受けてくれることになった。そこで「演劇新潮」ということになった。編集は同人が一年交替でするということになって、最初ぼくにやれという。ぼくはずいぶん断わったんだけれど、結局おしつけられちゃって、最初の一年をぼくがやったわけです。そのあとが久米です。

**阿部**　そのころ、ぼくらが学生時代で、読みましたよ。つまり芝居の好きなものでなくても芸術的な刺激を受けながら読んだようです。

**山本**　それでね、大阪の芝居なんか、こっちから汽車に乗って見に行くなんてことはできない時代でね。あのころ志賀直哉氏が山科《やましな》にいたものだから、志賀氏に頼んで、大阪でやっていた「忠臣蔵」の劇評なんか書いてもらったことあるんですよ。なかなかおもしろい劇評だった。それから、横光君なんぞも戯曲を書いた。佐藤春夫氏も書いた。いままで戯曲を書かなかったというような人たちも、ずいぶん書きました。

**阿部**　つまり、これは芝居好きだけのものじゃなかったわけですね。

**山本**　そうですね。あの時分、たしか一万部刷ったと思います。しかし一万は売れなかったでしょう。ぼくは約束の一年がたったからやめて、久米の編集になってから、六ヵ月くらいつづいたと思います。それから一年くらいたって、菊池が復刊しましたね。三宅周太郎君が編集して、文芸春秋社から出したのです。

## 大正から昭和へ

**阿部**　大正十五年に「生きとし生けるもの」、昭和三年に「波」というように小説をお書きになりましたが、それについて……。

**山本**　ぼくは小説なんか書くつもりはさっぱりなかった。戯曲で終始するつもりでいたんです。だいたい菊池ですよ。菊池が、戯曲をやった者は小説を書くほうがいい、なんていうようなことを言ってね。そのころ「朝日新聞」の学芸部長をやっていたのが土岐善麿君で、菊池が山本に書かせろ、きみ頼みに行けとかなんとか言ったらしいんです。もう忘れましたが、結局そんな話があってから一年半くらいかかったんじゃないかな、ぼくがちょっとふんぎれないでね。ぼくはそれまでに「兄弟」という短いものを書いたくらいですから……。それから、芝居のほうでは役者は優遇するが、作者はそうではない。たまたまぼくは、子どもの問題なんかあって吉祥寺のほうへ家を建てていたときで、金なんかもいるという内輪の事情もありましてね、そのうち、なんだか、ぼくにも書けそうな気もしてきたから、それで書いた、と、これが真相です。

**阿部**　そのころ「来者会」という集まりがあったそうですが。

**山本**　今、そんなことを知っている人はいないでしょうね。「生きている小平次」を書いた鈴木泉三郎という人が「新演芸」の記者をしていて、その人が当時帝劇の専務をしていた山本久三郎さんに、作家をもっと優遇しろというようなことを言ったらしくて、なんできめたんだか、ぼくは当事者でないからわからないけれども、明治二十年以後出生の作家……それから新聞社の劇評家も含んでいたと思いますが……を集めて、「来者会」というのをつくり、帝劇のパスをくれました。できたら書いてくれということで。ですから、あの当時、クライスラーがきたり、エルマンがきたり、あれはもう、みんなただで毎日行けたわけです。谷崎潤一郎君がね、おれも入れてくれ、って言うんですよ。そう言えば、はいっていない。おかしいというので、ぼくが帝劇に談判したことがあるんです。そうしたら、さっき言ったように、「来者会」は明治二十年以後の人たちの集まりなんで、谷崎君はたしか十九年生まれだからだめだというんだ。そんなこともありましたね。

## 近衛文麿氏のこと

**阿部**　昭和十年から「日本少国民文庫」全十六巻をお出しになったり、邸の中に「ミタカ少国民文庫」をつくられて当時の少年少女の読書のために開放されたり、「米百俵」を書かれたとか、戦争中、あの軍国主義のさなかで、いろいろとお仕事をなさったわけですが、これらは今の人たちもだいたい知っておると思いますので、省略することとしまして、近衛文麿さんとのご交友についてすこし伺っておきたいと思います。

**山本**　一高時代は、わたしなんか近しくなかったほうですね。近衛はそのころ、もう公爵でしたね、高等学校の学生だったけれど。やっぱり寮にはいっていましたが、同級生たちが彼の部屋を訪ねるとか、彼がまた訪ねてくるとか、そんなことはあんまりなかったように思います。だからあとで聞くと、近衛はその時分寂しかったらしいですよ。しかし、入学試験なんか受けなくても、だまって学習院の高等科に行けるのに、一高の試験を受けにきたところに、根性というか、……ありましたね。この点は認めていいと思うんです。

**阿部**　近衛さんは、大学は京都でしたね。

**山本**　そう。第三次「新思潮」のとき、近衛は同人じゃないんだけれども、京都から山宮《さんぐう》允《まこと》のところへ、オスカー・ワイルドの「社会主義下における人間の魂」の翻訳を送ってきましてね、それを載せたことがあるんです。私有財産制度や刑罰の否定、社会主義というよりは、無政府主義に近い論文でしてね、このため「新思潮」が発禁になった。近衛にも、かつて、こんな時代もあったんですよ。……わたしが近衛とほんとうに親しくなったのは、彼が首相をやめてからのことです。だから首相時代のことは直接には知りません。あとからの話としちゃあ、ずいぶん、いろんなことを聞いてはいますがね。……世間じゃ、よく、彼のことを悲劇の政治家とか、運命の人とか言いますが、近衛の志したところと、事態の推移がどんどんくいちがってゆく。そんなところですね。近衛の一生を考えると、人間生きることのむずかしさ、政治というものの恐ろしさが身にしみますね。

**阿部**　先生には、まだまだお伺いしたいことがあるんです。国語問題、国立国語研究所の設立に尽されたこと、文化財保護法、国民の祝日をきめられたり、幸田露伴さんが亡くなられたとき議会で追悼の辞を述べられたことなど、参議院議員として戦後日本に、大きな業績をのこされた。それらを一つ一つ伺っていくと、とても一晩や二晩では終わりそうもないと思うので、たいへん残念ですが……どうもありがとうございました。

（昭和三十九年十一月二十四日　虎の門　福田家にて）

# 伝統と変質

永井龍男
阿部知二

## 同人雑誌の昨今

**阿部**　昭和十年ごろだったか、僕が女房を連れて神宮に早慶戦を観に行ったことがあるんだ。僕らは普通の観覧席でね。ふと見ると特別席に君と小林秀雄君がいるんだ。女房に教えてやると、「あら、二人ともほんとうに好男子ですわね」(笑)。僕はいまだに忘れないよ。

**永井**　そんなことありましたか、僕は六大学は欠かさず観てましたからね。そのころあなたは「文学界」の同人だったと思うけど、最初の「朱門」という同人雑誌、あれやっていたのは何年ごろでしたかね。

**阿部**　大正十四年ぐらいでしょうね。舟橋聖一君なんかと。

**永井**　ほかには……。

**阿部**　久板栄二郎、それから北川冬彦。「朱門」というのは、ちょっとはったり雑誌みたいなものだったのでね。

**永井**　いや、立派な雑誌だったな。同人雑誌だったけれども。

**阿部**　いやいや、はったりでね。生きている人もいるから、そのへんでおさえておくけれども（笑）。パッとはったり出版みたいにすぐに空中分解したんだよ（笑）。それで僕らは誰かの口ききで、「青空」（大正十四年創刊）の軒を借りたわけなんだ。そして二年ぐらいいましたかね。それもやっぱり合わせもので、肌合いがちがうものですよ。同人雑誌でも、二つを合わせるとなかなかね（笑）。尊敬するものは尊敬し、批判すべきことは批判して、得るところもあり、友情多々感ずるところもあったけれども、やはりなんか違っていたんだな。しかしその「青空」も、梶井基次郎はまもなく亡くなったし、それから外村繁君。あと淀野隆三が亡くなったし、それからもう一人三好達治……。

**永井**　中谷孝雄もいたな。

**阿部**　中谷君だけはなお健全だ。あんたのやっていたのは、堀辰雄君なんかとですか。

**永井**　最初は小林とですよ。木村庄三郎が「青銅時代」というのを最初やっていまして、それから分れて「山繭《やままゆ》」というのをやり出したとき堀が入ってきたんです。

**阿部**　あれはこのあいだ覆刻したかな。小田切（進）君の近代文学館か何かで。

**永井**　しません、しません。困るのだな、ああいう昔のものを覆刻するというのは。「文芸時代」なんていうのは僕はまいったよ。僕のへんなのが出ているんだよ（笑）。よくないなあ、なんか犯罪に近いね（笑）。

**阿部**　そういうのが好きな人がいるんだね。いまのあなたの言葉は謙遜だけれど、初めからきちんと書けるものでもないしね。

**永井**　僕なんか勤めがありましてね。ほんとうに打ち込んで仕事したと言えるかどうか……。阿部さんや舟橋君や、そういう人たちは作家一本でゆくということが、そのころから覚悟ができていたけれども、僕なんかまだできていなかったですからね。

**阿部**　学校の先生していたから、プロまでいかなくて、セミプロというところだね（笑）。

**永井**　僕なんか、ほんとうにアマチュアだったな。一年に一つ書いたり、二年に一つひょこっと書いたりしていただけですからね。しかし、あのころの同人雑誌と今の同人雑誌とはずいぶん違いますね。あのころの人たちというのは、みんな自分の城を築いていて、一国一城の主のようなつもりでいたけれども、最近は大分違ってきたな。

**阿部**　まだ読んでいないけれども、今度の浅見淵さんの「昭和文壇側面史」、これなんかそういう感じがきっと出ていると思いますね。僕らは彼と紀伊国屋の「文芸都市」あたりで座を共にしたんだが、これもみんなそれぞれきちんとしていてね。尾崎一雄、蔵原伸二郎、こわい人がいたよ。ああいう人を見ると、あんたが今いったように、みんな一国一城の主の気概を持っていたな。

**永井**　あるいは武士だったですね。大小腰に差した……。

**阿部**　無礼なことは許さんぞ、という顔していたものな。

**永井**　昔は既成作家に同人雑誌を送るんでも、こんなくだらないものを書く奴だから、送らないでもいい、というふうにみんなこちらから選定して送っていたもの。ああいう気位の高さというのは、今はないだろうね。あなたは舟橋君と一番親しくしていたわけでしょう。

**阿部**　今だから言ってもいいだろうが、僕は同人雑誌なんかやっているときには、これは力のある人だと思ったら臆せずに声を通して友達になるというような、そういう気持をもっていたものですからね。「朱門」のときでも、北川の詩と舟橋の戯曲、それはなんかどぎつい、人を反撥させるようなものを含んだものだったけれども、こいつにはそういうものがあるから何かになるという感じでね。それと、やっぱりあのときには北川冬彦は、詩として完成していたんだろうと思うのだな。それで一応この二人に僕は感心したわけですよ。それからつき合いが始まったんです。当時も舟橋の場合には、あれはいいという人と、はっきり言って嫌いという人と、二つあったんだな。それを舟橋は、なんか自分の持っている根性みたいなもので、長いあいだ苦労して克服したんだね。

**永井**　僕が面白いと思うのは、彼がいわゆる純文芸雑誌に、ときどき大作を書くでしょう。そのときに、若いときのあなたたちとのつき合いのそういう雰囲気が随分出てますね。あいうのは非常に面白いな。いまでも若々しいんですね（笑）。

## 文学概念の変容

**阿部**　いまあなたから、今日の同人雑誌の話が出たが、考えてみると、文学というものの概念の世界も大分違ってきているでしょうね。アメリカ式になったというのか、かなりスケールの大きい、社会性のある力強いものがある。これが戦争前には、いいか悪いかは別として、いわゆる純文学と大衆文学というものがあって、その間のものは、まずほとんどなかったわけですよ。ところが、アメリカの長編小説なんかほとんどその間のもので、フォークナーとか、極端に言えばヘミングウェイだってそうでしょう。中国で言えば戦争前の茅盾《マオトン》。こういうような複雑な社会だから、それはそれでいいと思うのだな。日本も戦後は、そういうものが出てきたということでしょう。それが映画になったりテレビになったりして、本格的な現代文学というものができた。そうすると今の同人雑誌の人たちは、その予備軍というか、そういう方向へ出てゆくための勉強の場だというような心持があるわけで、短編を十年でも十五年でも書いて、一剣を磨く（笑）、そういうのともう心構えが違うんじゃないですか。

**永井**　僕はよく医術にたとえるんだけれども、一昔前までは、医者というものは人間全体の健康とか、生命というものを守ることを医術の第一の目的としていたわけでしょう。それが最近の医学というものは、だんだん細分化されて、たとえば喉頭癌なら喉頭癌の手術をすると、そこは取っちゃったのだからその人は喉頭癌じゃない。あとは知らない分らない。あるいはまた鼻を高くするのも医者の領分ですし、生命とか健康とかに関係ないようなところにまで進んできているんですね。僕なんか、正直な話、そういう傾向が面白くないわけですよ（笑）。

**阿部**　それは電子計算機で事を片づけてゆく時代ですからね（笑）。そうするといま言った社会小説なんかの場合でも、たくさんの人で材料を調べたり、あるいは、この構成はどうしようかと相談する、ほとんどそこまできているわけだ。永井君あたり特にそうだが、井伏鱒二でも、尾崎一雄、中山義秀でも、短編を書いて文学をやってきた。でも、そういう行き方はわれわれの世代から後には非常にまれじゃないですかね。

**永井**　ウーン……。いま毎月出ている雑誌に多くの小説が載っているけれども、そういう大勢の作家の中で目立たなければならないということで、あらゆる方法をとっている。どうしたら目立つか、どういう曲芸をやったら人目をひくかということですね（笑）。そういう意味でも、心構えが違ってますね。推理小説なんていうのは、たくさん読んだことはないのですけれども、一昔前読んだので忘れられないのは、ジョルジュ・シムノンですか、フランスの。あの人のものなんか、長いものでも短いものでもちゃんと人間が書けていますよね。それが魅力です。このごろは、そうじゃないんですね。針金とかプラスチックとか小道具を使って非常に工夫するんだな。それは文学とちっとも関係のない工夫ですね。だんだん本質から離れて行くような気がする。

**阿部**　新聞の広告などみると、僕なんか生まれかわったところで、こんなアイデアは出てこない――皮肉ではなしに、あれは新しい頭脳だよ。新しい社会の中で生きるということにおいて、脳細胞が新しい刺激を受けて、こんな頭のいいのが出てきたのではないか。おれは知性があると思っていたが、とてもそんな真似は（笑）。

## 六十にして発心

**永井**　僕は、五十すぎまで、文学なんていうものは清新潑剌としたものでなくてはいけないと思っていたけれども、いつか六十をすぎてきて、とんでもない、もっとそういうものではない文学というものがあるに違いない、という気がつくづくしてきて、じゃあひとつ六十歳の文学をやろうじゃないかという発心が、やっとわいてきましたけれどもね。

**阿部**　その感想にいく前にちょっと考えてみたいんだが、僕たちの世代はある意味では過渡期だったのでしょう。若々しくなっているとも言える。たとえば、昭和八年ごろ宇野浩二さんが「枯木のある風景」を書かれた。それを読んで私なりに感心したし、また当時の文壇は傑作と称した。そのときの宇野さんの年が、一体幾つだったろうと考えてみると、六十なんてものではないのだな。

**永井**　もっとずっと若いでしょう。四十になったばかりじゃないかな。

**阿部**　だろうと思うのですよ。四十すぎればもうそういう世界に……それでは少し早すぎる、そんな気がしますね。だからそこに生命の伸びが出ているので、六十から七十ぐらいまでを豊かに生きながら、ゆとりある仕事ができる、という状況ができてきているんじゃないかと思うのですがね。この間ある国文学者に、堀辰雄と漱石とは同じ年に死んでいますよと言われたんだよ。

**永井**　それは面白い、非常に興味あることですね。

**阿部**　漱石の場合には、堀辰雄が亡くなる年齢までに、もう「則天去私」とかなんとか言っているんだよ（笑）。芥川なんていう人はどのくらいで人生の無の極地に達したのかね。

**永井**　三十になっていないでしょう。芥川龍之介、それから堀辰雄、梶井基次郎、太宰治、そういう作家のものは、今日非常に読まれているんですね。つまり若い文学ですね。けれども、だんだん年をとった読者が離れてゆくのはどういうことかということですね。正宗白鳥さんのものなんか、年とった人たちの目にたえるものでしょう。ところが、そういうものは読まれる数が少ない。これは今あなたが言われた二十年の余裕で、僕らが解決しなければならないことじゃないかと思うのです。小説なんか若いときに読むもので、年とってから読むものではないという傾向は、だんだんひどくなっていますね。

**阿部**　これは、伝統の問題になってくると思う。西洋の場合はずっと連続で近代化してきたが、日本には地すべりがある。たまさか外国に行って、音楽会に顔をのぞけると、聴衆の中にいるおじいさんやおばあさんが、あるちゃんとした人口の割合ぐらいの比率をもっている。ところが以前、日本のそれに行ったら、「おっさん、来るところを間違えたんじゃないか」と言わんばかりなんですね（笑）。

**永井**　僕はこのあいだ、久保田万太郎さんの「大寺学校」を見たんですよ。そうすると、若者がいっぱい出てくるわけですね。舞台は多分明治の末ごろになっているわけでしょう。ところが、若い衆や娘さんをやっている連中が、なんにもわからずに演技をしているんだな。それを僕らの年齢のものが見ているというのは、とてもちぐはぐな、妙な気がしましたね。演出者というか、監督というか、そういう人も知らないのだろうと思うのです。

**阿部**　今の言葉で、ムードみたいなものが自分の心にないわけなんだから。外国の翻訳劇をやっているようなものでね。外国の、たとえばアメリカでは、こういうときこういうジェスチュアするぜとか、ロシア人というのはのっそり歩くんだぜ、というように教えてもらってやっているようなものだな。

**永井**　それが翻訳劇ならば、アメリカなりロシアなりに行ってくれれば、ある程度わかりますね。ところが、これはちょっとおかしなものだったな。だいたい「大寺学校」なんて芝居が実におかしなもので、どうしてああいうものやって、あれだけの評判になるのか、と不思議な気がしたけれど。

**阿部**　やはりそこに断層があるんだね。つまり文学においても同じことが言えるので、西洋では同じ文化の連続線の上に立って、たとえばフランスでは、わが国の室町時代にあたるモンテーニュの「随想録」なんかをおっさんも若い人も読んでいる。ところが日本でいま、「徒然草」あるいは鴨長明とかが、同じ連続で読まれているだろうか。心の底ではつながっているかもしらんが、頭の上ではそうではないと思う。随筆とか短歌とか俳諧とかいう流れがどこかで切れている。

**永井**　その短歌とか俳句ですが、最近非常に盛んなんですね。男も女も、だんだん年とってくると文字に関連したもので、何か自分の楽しみになるものはと考えると、そういう方へいっているわけで、それも文学には違いないのだけれども、つまり、われわれ小説家と称する人たちの書いたものの方にはきてくれないということですね。これはわれわれが意気地がないと思うのです。私はこういうものを書いたから、どうか読んで下さいというものが文学の世界にないのですよ。それはたいへん滑稽なことだし、これはしまったと思っているんですよ。あなたの今の話はその通りだと思うのですけれども、だから、一層、切実に感じますね。

## 短歌の阿部氏、俳句の永井氏

**阿部**　話はかわるけれども、このごろ梅ヶ丘の散髪屋で、九十いくつのおじいさんが、僕を大学教授ぐらいに見たのか、国際情勢とか学生の動きとか自民党とかいろいろ話しかけてきて、これは実に立派なんだな。それでこちらも勉強していかなくてはならない。東京の郊外でも、戦争で下町から疎開してきてそのままいついている人がいるでしょう。

**永井**　あるある。僕は床屋というのはいやなんだよ。ずっとやっていた床屋が戦争で亡くなってから、うちの芝刈りしたり、木を刈っている植木屋にやってもらうんですよ。だから僕の頭は植木と同じなんだ（笑）。

**阿部**　いまうちに来ている洋服屋さんが、六十ぐらいの人だけれども、なんで出入りしているかというと、変な話だが僕が短歌《うた》をつくるから、色紙をくれということなんだ。

**永井**　それは初耳だ。あなたが短歌をつくるなんて知らなかった。

**阿部**　むかし歌詠みになろうと思ったことがあるから多少自信がありますよ、小説よりは（笑）。

**永井**　阿部知二というと主知派の作家ということで、昔から酒飲んでいても、額にシワ寄せて苦しそうな顔して飲んでいたのは知っていたけど（笑）。僕は以前から俳句をやっていて、短歌をつくると無駄な言葉が多く思えてしょうがないんだ。それであなたは短歌はどんなのが好きですか？

**阿部**　短歌は、やはりアララギでありたいなあ……。文壇では尾崎一雄君がうまいと思っている。僕のやつを一首披露すると、「暮れなづむ夕べの雲にとけやらぬあけびのつるの紫の花」（と朗詠する）。

**永井**　いい、美しいね……。

**阿部**　それであんたの話にもどるけれども、さっき言った年輩の人たちと、今の小説を読む人たちとの間を無理なく、ナチュラルにつなぐ、それがほしいですね……。それから最後にひとつあなたに言ってみたいんだが、君の作品というのは悲しいものをもっているね。それは悪い意味じゃなくて、悲痛なんだよ。こんな言葉ではいけないのかな……。

**永井**　いや、けっこうですよ。

**阿部**　これはほんとうはどう考えたらいいのかと思ったのだけれどもね。そういう深いうれいをもっているものは、さっき言ったような、平安朝からずっと伝統の線にいなければ、いまの若い人たちにはわからないものをあなたは持っていらっしゃる。もっとも、それがわかっている人が多いのかな？

**永井**　そう、……なんと言ったらいいのかな、（真剣に）私は作品というものは花を生《い》けたようなものだと思っております。だから、生けた姿がどういう姿にとられるかということは、自分の顔を鏡に映して、おれの顔はこういう顔だと思っているのと同じで、見る人によってとんでもなく違っちゃうのですね。自分の顔なんて、いくら鏡に映してみたって、わかりませんから、うぬぼれもありますしね。だからこれはもう人任せということですよ。それが僕の仕事というか、作品を書く心構えでもありますし、つまり見る人の自由ですよ。

**阿部**　何年か前、あんたがバラのことを書いていたね。随筆だったかな、庭の隅にバラがあるという……。

**永井**　ええ、書きました。

**阿部**　あれは好きだな、まったく。少し酔っちゃったかな（笑）。僕らの世代でもう酒を飲めなくなった人があるんじゃないですか。今日出海君は飲みますか？

**永井**　飲みますよ。

**阿部**　今君の眼（白内障で手術）は酒には関係ないのかね。

**永井**　こわごわだったのが、このごろはだんだん平気に近くなってきているようですね（笑）。

**阿部**　それは止むを得ないな。小林君は？

**永井**　鎌倉では小林、僕ですよ、相変らず飲んでいるのは。小林君は随分飲みますね。

**阿部**　偉いね。体がへたばっていないということだな。

**永井**　それから東京では河上徹太郎なんかやっぱり相変らず飲んでいるらしいな。

**阿部**　じゃあ飲めなくなったという人もいないわけだな。このあいだどの新聞かに出ていたが、文芸家協会では会員が何百人かいて、これを年代に分けると、五十以上だか六十以上だかが圧倒的に多いということだね。

**永井**　だって、七十の現役作家がたくさんいるもの。たくさんということもないけれども、勘定するといるんだものね（笑）。

**阿部**　やはりそうしてみると、戦争の前後あたりに空白なさびしい時代があって、その時代に育った人たちの中で、小説書いたり詩を書いたり、ドラマ書いたりしてやっていこうとする人々の数が、ちょっと減ったのかもわからないね。いまはまた二十代三十代の人がどんどん輩出しつつあるけれど。でもさっきの「大寺学校」じゃないが、震災前を知っている人はもう大分少ないね。

**永井**　（憮然として）ほんとに少なくなっちゃったね。

（昭和四十三年四月十一日　紀尾井町　福田家にて）

# 昭和初期の文壇情勢

井上友一郎
田宮虎彦
河盛好蔵

## 「人民文庫」のころ

**河盛**　お二人はいつごろからお知合いですか。

**田宮**　都新聞のちょっと前です。

**井上**　武田麟太郎さんの「人民文庫」のころですね。

**河盛**　その辺の話から始めて頂きましょうか。

**井上**　「人民文庫」はいわゆる戦前の旧左翼系のもので、高見順君とか新田潤君とかいう人たちで出発して、そこへ、田村泰次郎、僕なんかが加わったわけです。僕の入った時の印象では、派というと語弊があると思うけれども、ふた色あるように思った。

**田宮**　つまり、旧作家同盟の連中と高見、新田の「日暦」の系統の人が入ってましたからね。「日暦」の方は学生出身で、それに対して本庄陸男とかの労働者出身ですね。

**井上**　堀田昇一という作家もおりましたね。

**田宮**　細野孝次郎とかね。ですから肌合いがちょっと違いましたね。武田さんはそのころ三十ぐらいですから、それをうまく自分ではやれると思っておられたのですけれども、なかなかそこら辺のところが難かしかったんじゃないですか。井上さんと田村さんは客分ですよ。あの雑誌で井上さんと知り合って私は非常によかった。

**井上**　僕も田宮君と知り合いまして、本当によかった。つまり、あそこでは喋りにくい人の方が多かったんですよ。個人的な意味ではなく、経歴からいっても話が合わなかった。ふと以前の話なんかが出ても、僕ら何も分らない。高見君なんかは、そこのところはちょっと違いましたけれどもね。

**田宮**　井上さんは、どういう経路で「人民文庫」に加わったわけですか。

**井上**　僕の記憶じゃ荒木巍君が誘いにきたような気がするな。武田さんから直接入れと言うてはこなかった。蔭じゃ、井上も入れてもよかろうぐらいのことは言うたかどうか、それは知りませんけれどもね（笑）。

**河盛**　井上さんと田村さんが入ったということは、何か理由があるんですか。

**井上**　それは僕も田村なんかと、いろいろ話し合ったんですがね。あのころは弾圧がひどくて、僕らのような全然左翼系でない者も包含してたほうが、政策的によかったからじゃあないですか。

**河盛**　それは大いにあったでしょうな。その時分は井上さんは都新聞に勤めておられたんですか。

**井上**　いや、入る直前です。

**田宮**　都新聞は僕の方が早いのです。十一年に卒業しまして、四月一日付で入ったのです。

**河盛**　都新聞では同僚だったわけですか。

**田宮**　ええ、一ヵ月だけね。

**河盛**　それはどういうわけでですか。

**田宮**　十月に井上さんが入ってきまして、そして十月二十五日に、「人民文庫」の読書研究会をやっている時に検挙があったんですよ。それでこっちは捕まったが、井上さんは、その時幸いにして遅れてこられたんです。

**井上**　銀座に回って寄稿家と会って、それから飛んで行ったんですよ。場所は新宿のムーラン・ルージュの前にあった大山《たいせん》というかなり大きな喫茶店で、ちょっとした会合によく利用されていたんです。その喫茶店の入口で、女の子が小声で「だめよ、だめよ」と言うのですね。こっちは会場でも変わったぐらいに思ったら、ちょっとちょっとということで隅に呼ばれましてね、「どうしたんだ」と言うたら、こうこうで、いま皆ぞろぞろ連れて行かれた。だからまだ刑事が残っているかもしれないし、あるいはまた帰ってこないとも限らんから、とにかく今日はこの屋根の下から離れなさい、ということなんです。それで僕は、心残りしたんですが、店の人からそう好意的に言われたものですから、離れたんです。

**田宮** 社でえらく怒られました。お前は文士になる気か、新聞記者になる気かということでね。

**井上** 翌日の新聞にデカデカと写真入りで載ったんですよ、検挙されたことが。

**田宮** それで結局辞めたんです。

## 横光利一と文壇の周辺

**河盛** その時分の文壇で、花形作家というと横光利一、川端康成というところですか。

**田宮** 横光さんですね。

**井上** 伊藤整が原稿料もロクに出ないような雑誌に書いていたころから、僕も知っているんですけれども、やっぱり横光さんを意識してましたね。ああいう人ですから、変に真似したり悪い意味の影響という感じはしませんでしたけれどもね。褒める人も、褒めない人も、横光さんを問題にせざるを得ないような……。

**河盛** 無視出来なかったわけですね。あなた方は横光の存在をどういうふうに思ってられましたか。

**井上**　僕は早稲田におったんですが、同級生なんかがよく行ってましたね。横光さんとこに昨日行ってきたなんて言って、戸塚あたりの喫茶店などで、富士山にでも登山してきたみたいな、電気にうたれたような、教祖か何かに会ってきたような感じで、それは単純に横光さんと喋ってきたという喜びばかりじゃなく、何か聖地巡拝というのに行ってきたような印象でしたね。それで「井上、お前どうして行かんのだ。よかったら来週一緒に連れて行ってやろうか」とかいう学生もいましたよ。けれども、僕はどうしても行かなかったですよ。そういう人があまりにも多かったから。

**河盛**　早稲田出身でもありますしね。

**井上**　そういう人がいなかったら、逆に、もっと素直に近づけたんじゃないですか。横光さんとは、その後、知合いになりましたけどね。その反撥は、何も横光さんに関係ないんですけれども、やっぱりいい意味でも、悪い意味でも横光さんの魔力を受けているように感じたわけです。

**河盛**　田宮さんはどうでした。

**田宮**　それは同じことですね。まあ、とにかく神様ですからね。ただ非常に技巧的な小説ですね。もちろんそれはいいものだと思っていますから、関心はもつんですけれども、横光さんが、時々、自然主義的な小説書きますね、その方が好きでしたね。自分の性に合っている小説だからなんでしょうけれども。

河盛　心理主義小説を書いたので損をしてますね。最初から自然主義のままでゆけばよかった。

田宮　当時の先端をいっているという意識があったんでしょうね。

河盛　使命感がね。

井上　それで自分で身動きできないようになったのかもわからない。

河盛　川端さんはその時分どうだったですか。

田宮　私は気分的に好きですからね。「掌の小説」なんていうのはずいぶん読みました。それで教えられているところがあるんじゃないかと思いますね。ただ、それだけでは何となしに頼りないというような気持があったので、武田麟太郎に近づいていったんです。

河盛　なるほどね。田宮さんの方が、井上さんよりずっと左翼的だったんじゃないですか。

田宮　いや、武田麟太郎に近づいたというだけの話です。

井上　田宮君は左翼的という感じはなかったね。

河盛　横光さんよりもっと先輩の作家の影響というと、どんな人たちですか。志賀さんなんかどうですか。

田宮　「范の犯罪」とか「清兵衛と瓢箪」とかは中学生時代に読みましたが。

井上　僕はこんな言い方して適当かどうか知りませんけれども、「暗夜行路」は若いころに読んだし、結婚してからも全集買って読みましたけれども、最高峰とか最大傑作というように思えなかった。つまらない作品というのでなしに、日本文学の最高峰であるというふうには思われない。第一、長篇という気がしないんです。長篇の骨格というか、いろいろな条件を欠いているという印象があるんですね。むしろ志賀さんの作品では、ほかのものにもっといいものがあるように思いましたね。

**田宮**　僕らが文学青年になったころ「暗夜行路」を書いておられたのですが、私は一つ時代が前の短篇しか読んでないんです。

**井上**　志賀さんにしても、芥川にしても、いわゆる心酔はしなかった。ちょっと、いいなと思ってみたりはしましたけれどもね。

**田宮**　志賀さんは、うまいと思わないといけないというような風潮があったでしょう。その気持はひっかかりましたね。それからあのころは井伏さんが出たころでしょう。「夜ふけと梅の花」は僕は好きでしたね。

**河盛**　井伏さんは非常に不遇だったんですね。「鯉」だとか「山椒魚」を書いて、十年たってからやっと小林秀雄が正面からとりあげたのですね。それまでは、ユーモア・ナンセンス作家としか見られていなかった。

**井上**　昭和四年ごろ、「創作月刊」という雑誌がありまして、それに「朽助のいる谷間」というのが載った。これが井伏さんを読んだ初めですね。

**田宮**　あれは面白かったですね。「作品」という雑誌にもよく載ってましたね。「さざなみ軍記」はあの時、「逃亡記」という題でしたっけか。

**河盛**　昭和三、四、五年と私は日本にいなかったんです。つまり、プロレタリア文学がワーッと出て、それから衰退するまでいなかったわけですが、帰ってきた時にはすでに衰微の方に向っていたんですね。

**田宮**　転向小説ばかりの時ですね。

**河盛**　東京に出たのは昭和七年ですが、その時まで井伏鱒二という作家を知りませんでした。それが「夜ふけと梅の花」を買って読んで、非常に感心しましてね。

**田宮**　僕はやはり、新興芸術派で育っているかもしれませんね、中村正常が好きだったんです。中村正常と井伏鱒二が好きだと言ったら、高等学校で笑われました。

**井上**　僕が東京に出た昭和四年は左翼の全盛時代で、「改造」とか「中央公論」の創作欄は小林多喜二の「不在地主」なんていうようなもので独占していて、左翼でなかったらもう文壇に出られない感じでしたよ。ですから井伏さんのを読んだ時は、えらい救われたような気持でした。けれども「不在地主」なんかと比べれば、評価なんて問題にされてないんです。文壇的には、ついでにちょっと取り上げられているという程度でした。実に、いまいましい時代だったな。

## 関西出身の作家たち

**河盛**　井上さんがいつか「風景」の座談会で、高見君は大阪的だとおっしゃいましたね。なるほどと思いました。ああいうこと言ったのはあなたが初めてですね。

**井上**　宇野浩二と比べても似ているところがあると思うし、比べなくてもやっぱり作家的にも人間的にも大阪的だと思うのです。ところがあの人は、大阪には何のかかわりもない人でしょう。

**田宮**　高見さんは福井の三国でしょう。文化圏は大阪ですよ。あの人はすぐ出てきたでしょうけれども、お母さんが三国の人でしょう。だからものの考え方にやはりそういうのがあるんじゃないですか。

**井上**　彼が生きている時から大阪的だと思っていたですよ。本人には、あまり言ったことはなかったですけれどもね。言うたら怒りますからね、そんなこと（笑）。だけど日常のプライベートな付合いの面においても、えらい大阪的だと思ったですね。だから宇野浩二とも結びつくんです。

**河盛**　あの饒舌さは似ていますな。

**田宮**　高見順は、饒舌体では宇野さんを意識したんじゃないですか。高見順が武田麟太郎を好きだったのも、やはりそういうところがあるんじゃないですか。

**井上**　お手本というところまではいかんにしても、宇野さんを意識しとったでしょうね。

**田宮**　いわゆる市井事的リアリズムという意味で、井上さんも大阪で、お書きになるのはそういうところがありますね。

**井上**　だから武田麟太郎の書いたのを見まして、親しめる面が非常にあったわけですよ。

**田宮**　宇野浩二とか、武田麟太郎とか、織田作之助とか、大体基本的なものが一緒ですね。井上さんは純粋大阪で、僕のように土佐で育った者とはちょっと違うんですけれども、私も大阪の近くで育ってますからね。

**井上**　そんな面もありますけれども、僕は宇野浩二にはついていけなかった。文学的にというよりも、むしろ性格的なものだと思うのですが。

## 書くということ

**河盛**　同世代で、ものを書き出された時分にこれは偉くなるだろうと思った作家はありますか。

**井上**　木村庄三郎なんかはうまいと思いましたね。「車」とかいう作品を読んだ記憶があります。とてもかなわんなという印象がありましたね。

**河盛**　デビュー当時は、実に華やかで問題になったらしいですね。

**田宮**　石浜金作という人も騒がれた人じゃないですか。

**河盛**　私は読んだことがありません。

**井上**　僕も読んだことないですけれど、名前は知ってましたね。

**田宮**　文壇に出るというのも、何か運がありますね。

**河盛**　今に比べますとあなた方の時分は、文壇にはなかなか出にくかったんじゃないですか。

**井上**　文学賞がなかったですからね。雑誌も少なかったし。しかし、学生時代、僕なんかより小説はうまい、先輩からは褒められるという人は何人もいましたが、学校出ると皆やめてしまったですね。あれが皆書いていたら、確実に文壇に出たんじゃないかと思いますね。だから結局、僕なんかとにかく文壇の隅っこにでも出られたのは、やめなかったからだけで、別に大したことはないという気が時々するんですよ（笑）。

**田宮**　才能があっても、仕事をもつと、その仕事の方が面白くなったり、忙しくなったりして書きませんね。

**井上**　横光さんあたりに、原稿を読んでもらって褒められて帰ってきたとかいうのを、僕も読みまして、これは褒められるはずだとか、素質的にも、いろんな意味でもとてもかなわんな、という人間がたくさんおりました。

**河盛**　やめるというのは、結局文学に縁がなかったということじゃないですか。

**田宮**　小説を書くのは、そういううまさとか技術とか知識とかいうものではなしに、書かなくてはしょうがないというものがあるんじゃないですか。

**井上**　僕もそう思うんです。利口な男は、こんなの書いていて何になるんだろうと、ばかばかしくなるんじゃないですか（笑）。

**河盛**　私も、小説家というのはばかでなくちゃならんと思いますね（笑）。外国の小説家でもそうでしょう。モーパッサンなんかも、ばかなところがあります。

**田宮**　それから一生懸命稽古して、勉強して、研究して書くものじゃないですよね。下手くそでもどうでも、自分が書きたいものをぶつけるよりない。そうしているうちに、僕なんかは、やや形がついていったという感じがしますね。

**河盛**　やめた人は今どうしてますか。ほかの面で成功しているんでしょうか。

**井上**　ほかの畑で頭角を現わしたかどうかは、わかりませんがね。

**田宮**　戦後は少し違うんじゃないですか。戦後の作家は皆賢いですね、割合文壇に出やすいから。僕らのころは人にばかにされたり、自分でもばかにしたりしてた期間が長かったけれども、戦後の作家にはそういう時期がないんじゃないですかね。

**井上**　ばかくさくなってパッとやめちゃうのと、われわれみたいに、ともかくやめないで何十年も続けているのと……どうなのかな、文学が好きとか嫌いとかに関係あるのですかね。

**河盛**　やっぱり好きなんでしょうな。ほかのことは出来ないということじゃないですか。

**井上**　いや、そうでもないですよ。僕は、ほかのことやっていたらもっとよかったと思うことがたくさんありますよ（笑）。割の悪いことをやっているという意識は、長年もってました。

**河盛**　それじゃ、どうしてそういう割の悪いことをやったんでしょうか。

**井上**　それはもう意地ですね。僕は自分が文学を好きだったかどうかわかりませんよ。今でもそうです。その証拠には、書きあげたらもう一番気持いいですもの（笑）。書いとる間はもういやでいやで、早く書きあげてどこかに旅行に行きたいとか、遊びに行きたいとかそんなことばかりで、それを早くしたさに書いとるみたいなことですね。宇野浩二さんのように原稿用紙と机があれば、十日でも二十日でも、作品が出来ようが出来まいが、じっと坐っているということは、僕は出来ない。純粋な意味で、好きというばかりで、三十年も四十年もやってこれるものじゃないという気もするんです。

**田宮**　僕は井上さんと違って、小説書かなかったら脱落してるね。僕はどこへ行っても使ってもらえないと思うね。小説書いてるからやっと生きてるようなものですね。

**井上**　僕はしかし、ほかのことやってたらもうちょっと楽にいけたろうと思うのが一つ二つある（笑）。別に偉い人間になるとか、そんな思い上った意味でなくですね。けれどもまた一面、東京新聞には、あのままおっても、だめだったと思いますね（笑）。それはやっぱり新聞記者は、やめてよかった。大体僕は、部屋の中にいるのがあまり好かんのですよ。自由気ままに、家の外に出るのが好きなんですよ。

**河盛**　井上文学は、家の中にいない文学ということですね。それは面白い。

**田宮**　そういう井上友一郎もいる、ということじゃないですか。

**井上**　そうかもしれません。しかし読むのは好きですよ。

**田宮**　小説を読むというのと、書くというのは同じことじゃありませんか。たとえば、僕は自分で書いて一つの世界を作りますね。読んでる場合でも、やっぱりそれを材料にして世界を作るわけでしょう。だから読者の文学はあり得ると思うのです。書く人と別のものではないという感じがするんです。つまり、それを本当に理解出来れば、いい作品を読むことはいい作品を書くということと同じだと思うのです。自分で解釈し、自分で組立てるわけですからね。

**河盛**　井上さんが影響を受けた外国作家というのはいますか。

**井上**　モーパッサンには受けていますね。好きでしたし、モーパッサンばかり読んだ時期もありました。

**河盛**　モーパッサンも、あなたと同じように外に出るのが好きだったようですね。田宮さんはどうですか。

**田宮**　私もモーパッサンは好きですが、ダビとかスタインベック。小説を書き始める年代ではスタンダールですね。

**井上**　学生時代は、ジードが大流行でしたが、あまり好きではなかったですね。

**田宮**　僕もあまり好きじゃなかったな。

**井上**　でも、ジードが嫌いだなんていうのは少なかったですよ。

**河盛**　言うたら悪いみたいで……（笑）。それではこの辺で……ありがとうございました。

（昭和四十四年十二月十日　番町　福田家にて）

# 反戦文学の屈折

小田切秀雄
立野信之

## 新感覚派との抗争

小田切　立野さんは「新興文学」で出てこられたということになっているのですが、初期プロレタリア文学の雑誌の一つだった「新興文学」は、当時のいわゆるブルジョア文学なり、文壇なりにたいして批判や反対の意識が非常に熱烈だったわけでしょう、雑誌そのものとして。ブルジョア文学という見方自体にはいろいろ問題がありますが、プロレタリア文学の流れから出てきた人と、それに対立していた「文芸時代」その他から出てきた人たちと、この二派がだいたい昭和文学をつくっていくということになる。プロレタリア文学のあなた方と、「文芸時代」などに集まっていた横光利一や川端康成、この巻でいえば片岡鉄兵たちですが、いわゆる新感覚派の人たち――世代的にはほぼ同じの、この二つの新しい流れが昭和初期の文学を形成するわけです。プロレタリア文学の側におられたあなたは、対立する側の作家のうちでは、どういう人に興味なり、好意なり、関心を持っていましたか。

**立野**　僕は川端よりも横光に、個人的にも近かったわけです。それは、橋本英吉がわれわれの陣営におって、これがもと「文芸春秋」におりまして、横光が好きで彼のところへ出入りしていたわけなんです。その橋本を通じて横光とのつきあいがはじまったのですけれどもね。僕ら観念的に、いきなりプロレタリア文学のなかにスルスルと入っていってしまった。だから敵の陣営とかなんとか当時の流行の言葉を振り回しますけれども、個人的にはそれほど敵・味方の意識はなかったわけですよ。文学そのものにたいする場合は、いわゆるブルジョア文学というふうに対抗意識がありましたけれどもね。

**小田切**　どうもそうだったらしいですね。たとえば、少しあとになりますが、片岡鉄兵を通して川端康成や横光利一あたりまでが、当時の非合法下の共産党に資金を提供するとか、あるいは部屋を貸すとかというようなことをしていた。当時の共産党は、誤りは伴っていたがよく闘っていましたからね、それにたいする敬意があったのですね。プロレタリア作家との関係も、文学の立場の上での争いということがはっきりしていました。

**立野**　ええ、立場上の争いです。

**小田切**　横光という人は、性根のところは古風な人情家だったように僕は思うんですけれども。

**立野**　古風な人情家というのは、たしかに当っていますよ。

**小田切**　ただ、作品を書く場合には非常に新しがって。

**立野**　技巧を弄した点がありますね。

**小田切**　新感覚派は、ずっと今日まで続いている二十世紀文学のモダニズムのいとぐちを開いたもので、近代の人間の分裂した内面性とか、反射する神経とか、のちに一層はげしく露呈してくるようになる人間の内面性と状況との様々な屈折した矛盾というものを、意識的にとらえるところから出発したのですが、昭和文学のいわば源流の一つとして現代に通じるような深い側面と、まったく表面的な、それこそ興味本位というにすぎないところと、この両方がまじりあっていたと思うんです。そのグループのなかで確かなのは、やはり横光・川端というところだったのでしょうが、そのほかでは、だれをおもしろく思いましたか。

**立野**　十一谷義三郎とか……かなり技巧派ですね、あの人。それからモダニズムでは池谷信三郎とか、そういうところじゃないですか。

**小田切**　片岡鉄兵はクルッと変わって、前芸に入ってきたわけですね。

**立野**　そうです。「戦旗」のまえに、前衛芸術家同盟というのがあって、そこへ入ってきたわけです。

**小田切**　あなたはそこにおられた。

**立野**　いや、前衛芸術家同盟の機関誌「前衛」の最後の号に、「標的になった彼奴」を載せて……。

**小田切**　前芸には入らなかったんですか。

**立野**　前芸には入っていないんです。僕は「戦旗」はえぬき。

**小田切**　ナップの方へいきなり入ったわけですか。

**立野**　ええ、「前衛」には山田清三郎の手引きで、処女作「標的になった……」を載せただけです。

**小田切**　そうすると、「文芸戦線」との関係はどうなっていましたか。

**立野**　僕は「新興文学」の関係で「文芸戦線」系統の人達は、個人的にみんな知っていたんですよ。新興文学社を通じて青野季吉でも、前田河広一郎でも。ただし、僕はまだ文学青年で、ものを書いておりませんでした。

**小田切**　作品を書いてないので、入っていないという、そういう関係だったのですか。

**立野**　そういうわけです。それで山田が僕に、酒ばかり飲んでないで書いたらどうだ。黒島伝治はシベリア出兵の体験をもとにして出てきたし、葉山嘉樹はマドロスの経験を持って出てきたし、小堀甚二は鉄道工夫か土方か、みんな自分の経験を書いて、それをひっさげて出てきた。君も軍隊の経験があるから、書いたらどうだ。そうか、それじゃ書こうかというんで、田舎へ帰って、五十枚ぐらいのものですが、一月くらいかかって書いたが、自分でこれは小説なのか、なんなのか、わからない。山田からは一ヵ月くらい、なんにも言ってこないもんだから、もうおれはだめなんだろうと思っていた。そしたら、山田から葉書が来て、「前衛」に載せた、傑作だ、と。

**小田切**　あれはいい作品です。

**立野**　続いて書けというので、それで「軍隊病」をすぐに書いたんです。そんな関係で、僕は苦節十年をやらなかったもんだから、苦節四、五十年になってしまったけれども（笑）。

**小田切**　そうすると、黒島がシベリアの経験を書いた「渦巻ける烏の群」というのは、そのなかで、いちばんできのいい作品……。

**立野**　そうです。これは「改造」に出たものでしょう。林房雄の「林檎」だとか、前田河の一連の作品とか、黒島君のこれとか、そういうのが非常に直接的な刺激、手本、先生になっていますね。黒島はトルストイの信奉者で、トルストイの作品には非常に心服していましたね。

**小田切**　黒島の書いたものによりますと、志賀直哉とトルストイというのが、かれにはいちばん……。

**立野**　当時、志賀直哉というのは、小林多喜二など、神様のごとく尊敬していたんですからね。

**小田切**　大正文学とプロレタリア文学とが、そういう形で結びついてくる。そこが実におもしろい。

## 多喜二の虐殺と転向への傾斜

**立野**　宇野浩二さんだって、プロレタリア文学そのものの、傾向的な点にたいしては、反対だったんでしょうけれども、個々の作者や作品に対しては、そうとう好意的でしたよ。

**小田切**　どうもそのようですね。たとえば葉山嘉樹の「海に生くる人々」をたいへんにほめて書いています。

**立野**　小林多喜二が殺されたときに、上野桜木町の宇野浩二の家に行ったら、なかなか立派な作家なのに、惜しいことをしたと、しみじみした口調で言っていましたね。病気あがりで「枯木のある風景」を発表した直後です。

**小田切**　川端康成も、小林多喜二が殺されたときには、たいへんいい文章を小林のために書いていましたね。

**立野**　そういう混淆が昭和文学の一つの特徴だろうと思います。

**小田切**　立野さんは「友情」のなかに、小林の殺されたときの様子を書いておられますが、その同じ場面を本庄陸男が小説に書いているのをお読みになったことがありますか。

**立野**　いやいや、読んだことないです。

**小田切**　本庄も遺体のまえに坐った一人なんですが、彼はそのころ作家同盟の事務局員だった。

**立野**　写真がありましたね。

**小田切**　そこに坐ったときの内面の動揺、当時はことに言いにくかった深い不安をずっと掘り下げて書いているんです。「団体」という題で、書かれてから二十年近くたって原稿のまま遺族のところで発見され、ようやく発表されるということになったのです。しかし、本庄の作品は、出来ばえという点でいうと「白い壁」が、やはりいちばんいいでしょう。
　立野さんの「軍隊病」一連の作品は、日本の反戦文学として、非常に重要なものだと思うのですが、久しぶりで今度「友情」をも読みかえしてみました。このほうは、昭和九年前後からの日本の転向文学の最初の作品ということになっているんですが。

**立野**　そうですか。

**小田切**　これと、「白夜」という村山知義の作品とね、二つが転向文学の最初のものということになっているのです。ところが、こんど読んでみたら、「友情」はなにも転向文学などと言わなくてもいいんじゃないか、と思うようになりました。あれが転向文学だというのは、つまり自身が非合法下の共産党に直接には加盟しない、いままで進んできた道からいえば当然そうなるべきだったのにそうしなかった、ということがただちに転向だということになって……。

**立野**　当時としては、そうですよ。

**小田切**　当時はたしかに共産党は、身を挺して、あらゆる犠牲を恐れずに、権力との最前線での戦いをやっていたから、その党に入るか、入る道を避けるかというさいに、避ける道をとることは転向だといっていえないことはない、まったくシリアスな問題として考えられていただけに、それも不自然ではないのですが、いま文学と政治との根本論からあらためて考えてみると、なにも作家は党員にならなければ、前衛の眼が持てないということはない。前衛の眼というものの内容や構造が文学の領域でもまったく政治的にしか考えられていなかったから、非合法下の共産党員として活動することがすなわちそれの最高の保証となると考えられ、そこへふみきれないという態度はただちに転向と見られる。

**立野**　転向者というよりは脱落者ですよ。それと同時に、脱落者というのは裏切者という観念を伴う、当時はね。

**小田切**　当時の観念としてはそうでした。しかし「友情」の主人公と作者は、共産党員になる道は避けたけれども、文学によって闘おうとしていることじたいは明らかなのです。そしてその後も、作者は雑誌「文学評論」その他で闘いつづけたわけで、したがって、党員にならなかったことを転向といわねばならぬ理由はほんとうはない。「友情」を転向文学と見ることじたいを再検討する必要がある、と考えるようになったのです。

**立野**　それはどうも、たいへんなことで。

**小田切**　立野さんご自身でも、あれがいわゆる転向文学の最初のものだとは、実感しておられないようだけれども、これまで文学史的常識としては、そういうことになっているんです。

**立野**　いやいや、いつか野間宏君がたずねてきて、そういう一つの道標だというふうなことを言ったんで、僕はびっくり仰天した。それから、なんだか、さらしものになっているような感じで（笑）。そうすると事はたいへん面倒になる。小林なんかの生き方はどうなりますか。

**小田切**　僕は最近『小林多喜二』という本を出したんですが、いま共産党関係の人は、ただもう小林を手放しで誉めあげるというしきたりになっています。あれは贔屓の引倒しで、小林の持っている肩のはり方、そびやかし方のプラスとマイナスというものを、はっきりと腑分けして考えてゆかない限り、小林の仕事をほんとうに生かすことにならないで、かえって小林を殺すことになる、ということを、僕はずっと主張してきているのです。

**立野**　僕はあの当時に、それとなく書いたと思いますが、小林は走りすぎて、落っこちた……崖から落ちたという感じを持ったというふうに、僕は表現したんですけれどもね。

**小田切**　プロレタリア文学の全体をいますっかり考え直し、文学作品としてどれがほんとうの意味で残り、どれが残らないか、ということをあらためて明らかにする必要がある。従来の考え方によってある評価が出来ているわけですが、その評価自体が改められてゆく必要があるということも含めて、今後かなりに評価上の変更が出てくることになるでしょう。僕は「軍隊病」その他の反戦文学の持っている比重は、ずっと重くなると信じています。一方、プロレタリア文学の運動が中途でつぶされたために、そのなかからすぐれた才能をもって登場しながらそれを発揮する道をとざされ、その後ぜんぜん消息がわからなくなった木村良夫とか黒江勇というようなひとが、ほかにもいろいろいるんじゃないかと思うんです。この巻には伊藤永之介の「鶯」や鶴田知也の「コシャマイン記」が入っていますが、この人たちも文戦派として活躍していたころは——プロレタリア文学運動のなかでは、知られていないわけではなかったが、作家として広く認められるようになったのは、ナップも文戦もみなつぶれてしまって、文戦系の一部の人が「小説」というじみな雑誌をはじめて、それに書いたもので認められた、という関係になる。運動がつぶされたために伸びなかった作家は、ほかにもいろいろいたと思うんですけれどね。

**立野**　そうですね。だれだれというふうには、はっきりと、いま急には思い出せませんけれど。だけど、たとえば岡田三郎とか……岡田三郎はやっぱりここに入れなきゃ、入れどころがないんでしょうか。

**小田切**　ないでしょうね。どこにもはまらないようなところがある。なお、この「三月変」は三・一五事件をプロレタリア文学側からでなく書いた小説という意味でも、有名な小説なんです。事件の余波で岡田三郎の弟の五郎がつかまるが、そのときの様子なんかが出てきます。弟の五郎はのちに小説を書くようになってから、牧屋善三という名に変わったのです。

**立野**　僕は牧屋善三の名前で知っているのです。彼と文学上のつきあいはないんですけれどもね。そういう人たちのこういう動きを見て、いろいろなことを思い出してなつかしい。事件があり、警察に追われ、それをかくまう。

**小田切**　いまアメリカの脱走兵をかくまうひとがあって、なかなかたいへんな苦労ですが、この当時のはもっとあぶない。

**立野**　なまやさしいものじゃないですよ、あのころは。しかし、こうした人間的な混淆が一つの昭和時代を、特徴づけているんじゃないかと思いますね。それは文学以前の、ずっと以前の、底辺の問題ですけどね。上にまでつながる問題じゃないかという気もする。

**小田切**　日本社会の上部から下部までつながる問題ですね。

## 戦時下の反戦意識の傷痕

**立野**　昭和十九年に平壌で金史良に会ったんですがね。

**小田切**　ほう、そうですか。なにをやっていましたか。

**立野**　なにをやっていたということはないですが、チョコチョコと出てきて、すぐいなくなりましたよ。かすかな記憶ですけど、日本の敗戦を、すでに彼は予想していたような、そういう印象を僕は受けて帰ったんです。

**小田切**　何かをはっきり口に出していうことじたいがすでにきわめて危険な時代だったと思いますから、顔を見て推定するなり、勘をはたらかせたりする以外にないということも多かった……。

**立野**　僕の記憶に誤りがなければ、その前の年にも会っているんです。昭和十八年ごろ講演会で行ったときです。彼は、講演会場にあらわれ、なつかしそうにやってきて、一緒に食事したような気がするんです。二度目の昭和十九年に行ったときには、非常にソワソワした態度であらわれたと思ったら、もういなくなってね。金史良、どうしたといったら、もう行ったというような話で、僕は一杯酒でも飲みたいと思ったんですがね。

**小田切**　昭和十八年以前にもご存じだったわけですか。

**立野**　そうです。金史良君は東京にいたことがありましたからね。

**小田切**　もともと彼は「文芸首都」で出て来た人でした。

**立野**　だから保高徳蔵さんの紹介じゃないですか。僕は「文芸首都」には関係してませんけれども、保高さんとはしじゅう新宿あたりで一緒に飲んだし、金史良君ともどこかで飲んでいるんじゃないですかね。昭和十八年、僕は加藤武雄、丸岡明、福田清人もいたかな、それから古谷綱武などと講演会をずっとやっていったんです。そのときに平壌で会って……。金史良君がいつ朝鮮に引き揚げたのか、それははっきりしないんですけれど。

**小田切**　それは彼がつかまりましてね。

**立野**　送還されたんだ。

**小田切**　かなり長く入っていました。鎌倉警察署です。保高さんが釈放に奔走して、久米正雄などにも働きかけたりした。かなり長く留置場にいたあとで、釈放されて間もなく朝鮮へ帰ったわけですから、送還だったかもしれませんね。

**立野**　送還といったような感じのものでした、たしか。平壌で再会したもんだから、僕はなつかしかったし、彼も非常になつかしげに出てきたわけです。記憶は不確かですけれども、かなりいいうちの出ですよ、彼は。

**小田切**　日本に残っていても、当時の軍国主義化したジャーナリズムのなかでは、とうてい仕事を発表してゆくことができない、各誌の編集部は危険を感じながらかれの作品をのせてきたが、それもむずかしくなってきた。かれは軍国主義に調子をあわせるなどということは、とてもできない。

**立野**　できない人です、あの人は。

**小田切**　そういうタイプの人ですね。「光の中に」をこの巻に収録した理由の一つは、日本語で書かれた朝鮮文学になかなかいいものが、張赫宙以来いろいろあるわけですね。戦後の金達寿や最近の李恢成にいたるまで。この時期のものとしては、金史良のものがいちばんいいと思う。朝鮮の作家には、日本の文学とちょっと違った、大陸文学ふうの骨組みがあり、金史良は、それと同時に非常に繊細なところがあった。戦後、金達寿が金史良の一巻本の選集を編んで理論社から出していて、いまかれの主な作品はその本で読むことができるようになっているんですが、金史良というような作家は、日本の文学の歴史のなかにどういうふうに組み入れたらいいのかということその他、これから考えてゆかねばならぬさまざまな問題を持っている人ですね。

**立野**　戦時中には、戦争という一種の国家体制のなかで、自分の傷口を見るようなつもりで従軍したのを、僕ははっきりと意識しています。ですから、そういう戦争への個人の対応を、いろいろと考え直してみることが、必要じゃないですかね。広津和郎なんかも、反戦的な意識は明確に持っていたが、当時は発表することができないから、下手な絵を描きに、奈良へしょっちゅう出かけて行った。戦争を讃美した作家だっているわけだが、いろんな苦悩やら、なにやらを経て……。

**小田切**　あの時期、食っていく問題ともからんで試練にさらされたわけですね。真っ正面から闘えないとすれば、どこでがんばるか。それもむつかしくなって、あるところで屈服するか、猫をかぶっているうちに猫のほうに変身してゆくとか、全くいろいろのことが生じました。簡単に抵抗と屈服というふうに分けられないくらいにないまぜになったその関係の分析は、これからなお立ち入って精密にやっていかなきゃいけないことです。

**立野**　これからの仕事ですね。

**小田切**　この巻には、戦争中のものはそうたくさん入っていない。おわりの方にいくつかありますが、戦後文学を本気になって考えるためには、戦争中の文学がどうだったかを考えることが直接の前提になるわけですから、その意味でも、立ち入った分析が必要になっているのです。ここに作品が収められている作家たちの戦争中の仕事のなかにもある複雑なないまぜになったものを、どう腑分けしていくかということをも含めて戦争下の日本文学の全体にたいして、作家としても、批評家としても、研究家としても、それぞれに深い検討をしておく必要があると思います。こんにちの現代文学は、その直接の前提としての昭和初期の二十年間に、戦争と軍国主義によるはげしい試練を受けてきているわけで、その経験がほんとうに生かされているかどうか、これからどうするのか、ということがいま改めて切実な問題になってきていると思いますね。

（昭和四十五年七月二十日　番町　福田家にて）

# 戦後文学を語る

大岡昇平
秋山　駿

## 〈戦後〉の認識の多様性

**秋山**　大岡先生は、昭和二十年の末に復員されて、小説、文芸雑誌をごらんになったというのは何年ですか。

**大岡**　文芸雑誌を読んだのは、東京へ出てきて、富永次郎の家にいたころだから……二十三年。その間は明石の先の大久保の疎開先にいたから、雑誌を買うには明石市まで一駅乗らなければならない。汽車の乗車順番をとらなきゃだめだった。だから本屋へ行かれやしない。新聞に、梅崎春生の随筆が出たのを読んだ覚えがあります。

**秋山**　随筆ですか。

**大岡**　うん。その程度ですよ。たまに東京に出てきてもぼくの交友範囲は戦後文学と関係ない連中ばかりでね。富永と鎌倉組だから、話も出ないんだ、なんにも知らないわけだね。

**秋山**　戦後の作品をはじめてお読みになったのはいつですか。

**大岡**　だから二十三年です。「俘虜記」が「文学界」に出たら、真善美社が本にしたいと言ってきたんだよ、花田清輝さんがなにか言ったらしくて。その時、真善美社から出てた本を、ごそっと貰って読んだんですよ。中村真一郎の「死の影の下に」とか野間宏の「暗い絵」。「アプレゲール・クレアトリス」叢書でみんな出てたからね。

**秋山**　本でお読みになったわけですね。どんな感じでしたか。

**大岡**　みんなそれぞれ面白かった。しかし、中村さんの「死の影の下に」は題が気に入らなかったよ。なに言ってやがんだい。死の影はおれのほうが本場だぞ、という気持があるんでね。野間宏では「顔の中の赤い月」が好きでした。同じ復員者の話ですから。

**秋山**　文体とか書き方がなにか新しいという感じはありましたか。

**大岡**　新しいというのは、むしろ「暗い絵」のほうでしょう。けど、よくわからないんだよね。椎名麟三の「深尾正治の手記」、あれでいちばんびっくりしたのは、戦争が済んだのに、なぜ戦争中の転向者の話が出てくるのかな、ということでした。もう済んだことじゃないかというような感じ。戦争だって済んだことだけど、これは敗戦という直接の結果があるでしょう。転向は昭和十年代で、ひとまわり前だ。おまけに、なんだかわけがわからないように書いてあるんだよね。十年代の転向小説もあいまいだったが、なぜ転向ということがあったか、いちおう書いてある。それが椎名君の小説ではまったくわからない。

もっとも今、二十五年たってみると、わかるんです。つまり、自我というものが戦争の過程の中で崩壊しちゃってるわけです。そのへんがぼくにはのみ込めなかったわけだ、当時は、そこまで崩れちゃったということがね。

**秋山**　そうですね、崩壊しちゃったということが。

**大岡**　当時の議論でぼくの覚えてるのは、小田切秀雄さんの主体性論というのね。文学者が主体性を持てということを、なぜこうがんがん言わなければならないのかぜんぜんわからない。ぼくの認識は終戦直後から二十三年までが切れちゃってるからね。ぼくの戦後の認識は特殊なんだな。

**秋山**　ぼくは大岡先生と世代も違いますけど、ぼくなんか戦後文学というと、田村泰次郎の「肉体の門」なんか読んで、男と女のセックスみたいのがはじめて出てくるわけですね。そういうのが、ひどく目新しくて……。

**大岡**　あなたいくつ？　あのとき。

**秋山**　戦争終ったとき、十五歳でした。

**大岡**　ちょうど本を読みはじめるのが、二十二、三年になるわけだね。

**秋山**　ええ、そうです。ちょうど新宿で、ヌードショーみたいなの、額縁ショーみたいのが出来て、なんかそういう風俗と合ってくるわけですね。ですから、ぼくの世代は戦争のこと書いたのより、女の裸なんか出てくるというので……。

大岡　ぜんぜん違うものが出てきたのだが、でも書いてる人は戦前からの人なんでね。そのところに問題があるんじゃないかな。田村さんには、「肉体の悪魔」というのがその前にあったんだよね、「肉体の門」の前に。これは中国戦争の話で、やはり女が出てくるんだけど、これを正宗白鳥がえらくほめて、ぼくもなんだか面白かった記憶があるんだ。ところが、「肉体の門」となると、どうもね、これはなんだいという……。

秋山　今度再読してみると、意外に、どこがそう新しいように思えたんだろうという感じですね。なんというのか、文章も昔の文章ですね。ただ女が出てきて……。

大岡　映画や芝居になったパンパンのリンチ事件の場面があった、……だから、戦前の風俗小説の対象が違ったものと思っていました。風俗小説だって文学のなかでその存在は主張できるんですが、同じ戦後現象なんですよ。まあ、いまでも戦後だけれど。

## 荒廃からの出発

秋山　風俗を描いたというのは、ですから文学とは別に、やはりショッキングですね、いちいちが。

大岡　いちおう新しいことがたくさん出てきたから。

秋山　江藤淳がそのころ翻訳ばっかり読んでたと言いますけれども、ぼくもそうですね。

やはり、スタンダールなんか読みますから。先生は、真善美社の本を読まれて、そのあと文芸雑誌を折り折り読まれたというんですけど、先生がそういうものを読まれるというのは、それは一種の文学の現場ですからね。そういう意味で、二十三年から後の印象に残っている作品というものがありますか。

**大岡**　戦後現象の一つに、批評がさかんになったということがあるでしょう。批評のほうが手っ取り早かったからね。あのころ「近代文学」が優勢でしたから、どうしたってそういうものに気をとられる。批評を通じて戦後のこと知ろうとするわけだ。そうすると、その前の二十一年、二十二年のことを知らなきゃだめだということになって、五里霧中だった。二十四年には、三島由紀夫がもうさかんに書いていたでしょ。

**秋山**　そうですね。「仮面の告白」が二十四年ですね。

**大岡**　その前十九年ごろすでに「花ざかりの森」という短篇集があったでしょう。井上靖の「猟銃」なども出てきたんじゃないですか。それから太宰治ね。富永が梅崎や太宰を高く買っていて、話に出るから読みましたね。太宰の「ヴィヨンの妻」なんかもみんな、富永におしえてもらって。「斜陽」の中に「ギロチン、ギロチン、シュルシュルシュ」なんてのがあるでしょう。「斜陽」そのものは面白くなかったけど、あの言葉は面白かった。

**秋山**　あれは、学生のころマージャンやりながらつぶやいて、こう……。

**大岡**　そう。なんかやけになってやることに変にのるんだね。いまならパチンコ（笑）。

太宰も「ヴィヨンの妻」は面白かったですがね。「肉体の門」でも「斜陽」でも、風俗の崩壊とかなんとかいったって、結局程度の問題でしょう。あの「斜陽」の貴族のおっかさん、あんなのいるはずねえという考えがまずくるんだなあ。

**秋山**　それはそうですけれど、そういう言葉をぼくら戦争中の少年は持ってないですから、斜陽という言葉には実感がありましたね。

**大岡**　〈斜陽族〉〈竹の子生活〉なんて言葉があったから。

**秋山**　戦後の数年間でぼくが覚えてるのは、肉体の解放ですね。それから第一次戦後派なんかの人間回復の声。もうひとつは、ある秩序のなかで生きてた人たちが崩壊していった、その三つですね。

**大岡**　崩壊のなかでなんとか回復しようという動きが文学全体にあったということは言えるでしょうね。それは二十七、八年ごろまでか……。第三の新人になると回復しちゃってるわけだよ。

**秋山**　人間回復の叫びのなかで、大岡先生は否定の声ばかり響かせましたね。死の声を響かせましたからね。

**大岡**　ぼくには戦後といっても、これはたいして変わっちゃいないんだという考えが、まああったわけだね。だから、そのなかで変わってないものをむしろ捜していったということが言えるかもしれない。

**秋山**　原民喜の「夏の花」はいつお読みになりましたか。

**大岡**　あれは二十二年だから、ぼくは後で出版されたものを読んだと思います。ぼくは原爆のニュースを俘虜収容所で聞いたんで……。

**秋山**　原爆みたいなことを文学に書くというと、ほんとうは文学として成立しないと思ったもんですから、ぼくは長いことこれを読まなかった……。

**大岡**　ぼくにもそんな感じはあったね。どこかにちょっと書いたことがあるけれども、小林秀雄に従軍記を書けと言われたとき、戦争のことはこれはぜんぜん別のことで、なにもそんなに書くことはないですよ、と言った覚えがあるんだ。しかし、その後よく考えてみると、今の戦争はもうぜんぜんちがうことだからね。戦争文学といっても、戦争のチャンバラの場面だけではなく、一般国民を含めての、つまり全面戦争ということになると、広島の原爆までそこへ入るんだよ。そこのところがピンとこなかったね、当時は。

**秋山**　先生は坂口安吾を知ってらっしゃるわけですけど、戦争のあとすぐ社会の無秩序みたいなものがあって、とにかく人間は堕落して、堕落しきったほうがいいという、「堕落論」の考え方は……。

**大岡**　ぜんぜん同感できなかったよ。なにもわざわざ堕落しろと言わなくたって、堕落するものは、堕落するでしょう。そこへ堕落しろ、すべきであると言ったところで、それはなんの意味があるのかという考えですよね。なんだか変に張り切っちゃって、こっちはおかしくてしょうがない。ぼくは、戦前の「風博士」のころの安吾のほうがいまでも好きですね。それから戦争中に「日本文化私観」なんてものを書いていた。ああいうことを戦争中に言ったことを、ぼくは尊敬しますね。ぼくの方はスタンダールを翻訳してただけなんだから。

**秋山**　ぼくの場合は、言葉というのが文学を離れて、あるなにかの価値を言う標本みたいな具合で受け取られたのですが、先生は、言葉をずいぶん冷静に眺めていらっしゃると思ったものですから。そこに戦後という時間を置きたいと思っているのです。ぼくには、堕落なら堕落がひとつの価値に思えたわけですね。私小説型の破滅型の作家、たとえば安吾とか太宰とか田中英光が、ヒロポンみたいのをジャカスカ飲む。その話だけでも、文学というのはなるほどすごいと思った。今読むと、彼らの文学というのは風俗でしたね。しかし、そのすさまじい亡びるために亡びようとするエネルギーは、やはり敗戦がもたらした文学の発光源ですね。こうした混乱の化身みたいなタイプの文学のアンチテーゼとして、日常性の回復のもとに審美的な性質の文学が登場してくる。

## 肉体感覚としての〈戦後〉

**大岡**　第三の新人がそろそろ現われるわけだけど、当時ぼくは否定的な評価を下したような気がしますね。というのは、戦後のああいうむずかしい社会的、政治的状況にあって、とにかく人間回復の志向があった。堕落にもまた意味を認めようとしていた。ところがあの連中は、戦後文学は回復、回復って勇ましい、おれたちは勇ましくないんだということでしょう。ぼくもあまり勇ましいのはごめんだが、最初から負け犬気どりでちょこちょこやってるのもぼくは好かなかった。だけど、あれも時代の勢いだったから、いま戦後二十五年たってみれば、それがわかります。戦後作家はついに円熟しないが、第三の新人はしましたからね。

**秋山**　ぼくはそのころ第三の新人のものを読むと、ずいぶん暇な文学だと思ったわけですけれども、いま思うと、戦争が大きな意味での背景になってますね。その戦争にも二つあって、銃を持っての戦争と、空襲という被害者の場所での戦争ですが、ぼくは空襲という場所で受け取るわけです。

**大岡**　ぼくは捕虜になっちゃったから、終戦間際のことは知らないわけだよ。

**秋山**　大岡先生は、ヒロポンなどは……。

**大岡**　ぼくはやりませんでした。堕落するつもりもない。

**秋山**　そうすると、第三の新人あたりから、戦後の社会が肉体の感覚として感じられる。先生はどうだったのですか、社会というのは。

**大岡**　人間とは政治的な動物であるというのが、スタンダールのおしえであってね。あなたの解説によると、ぼくの根深いところには影響がないそうだけど（笑）。ぼくはどうしても人間をそういう風に見るのです。ジャーナリズムの動きも大きいですね。第三の新人は第一次戦後派と違うことをやらなければならなかったのです。

**秋山**　小島信夫の「アメリカン・スクール」は、日常生活のなかでのアメリカとか英語という言葉に微妙な反応を示す人間を書いていて、面白いと思うのですが。

**大岡**　ぼくは、どうも、第三の新人たちは、日本人が終戦直後全部アメリカのメードになっちゃった、その感覚を身につけてる連中のように見えましたね。

**秋山**　日常生活にあるアメリカ的な文化ですね、そういうものを修正するために、小林秀雄の教えてくれたものを読むんです。ぼくらには、その前がなかったですから。「楢山節考」などはどうだったですか。

**大岡**　ぼくは最初から怪奇小説風に読めたんです。柳田国男でも読めば、姥捨の慣習が虚構的なものであることははっきりしている。土俗じゃないわけですね。つまり残酷物語を作ったということでしょう。しかし、あの中の唄が面白いんだよね、「蟹の唄」とか。

**秋山**　ぼくは、社会の秩序が回復して、アメリカ的な文化の色濃い日常生活が展開されて、そうしたら当然、日本というのが出てくるわけですね。一種のショックを与えてという……いまですと、深沢七郎は個性の産物だろうと思うのですが。

**大岡**　「楢山節考」だけでなく、その後、甲州の話を書いたでしょう、「笛吹川」。あれも怪奇小説仕立てだったが、これはまた、スタンダール、バルザックなんかの前にあった暗黒小説、それの系統なんだよ。

**秋山**　大岡先生はそういうのにお詳しいですからね。

**大岡**　怪奇小説だからいけないというのではないのです。そういう形でしか出せない文学的衝動はあるんですから。とにかく面白いことはたしかに面白かった(笑)。

**秋山**　深沢七郎が出て、日本をこんな風に語ると、象徴的に、そのへんから大江健三郎たちが出てくるんですが。

## 社会構造と文学の変質

**大岡**　開高健と大江が出たとき、開高のほうは風俗小説の続きで、大江のほうに新しさがあるという意見を当時書いた覚えがありますね。彼にはフランス文学のきめの細かさがあるんですよ。新しい状況を、新しい言葉で表現しようと、苦労してるところが最初の作品から感じられたんですがね。何ていったかな。

**秋山**　「奇妙な仕事」、水槽に死体が入っている……。

**大岡**　そうそう。あのころから戦後のジャーナリズムの膨大という現象が出てきましたからね。石原慎太郎、大江の芥川賞受賞ということから、純文学と言われるものが三面記事の領域まで広がったという、異常現象がありましたからね。慎太郎は慎太郎なりに、政治家までいっちゃった。大江もしょっちゅう舞台で踊ってなければならないわけですよ。

**秋山**　さっきの堕落というような意味合いでの戦後の現代文学の象徴になるのは、サルトルだと思うのです。先生とサルトルの受け取り方が違うでしょうが。そして、大江が日本人で、日本語で、日本という場所で、サルトル的な文学を創造した。このことはやはり戦後文学のエポックでしょうね。

**大岡**　ぼくもサルトルは面白かった。むしろ理論的なほうで受け取ってたんですが、「嘔吐」も「蠅」も面白かったですね。サルトルの考え方は、フランスのレジスタンスの、ドイツに占領された時代の考え方ですね。

**秋山**　人物のとらえ方、社会の見方、日常生活の見方。たとえば机があっても、それを触ったときの感覚が違うというような。

**大岡**　ぼくには、そこのところは受けつけないんだよ。サルトルのいちばんつまんなかったのはそういうところで、木の根っこのことをえらく書き込んであるところがあるけれども、木の根っこは要するに木の根っこじゃないか。これはスタンダールの見方だからね。そこのところは受けつけないわけですよ。ただ、人間の考えがアンガジェするかしないかで決定される。状況は選びとることによって変わる、状況と自我をのりこえなければならない。この考え方は面白かったですよ。

**秋山**　ぼくなんかは、木の根っこがこんな風に言えるのかという、その面白さがあったですね（笑）。ところで、大岡先生は昭和三十年くらいから、中原中也とか、富永太郎とか、ずいぶんお書きになって、その後四十年くらいまでに起ってくる文学の新しい潮騒のような流れには全部背を向けられたんですか。

**大岡**　ぼくが二十歳ぐらいで、小林秀雄や中原中也の世界にふれたころは、彼らは少数派だったんだ。スタンダールもそうでした。まわりを見まわしながら、自分は自分のやることをやってたわけですね。

**秋山**　別に新しくは見えなかったということですか。

**大岡**　新しさはそれぞれにありますよ。でもね、三十年代に入ってからの、現代の流れとぼくとの関係で言うと、「酸素」というのがうまくゆかなくて、つまり、全体小説の試みが中断した、そして今度は中原というところへ戻ったのですよ。中原はむしろ「木の根っこ」派なんで、これはやはり私としては必然なんでしょうね。三十一年から中原を書きだして、ずっとやってるわけです。

**秋山**　そうすると先生は、三十年ごろからの高度成長の社会、そういうのはあんまり面白くないんですか。

**大岡**　いや、ぼくは好奇心が強いから、何でもみています。でも、小説の現状を見ていると、だんだんこれが遊びだという気になるわけだ。

**秋山**　戦後の社会の構造上のいろいろな変化、たとえば団地とか、核家族、家というものの崩壊。そういうところで受けた感覚上の変化で、人が生きるという内容も、社会の構造上の変化に応じて変わってくるでしょうね。

**大岡**　それはいま、非常に変わりつつあるでしょうね。

**秋山**　そうすると、そういう感覚に応じて、たとえば芝居ですと、アングラみたいな形態、社会の風俗上で、フーテンとかヒッピーがあらわれる。倉橋由美子の小説というのは、そういうものの文学のハシリだったとぼくは思いますね。「パルタイ」を読んだとき、なんだいこんなもの、と思ったですけど、いまは違いますね。

**大岡**　「パルタイ」は面白かった。あのものの見方は、スタンダール的で正統な見方があのなかにはあるんですよ。その後彼女はだんだん〈蠍女〉みたいになってきちゃって、違うほうを出していたんだけれども、彼女ももう十年だからね。最近の作品では両方がうまく合わさったような具合になってきているんじゃないでしょうか。

**秋山**　倉橋あたりから成立したことというのは、社会の構造を簡単に考えることができるわけですね。寓話風に描く、パロディーみたいにできる、社会をからかったような文学が成立する。ほんとうは、倉橋みたいに社会をからかうというのは、そうとうな力量のある人が、全部いろんなことをわかって、という場所で成立したはずなんですけれども、それが年少の作家の出発点からできるというように、文学は多少変わってきたのですね。

大岡　そうだね。第一次戦後派からは永遠の青春文学になっちゃうわけだ。子供が初めて社会に接するとき、昔は大人の社会は非常に複雑に見える。大人が団地住いでそこらにザーッといるわけだ。それを理解するために、高い立場にのぼろうとする上昇的な思考が文学にはあったのだけど、いまや複雑でもなんでもない。それを書くにはもう文学じゃなくてもいいということになっちまう。

秋山　ですから、言葉というのがだんだん文学の上でも、簡単に使えるようになって、そこにまた読み手がリアリティを認めていく。簡単な言葉のなかに感覚上のリアリティまで認める。われわれ読者の状況はそうですね。

大岡　そうですね。慎太郎が出てきたとき、あの文体をわれわれは大いに笑ったんですがね。でも、いまはもう、あれが文章だと思ってる人間がいる。

秋山　単純な言葉にリアリティを感じるようになってきたわけですね。複雑な感覚、感受性、意識、そういうものがなくてもいいような具合に……。

大岡　でも、なだいなださんみたいに、そのなかからまた、変な話術というものが出てくるんだね。テレビの寄席芸人みたいな司会者でも割合屈折した言葉を使うでしょう。そのコミュニケーションの型があるわけだね。情報言語が機械化されてゆく一方、変な言葉が生まれてくるのじゃないかな。なだいなださんとか、このごろの薫ちゃんね、あれなんかやはり寄席芸人の話術ですよ。だからね、言葉というのは、人間は言葉を持ったから人間になったんで、そう単純にかたづかないだろうと思う。ぼくはどっちでもいいけれど（笑）。

**秋山**　最後に、大岡先生はいま時代遅れなんですか。

**大岡**　時代というのはつねに変わっていくんですからね、つねに時代遅れになっていくのが、人間の常態でしょう。あなただってもう時代遅れなんだからね（笑）。

**秋山**　先生はさきほど文学は遊びだとおっしゃったけれども、そこの場所では、なだいなだみたいな新しい人の話術と楽々と握手できるわけですか。

**大岡**　歴史的に見れば、文学は遊びということになるんだけれど、同じ遊びであっても、遊び方があるわけだ。あんまり底意がみえる遊び方ではうまくないんだね。そこのところがむずかしいんじゃないでしょうか。なんとなく知らないうちに楽しまされてるんじゃなきゃ、だめなんだね。

**秋山**　ですから、大岡先生の遊びの話術のほうが上等なわけですね。現代式の話術よりも。

**大岡**　いや、そんなことはないですよ。ぼくは最初から人を遊ばせることが下手なんで……ただ遊びといっても、人間はまじめに遊ぶ動物である、というホイジンガの説があって、いろんな層があるでしょう。

**秋山**　戦後の文学も、もう成熟の時間ですから、遊びという意味の文学が、これから豊かに開花すればよいですけれども……。

（昭和四十五年八月十四日　河口湖畔　フラミンゴにて）

巻末付録

# 全集『日本の文学』資料

# 日本近代文学と『中央公論』

中央公論社はやがて創業八十周年をむかえようとしています。明治・大正・昭和の三代にわたる社業の歴史は、日本の近代化という大きな作業の上に、たえず重要な役割をはたしてまいりましたが、雑誌『中央公論』はじめ多彩多様の出版活動は、すべて近代日本文学の輝かしい成長発展の歴史と常に歩みを共にして来たのです。かつて正宗白鳥氏は自己の文学的生涯を語りながら、「『中央公論』は綜合雑誌として権威をふるっていたが、編集者も読者も、その小説欄に重きをおいていたのであった」（『文壇五十年』）という言葉をのこされましたが、いまわたしたちが『日本の文学』全八十巻を刊行するとき、『中央公論』に力作を寄稿された執筆者、それを支えてくれた数多くの文学愛好者、そして歴代の編集者の労苦をおもいださずにはいられません。

日本の近代文学の歴史を考えるとき、文学作品が主として雑誌を発表舞台としてさまざまな問題をなげかけてきたことは改めていうまでもないことです。『中央公論』の前身『反省会雑誌』（明治二十年創刊）は禁酒進徳を主旨とする仏教雑誌でしたが、明治三十二年にいたって『中央公論』と改題、政治・社会評論などの啓蒙的な記事とともに、文芸欄の充実をはかって、綜合雑誌のかたちに飛躍しました。当時の文芸雑誌『新小説』『文芸倶楽部』『帝国文学』『明星』『新声』（『新潮』の前身）などとともに文壇に確固たる地歩をきずき、名編集者・滝田樗陰が中央公論社に入社するにおよんで、本誌の文芸欄はますます拡充され、新鋭作家の登場は日本の文学に清新の気運をもたらしたのでした。

『中央公論』が文壇の権威ある登龍門として光彩をはなったのは、ひとえに樗陰の努力のたまものといってよいでしょう。

夏目漱石の作品（『二百十日』『薤露行』など）をはじめ、自然主義・反自然主義の諸家の問題作がつぎつぎと紹介され、新人作家は本誌によって文壇に登場していきました。名作佳品のかずかずは枚挙にいとまないほどで、作家・詩人たちは『中央公論』を中心にして日本の近代文学に大きな足跡をのこしています。

森鷗外（『生田川』『かのように』他）、島崎藤村（『家』）、正宗白鳥（『微光』）、永井荷風（『祝盃』『帰朝者の日記』）、谷崎潤一郎（『秘密』『悪魔』）、志賀直哉（『大津順吉』）の諸作などをはじめ、泉鏡花、徳田秋声、国木田独歩、田山花袋、岩野泡鳴、近松秋江、佐藤春夫、久保田万太郎、里見弴、武者小路実篤、有島武郎、野上彌生子ら、さらには芥川龍之介、菊池寛、広津和郎、宇野浩二、室生犀星、官本百合子らの名作が本誌の文芸欄を飾ったのでした。明治四十年代から大正期にかけて代表作・問題作として注目されたものが多く、『中央公論』の声価がいよいよ定まった時期でした。

昭和にはいってプロレタリア文学、芸術派の文学、それにつづく昭和十年代の諸作家の登場と、つねに文学の主流にたって大きな力となってきました。と同時に島崎藤村の畢生の大作『夜明け前』、絶筆『東方の門』、永井荷風の傑作『つゆのあとさき』『ひかげの花』、谷崎潤一郎の名作『春琴抄』『細雪』、あるいはまた正宗白鳥の健筆『文壇人物評論』など諸大家の活躍ぶりは、『中央公論』の名とともに文学史に大きく位置づけられるものでしょう。

# 編集委員のことば

## むづかしい仕事

谷崎潤一郎

六十年に近いつきあひの中央公論社が創業以来の大出版に乗り出すと云ふことなので、敢て自ら揣らず編輯者の列に名を連ねることにした。だが引き受けてみると想像以上にむづかしい仕事なので困つてゐるが、壮年気鋭の諸家に励まされて兎も角も役目を果すことが出来れば幸である。

## 責任と自負

川端康成

後代にも伝え、海外にも出すというのが、出版者の志であって、編集者たちも自分を、この全集の仕事に生かしたいと願っている。その自分の強い編集者各人の文学観は合議取捨されて、調和には達するものの、なおこの全集の随所に、特色を印するだろう。このような文学全集には、あまりに奇警な独断はゆるされぬが、特色にも責任と自負を持たなければ、編集に参加の意味がない。そして最善に近づけようとする編集会議は、毎回、私を疲れさせるほど、烈しく、おもしろい。

## 近代文学の全業績

伊藤　整

日本の近代の開始点を明治維新とすれば、いま我々は一世紀、百年後の時点にいる。その間に文学史に名を残した作家は千五百名を越える。我々がいま持っている人間についての認識は、この人々によって開発され、確立されたと言っていい。その全業績は西欧の数世紀にも比較されるであろう。『日本の文学』八十巻は先人の切り開いた道の嶮しさと曲折を最も重要な点において示し、また当代文学の開花のさまを、その頂点において語るものとなるだろう。

## 文学未来の創造

高見　順

往年のいわゆる円本合戦に加わらなかったこの社は、戦後の文学全集ブームの時も満を持して動かなかった。八十年のながい歩みのなかで、この文学全集は今度初めての仕事である。そうした仕事に参与する者として、私はそれにふさわしい文学的遺産の正しい継承を思うとともに、この仕事が新しい日本文化の創造に寄与するものにしたいと考える。新しい時代の担い手に贈るこの文学全集の仕事は、過去に眼をやる形で、その心は実は未来の創造に向けられているのだ。

## 豊かさと多様さ

大岡昇平

今日の日本の文学が一日で出来上ったものではなく、明治以来多くの作家の努力の結果であることは申すまでもない。現代の文学を知るために、これだけは読んでおいた方がいい、と思われるものを選んでみたら八十巻になった。これはとりも直さず日本の文学の豊かさと多様さを物語るものであり、なんとなく頼もしくうれしいような気がする。読者がこの集大成を、美しい風景の中を散歩するような気持で気ままに楽しんでくれることを希望している。

## 身を正し心を正す

三島由紀夫

今日のような文学概念の未曽有の混乱の時代に、文学全集が続々刊行されるというのは、思えば皮肉な現象である。いや、そういう混乱の只中であればこそ、人々が文学のオーセンティシテを求める欲求も大きいのであろう。われわれは自ら身を正し、心を正して、この全集を編んだつもりである。大ざっぱな概観ばかりでなく、少数派の珠玉にも怠りなく目をそそいだ処を見ていただきたい。

## 欣然と参加

ドナルド・キーン

外国にいる一日本文学教師として、外国人学生のために、「これが現代日本文学だ」と教えられる権威ある文学全集の誕生を久しく待ち望んでいたので、非力も顧みず喜んで参加させてもらった。諸先生の末席を汚すのは恐縮だが、この編集という大事業を通じて現代日本文学への理解を大いに深めたいと思う。

（全集『日本の文学』内容見本　昭和三十八年七月）

全集『日本の文学』編集委員会（昭和38年8月）。左より大岡昇平、高見順、谷崎潤一郎、ドナルド・キーン、伊藤整、川端康成、三島由紀夫

# 完結にあたって

川端康成

七年も前の話になるが、この「日本の文学」の編集に際し、私は――編集委員各人の文学観は合議取捨されて調和に達するものの、この全集の随所に特色を印するだろう。このような文学全集には、あまりに奇警な独断は許されぬが、特色にも責任と自負を持たなければ編集に参加の意味がない――ということを言った覚えがある。

それで、私は私なりに責任と自負をもって数度の編集会議に臨んだ。会議は毎回、私を疲れさせるほど烈しかった。その甲斐があったかどうか、最終巻までに千五百万部を超える部数が出て、非常に多くの人たちに読まれたと聞く。数多く出ている日本文学全集の中で、おそらく稀有なことであろう。

編集会議で激論をたたかわせた、谷崎潤一郎、伊藤整、高見順の三氏が、この全集の成果を見ずに逝去されたことを、切に悼む。

（全集『日本の文学』内容見本　昭和四十五年十月）

# 全集『日本の文学』全巻構成

**第1巻　坪内逍遙・二葉亭四迷・幸田露伴**　'70年1月刊

坪内逍遙　一読三歎当世書生気質

二葉亭四迷　浮雲／小説総論／余が言文一致の由来

幸田露伴　風流仏／五重塔／運命／連環記

解説　伊藤整

口絵「当世書生気質」歌川国峰

挿画　歌川国峰／葛飾某／長原孝太郎／武内桂舟／月岡芳年／尾形月耕／平福穂庵／羽石光志

対談　幸田露伴の思い出（幸田文／瀬沼茂樹）

**第2巻　森鷗外1**　'66年1月刊

舞姫／うたかたの記／文づかい／半日／追儺／魔睡／ヰタ・セクスアリス／鶏／金貨／青年／ル・パルナス・アンビュラン／普請中／花子／あそび／妄想／雁／百物語／不思議な鏡／藤棚／羽鳥千尋／余興（予が立場／歴史そのままと歴史離れ／空車／なかじきり）

解説　三島由紀夫

口絵「うたかたの記」小堀四郎

挿画　小堀四郎

対談　父・森林太郎（森茉莉／三島由紀夫）

**第3巻　森鷗外2**　'67年2月刊

興津弥五右衛門の遺書／阿部一族／護持院原の敵討／大塩平八郎／堺事件／安井夫人／栗山大膳／山椒大夫／津下四郎左衛門／じいさんばあさん／最後の一句／高瀬舟／寒山拾得／椙原品／渋江抽斎／寿阿弥の手紙／細木香以

解説　大岡昇平

口絵「山椒大夫」羽石光志

挿画　羽石光志

対談　文豪鷗外の肖像（小堀杏奴／大岡昇平）

**第4巻　尾崎紅葉・泉鏡花**　'69年1月刊

尾崎紅葉　金色夜叉

泉鏡花　黒百合／高野聖／天守物語／縷紅新草

解説　三島由紀夫

口絵「金色夜叉」鏑木清方

挿画　鏑木清方／武内桂舟／山中古洞／水野年方／梶田半古／羽石光志

対談　泉鏡花の魅力（三島由紀夫／澁澤龍彦）

**第5巻　樋口一葉・徳冨蘆花・国木田独歩**　'68年12月刊

樋口一葉　うもれ木／雪の日／大つごもり／にごりえ／十三夜／たけくらべ／わかれ道／われから／一葉日記抄（水の上／水のうえ日記／水のうえ）

徳冨蘆花　不如帰／自然と人生抄（自然に対する五分時／写生帖）

国木田独歩　源叔父／武蔵野／忘れえぬ人々／牛肉と馬鈴薯／富岡先生／酒中日記／空知川の岸辺／運命論者／女難／窮死／竹の木戸／独歩吟

解説　大岡昇平
口絵　「不如帰」黒田清輝
挿画　太田聴雨／鏑木清方／中江玉桂／森川蕉亭／中沢弘光／鈴木良三
対談　一葉・蘆花・独歩（大岡昇平／和田芳恵）

**第6巻　島崎藤村1**　'64年6月刊
藤村詩抄（若菜集より／一葉舟より／夏草より／落梅集より）／破戒／春／千曲川のスケッチ抄
解説　井上靖
口絵　藤村肖像　有島生馬／「春」和田英作
挿画　中村不折／横山大観／下村観山／石井鶴三／名取春仙／有島生馬
対談　島崎藤村の詩と真実（亀井勝一郎／瀬沼茂樹）

**第7巻　島崎藤村2**　'67年1月刊
夜明け前
解説　野間宏
口絵　島崎鶏二
挿画　石井鶴三
対談　「夜明け前」をめぐって（臼井吉見／野間宏）

**第8巻　田山花袋・岩野泡鳴・近松秋江**　'70年5月刊
田山花袋　蒲団／生
岩野泡鳴　耽溺／毒薬を飲む女
近松秋江　うつり香／再婚／黒髪／狂乱／霜凍る宵
解説　平野謙
口絵　「耽溺」石井鶴三
挿画　勝田哲／石井柏亭／橋本邦助／和田三造／結城素明／石井鶴三／直原玉青

対談　田山花袋とその周辺（田山瑞穂／平野謙）

**第9巻　徳田秋声1**　'67年9月刊

新世帯／足迹／黴／爛／あらくれ

解説　川端康成

口絵「爛」木村荘八

挿画　木村荘八／硲伊之助

対談　徳田秋声の人と作品（徳田一穂／川端康成）

**第10巻　徳田秋声2**　'66年10月刊

仮装人物／縮図／或売笑婦の話／蒼白い月／花が咲く／風呂桶／折鞄／元の枝へ／町の踊り場／死に親しむ／チビの魂／勲章／のらもの

解説　江藤淳

口絵「仮装人物」小寺健吉

挿画　内田巌／小寺健吉

対談　文学と実生活（広津和郎／江藤淳）

**第11巻　正宗白鳥**　'68年3月刊

塵埃／何処へ／微光／牛部屋の臭い／人を殺したが……／光秀と紹巴／髑髏と酒場／変る世の中／今年の秋／リー兄さん／内村鑑三／自然主義盛衰史／白鳥随想録

解説　伊藤整

口絵「微光」石井鶴三

挿画　石井鶴三

鼎談　正宗白鳥（伊藤整／大岩鉱／中島河太郎）

**第12巻　夏目漱石1**　'64年12月刊

吾輩は猫である／坊っちゃん／草枕

解説　中野好夫

口絵「吾輩は猫である」中村不折

挿画　中村不折／近藤浩一路／平福百穂／橋口五葉
対談　夏目漱石を語る（夏目伸六／中野好夫）

**第13巻　夏目漱石2**　'65年8月刊
三四郎／それから／こころ
解説　中野好夫
口絵「漱石山房とその弟子たち」　津田青楓
挿画　津田青楓
対談　漱石山房のこと（安倍能成／津田青楓）

**第14巻　夏目漱石3**　'66年9月刊
道草／明暗
解説　中野好夫
口絵「明暗」津田青楓
挿画　津田青楓
対談　漱石先生よもやま話（内田百閒／高橋義孝）

**第15巻　石川啄木・正岡子規・高浜虚子**　'67年6月刊
石川啄木　一握の砂／悲しき玩具／心の姿の研究／呼子と口笛／雲は天才である／時代閉塞の現状／NIKKI I MEIDI 42 NEN 1909／啄木書簡
正岡子規　子規秀句／竹の里歌／俳人蕪村／歌よみに与うる書／墨汁一滴抄／病牀六尺抄／子規の遺言（仰臥漫録より）
高浜虚子　虚子秀句／柿二つ
解説　ドナルド・キーン
口絵「鉢鶏頭図」正岡子規
挿画　横山虚明／正岡子規
対談　啄木・子規・虚子（ドナルド・キーン／山本健吉）

**第16巻　長塚節・鈴木三重吉・中勘助**
'69年9月刊
長塚節　土
鈴木三重吉　千鳥／山彦／桑の実
中勘助　銀の匙／菩提樹の蔭
解説　山本健吉
口絵　「土」刑部人
挿画　刑部人／深沢紅子／北岡文雄
対談　写生文学（山本健吉／福田清人）

**第17巻　北原白秋・高村光太郎・萩原朔太郎**
'65年4月刊
北原白秋　邪宗門／思ひ出／東京景物詩及其他／畑の祭／真珠抄／白金之独楽／水墨集／海豹と雲／桐の花／雲母集／雀の卵／風隠集／海阪／白南風／夢殿／渓流唱・橡／黒檜／牡丹の木
高村光太郎　道程／智恵子抄／典型／短歌
萩原朔太郎　月に吠える／定本 青猫／純情小曲集／氷島／散文詩／アフォリズム
解説　伊藤整
口絵　「雀の卵」北原白秋
挿画　石井柏亭／太田正雄／北原白秋／司馬江漢／木下杢太郎／田中恭吉／恩地孝四郎／「世界名所図絵」より
対談　三人の詩人（伊藤整／伊藤信吉）

**第18巻　永井荷風1**
'67年12月刊
あめりか物語より（牧場の道／林間／寝覚め／夜半の酒場／落葉／夜の女／夜あるき）／ふらんす物語より（ローン河のほとり／ひとり旅／巴里のわかれ）／歓楽／曇天／狐／すみだ川／妾宅／私家版腕くらべ／おかめ笹／葡萄棚／雨瀟瀟／雪解／日和下駄／小説作法／断腸亭日乗巻之十
解説　大岡昇平

口絵　「すみだ川」右田年英
挿画　石川寅治／小林清親／川瀬巴水／木村荘八／葛飾北斎／歌川国安／昇亭北寿／渓斎英泉／一立斎広重
対談　永井荷風と作品（奥野信太郎／大岡昇平）

**第19巻　永井荷風2**　'65年6月刊
つゆのあとさき／あじさい／榎物語／ひかげの花／濹東綺譚／浮沈／踊子／勲章／にぎり飯／吾妻橋／偏奇館吟草／深川の散歩／元八まん／葛飾土産／細雪妄評／罹災日録
解説　武田泰淳
口絵　永井荷風自画像
挿画　木村荘八／永井荷風
対談　荷風散人を語る（武田泰淳／嶋中鵬二）

**第20巻　武者小路実篤**　'65年2月刊
詩／お目出たき人／幸福者／友情／愛と死／真理先生／愛慾
解説　本多秋五
口絵　武者小路実篤像　岸田劉生
挿画　武者小路実篤／鈴木信太郎
鼎談　「白樺」のことなど（武者小路実篤／本多秋五／中川孝）

**第21巻　志賀直哉1**　'64年8月刊
暗夜行路／大津順吉／和解／或る男、其姉の死
解説　網野菊
口絵　「つつじ」志賀直哉
挿画　石井鶴三
対談　「暗夜行路」その他（志賀直哉／網野菊）

## 第22巻　志賀直哉2　'67年7月刊

菜の花と小娘／網走まで／速夫の妹／孤児／子供四題／鳥尾の病気／無邪気な若い法学士／ある一頁／剃刀／濁った頭／老人／祖母の為に／母の死と新しい母／クローディアスの日記／清兵衛と瓢簞／范の犯罪／児を盗む話／城の崎にて／好人物の夫婦／赤西蠣太／十一月三日午後の事／小僧の神様／雪の遠足／焚火／真鶴／震災見舞／雨蛙／転生／濠端の住まい／梟／矢島柳堂／山科の記憶／痴情／くもり日／沓掛にて／邦子／山鳥／豊年虫／死神／万暦赤絵／日曜日／菰野／早春の旅／山鳩／朝顔／夫婦／白い線／盲亀浮木／革文函／リズム／手帖から／「女の学校・ロベエル」を読む／青臭帖／身辺記／身辺のこと／竜安寺の庭／鈴木貫太郎／わが生活信条／広津君の仕事／木下利玄のこと／竹添履信／竹内勝太郎君／郡虎彦のおもいで／叔父直方／赤城山にて／泉鏡花の憶い出／内村鑑三先生の憶い出／菊池寛の印象／太宰治の死／リーチのこと／山荘雑話／辻嘉一著「煮たもの」序／雪のおもいで

解説　網野菊

口絵　「真鶴」石井鶴三

挿画　石井鶴三

対談　志賀直哉を語る（網野菊／阿川弘之）

## 第23巻　谷崎潤一郎1　'64年2月刊

刺青／少年／小さな王国／母を恋うる記／蓼喰う虫／春琴抄／猫と庄造と二人のおんな／少将滋幹の母／雪後庵夜話

解説　円地文子

口絵　「少年」鏑木清方

挿画　鏑木清方／小出楢重／和田三造／安井曽太郎／小倉遊亀

対談　谷崎文学の周辺（谷崎潤一郎／円地文子）

**第24巻　谷崎潤一郎2**　’66年2月刊

細雪

解説　E・G・サイデンステッカー

口絵　「細雪」田村孝之介

挿画　田村孝之介

対談　「細雪」のころ（谷崎松子／サイデンステッカー）

**第25巻　谷崎潤一郎3**　’67年10月刊

卍（まんじ）／武州公秘話／蘆刈／鍵／瘋癲老人日記／お国と五平／陰翳礼讃

解説　ドナルド・キーン

口絵　谷崎潤一郎肖像　安田靫彦

挿画　棟方志功

対談　谷崎文学について（ドナルド・キーン／三島由紀夫）

**第26巻　柳田国男・斎藤茂吉・折口信夫**　’69年7月刊

柳田国男　雪国の春／浜の月夜／清光館哀史／不幸なる芸術／笑の本願／うつぼ舟の話／山の人生／桃太郎の誕生

斎藤茂吉　短歌道一家言／作歌四十年より（赤光抄／あらたま抄）／森鷗外先生／念珠集／滞欧随筆より（接吻／おどり／ドナウ源流行／復活祭／ユンクフラウ行／ナポリ遊行記）／茂吉小話より（芭蕉の句／ニイチェの病気／お通夜／不犯）

折口信夫　海やまのあひだ／死者の書／零時日記／山の音を聴きながら／姥の話／雪の記憶／恋の消息／日本の道路／留守ごと

解説　大岡昇平

口絵　「死者の書」上村松篁

挿画　畦地梅太郎／真垣武勝／上村松篁
対談　柳田学・折口学・茂吉短歌（大岡昇平／大江健三郎）

**第27巻　有島武郎・長与善郎**　’67年4月刊

有島武郎　或る女
長与善郎　陸奥直次郎／誰でも知っている／恥
解説　本多秋五
口絵「陸奥直次郎」熊谷守一
挿画　名取明徳／熊谷守一
対談　有島武郎と長与善郎（里見弴／本多秋五）

**第28巻　久保田万太郎・里見弴**　’68年10月刊

久保田万太郎　末枯／雨空／春泥／市井人／うしろかげ／万太郎秀句
里見弴　河豚／或る年の初夏に／桐畑／椿／縁談窶／小暴君／美事な醜聞／いろおとこ／二人の作家
解説　伊藤整
口絵「椿」石井鶴三
挿画　宮田重雄／田村孝之介
対談　里見弴をめぐって（里見弴／伊藤整）

**第29巻　芥川龍之介**　’64年10月刊

羅生門／鼻／孤独地獄／虱／酒虫／芋粥／手巾／偸盗／或日の大石内蔵助／戯作三昧／首が落ちた話／袈裟と盛遠／蜘蛛の糸／地獄変／開化の殺人／奉教人の死／枯野抄／きりしとほろ上人伝／蜜柑／舞踏会／尾生の信／秋／黒衣聖母／南京の基督／杜子春／秋山図／藪の中／トロッコ／六の宮の姫君／お富の貞操／一塊の土／大導寺信輔の半生／海のほとり／湖南の扇／玄鶴山房

／蜃気楼／河童／歯車／或阿呆の一生／西方の人／続西方の人／或旧友へ送る手記

解説　大岡昇平

口絵　「杜子春」小穴隆一

挿画　杉本健吉／小穴隆一

対談　芥川龍之介を語る（芥川比呂志／大岡昇平）

**第30巻　山本有三**　'65年3月刊

波／路傍の石／無事の人／嬰児ごろし／同志の人々

解説　阿部知二

口絵　「路傍の石」和田三造

挿画　田辺至／和田三造

対談　文学と演劇（山本有三／阿部知二）

**第31巻　佐藤春夫**　'66年8月刊

春夫詩抄（初期詩篇より／殉情詩集／我が一九二二年より／佐藤春夫詩集より／車塵集より／魔女より／閑談半日より／佐久の草笛より／玉笛譜より／抒情新集より／未刊行詩篇より）／西班牙犬の家／田園の憂鬱／お絹とその兄弟／美しい町／佗しすぎる／女誡扇綺譚／F・O・U／のん・しゃらん記録／女人焚死／晶子曼陀羅

解説　伊藤整

口絵　佐藤春夫自画像

挿画　岸田劉生／川上澄生／芹沢銈介／島田訥郎／谷中安規／石井柏亭

対談　詩人・佐藤春夫（堀口大学／伊藤整）

**第32巻　広津和郎・菊池寛**　'69年6月刊

広津和郎　神経病時代／やもり／波の上／同時代の作家たち抄（あの時代／「蔵の中」物語／正宗白鳥と珈琲）／怒れるトルストイ／志賀直哉論／散文芸術の位置／わが心

を語る／藤村覚え書／真実は訴える／裁判の公正は守られた／田中最高裁長官の「少数意見」

菊池寛　身投げ救助業／忠直卿行状記／恩讐の彼方に／蘭学事始／入れ札／屋上の狂人／父帰る／藤十郎の恋／半自叙伝／「続」半自叙伝／「父帰る」の事／漱石先生と我等／芥川のこと／小説家たらんとする青年に与う／芸術と天分／芸術家と後世／文芸作品の内容的価値

解説　伊藤整

口絵　「藤十郎の恋」羽石光志

挿画　脇田和／羽石光志

対談　菊池寛と広津和郎（里見弴／伊藤整）

**第33巻　宇野浩二・葛西善蔵・嘉村礒多**

'70年4月刊

宇野浩二　蔵の中／一と踊／子を貸し屋／枯木のある風景／思い川

葛西善蔵　哀しき父／悪魔／贋物／子をつれて／馬糞石／遊動円木／椎の若葉／湖畔手記／酔狂者の独白

嘉村礒多　業苦／崖の下／秋立つまで／七月二十二日の夜／途上／神前結婚

解説　山本健吉

口絵　「枯木のある風景」関野準一郎

挿画　関野準一郎／八重垣逸郎／中島保彦

対談　私小説の三作家（谷崎精二／山本健吉）

**第34巻　内田百閒・牧野信一・稲垣足穂**

'70年6月刊

内田百閒　冥途／花火／短夜／件／山高帽子／東京日記／磯辺の松―柳撿挍の小閑／サラサーテの盤／実説艸平記／特別阿房列車

牧野信一　爪／父を売る子／村のストア派／

吊籠と月光と／ゼーロン／バラルダ物語／鬼涙村／裸虫抄／淡雪
稲垣足穂　フェヴァリット／地球／白昼見／弥勒／誘われ行きし夜／山ン本五郎左衛門只今退散仕る／A感覚とV感覚
解説　三島由紀夫
口絵　「弥勒」加納光於
挿画　川上澄生／村上豊／加納光於
対談　稲垣足穂の世界（三島由紀夫／澁澤龍彦）

**第35巻　室生犀星**　'66年12月刊
犀星詩抄（抒情小曲集より／青き魚を釣る人より／愛の詩集より／第二愛の詩集より／寂しき都会より／星より来れる者より／田舎の花より／忘春詩集より／高麗の花より／故郷図絵集より／鶴より／鉄集より／哈爾浜詩集より）／幼年時代／性に眼覚める頃／あにいもうと／舌を噛み切った女／杏っ子／はるあわれ／我が愛する詩人の伝記抄（島崎藤村／萩原朔太郎／釈迢空）
解説　井上靖
口絵　「幼年時代」畦地梅太郎
挿画　恩地孝四郎／岸田劉生／畦地梅太郎／安西啓明
対談　室生犀星の思い出（室生朝子／萩原葉子）

**第36巻　瀧井孝作・梶井基次郎・中島敦**　'68年4月刊
瀧井孝作　無限抱擁／結婚まで／慾呆け／積雪／伐り禿山／野趣
梶井基次郎　檸檬／城のある町にて／ある心の風景／冬の日／蒼穹／筧の話／器楽的幻覚／冬の蠅／ある崖上の感情／桜の樹の下には／愛撫／闇の絵巻／交尾／のんきな患

者

中島敦　光と風と夢／山月記／狐憑／盈虚／夫婦／弟子／李陵

解説　山本健吉

口絵「檸檬」駒井哲郎

挿画　石井鶴三／駒井哲郎／土方久功

対談　瀧井孝作・梶井基次郎・中島敦（中村光夫／山本健吉）

**第37巻　横光利一**　'66年4月刊

悲しみの代価／蠅／日輪／静かなる羅列／春は馬車に乗って／花園の思想／上海／機械／寝園／時間／微笑

解説　川端康成

口絵「寝園」佐野繁次郎

挿画　佐野繁次郎

対談　横光利一を語る（河上徹太郎／永井龍男）

**第38巻　川端康成**　'64年3月刊

雪国／千羽鶴／眠れる美女／美しさと哀しみと／十六歳の日記／伊豆の踊子／抒情歌／イタリアの歌／反橋／しぐれ／住吉／月／夏の靴／有難う／末期の眼／文学的自叙伝／純粋の声／哀愁／横光利一弔辞

解説　三島由紀夫

口絵「美しさと哀しみと」加山又造

挿画　小倉遊亀／東郷青児／加山又造／木村荘八／高井貞二／安田靫彦／古賀春江

対談　川端康成の世界（川端康成／三島由紀夫）

**第39巻　葉山嘉樹・小林多喜二・徳永直**　'70年3月刊

葉山嘉樹　海に生くる人々／淫売婦／セメント樽の中の手紙

小林多喜二　人を殺す犬／東倶知安行／蟹工

船／党生活者
徳永直　太陽のない街
解説　小田切進
口絵「蟹工船」須山計一
挿画　岩崎巴人／須山計一／小野沢亘
対談　プロレタリア文学のころ（佐多稲子／小田切進）

**第40巻　林房雄・武田麟太郎・島木健作**　'68年8月刊
林房雄　青年
武田麟太郎　日本三文オペラ／市井事／勘定／大凶の籤
島木健作　癩／盲目／第一義の道／黒猫／赤蛙
解説　三島由紀夫
口絵「青年」吉岡堅二
挿画　吉岡堅二／中野淳
対談　青年、今と昔（林房雄／三島由紀夫）

**第41巻　中野重治**　'67年3月刊
中野重治詩集／春さきの風／鈴木・都山・八十島／村の家／歌のわかれ／むらぎも／萩のもんかきや／山猫その他／閏二月二十九日／『歌のわかれ』序／「暗夜行路」雑談／芦田総理大臣の施政方針演説にたいする質問／高野長英のはしご段
解説　小田切秀雄
口絵「福井城趾光景」高田博厚
挿画　高田博厚
対談　中野重治とその周辺（中野重治／小田切秀雄）

**第42巻　堀辰雄**　'64年9月刊
詩／ルウベンスの偽画／窓／燃ゆる頬／聖家族／恢復期／美しい村／風立ちぬ／菜穂

子／かげろうの日記／ほととぎす／姨捨／曠野／花を持てる女／大和路・信濃路（樹下／十月／古墳／斑雪／橇の上にて／辛夷の花／浄瑠璃寺の春／「死者の書」）／雪の上の足跡／プルウスト雑記／リルケ雑記抄（或外国の公園で／「鎮魂曲」）／雉子日記／夏の手紙／小説のことなど／更級日記など／伊勢物語など／黒髪山

解説　遠藤周作

口絵　「堀辰雄詩集」深沢紅子

挿画　深沢紅子／岡鹿之助／恩地孝四郎

対談　堀辰雄について（堀多恵子／遠藤周作）

**第43巻　小林秀雄**　'65年11月刊

私の人生観／プラトンの「国家」／歴史／言葉／忠臣蔵Ⅰ／忠臣蔵Ⅱ／プルターク英雄伝／福沢諭吉／ギリシアの印象／ピラミッド／モオツァルト／「罪と罰」について／ランボオⅠⅡⅢ／志賀直哉／菊池寛文学全集解説／中原中也の思い出／当麻／無常という事／徒然草／平家物語／西行／実朝／蘇我馬子の墓／近代絵画／常識について

解説　大岡昇平

口絵　小林秀雄肖像　鳥海青児

対談　文学の四十年（小林秀雄／大岡昇平）

**第44巻　野上彌生子・網野菊**　'65年10月刊

野上彌生子　秀吉と利休／茶料理／哀しき少年

網野菊　別れ／風呂敷／憑きもの／母／冷たい心／実績／金の棺／赤いカーネーション／ひとり暮し／さくらの花／高砂

解説　平野謙

口絵　「秀吉と利休」真野満

挿画　真野満／緑川広太郎

対談　女流文学と作家生活（野上彌生子／網野菊）

**第45巻　宮本百合子**　'69年10月刊

伸子／一本の花／一九三二年の春／刻々／乳房／杉垣／三月の第四日曜／風知草／母／わが父

解説　本多秋五

口絵「伸子」岩崎巴人

挿画　岩崎巴人

対談　宮本百合子を語る（湯浅芳子／本多秋五）

**第46巻　宇野千代・岡本かの子**　'69年4月刊

宇野千代　色ざんげ／未練／おはん／刺す

岡本かの子　鶴は病みき／母子叙情／花は勁し／東海道五十三次／老妓抄／家霊／河明り

解説　丸谷才一

口絵「老妓抄」駒井哲郎

挿画　佐野繁次郎／木村荘八／駒井哲郎

鼎談　宇野千代を囲んで（宇野千代／川端康成／丸谷才一）

**第47巻　林芙美子**　'64年7月刊

蒼馬を見たり／放浪記／風琴と魚の町／清貧の書／牡蠣／晩菊／骨／水仙／下町／浮雲

解説　平林たい子

口絵　林芙美子自画像

挿画　森田元子／織田一磨

対談　林芙美子の思い出（壺井栄／平林たい子）

**第48巻　平林たい子・大原富枝**　'69年5月刊

平林たい子　施療室にて／殴る／桜／終戦日誌／一人行く／盲中国兵／こういう女／私は生きる／地底の歌／人の命／不毛／秘密
大原富枝／ストマイつんぼ／大草原／婉という女
解説　杉森久英
口絵「地底の歌」吉岡堅二
挿画　吉岡堅二／森田曠平
対談　女流文学の道程（平林たい子／大原富枝）

**第49巻　佐多稲子・壺井栄**　'68年5月刊

佐多稲子　くれない／私の東京地図／女の宿／幸福
壺井栄　大根の葉／二十四の瞳／裲襠
解説　佐々木基一
口絵「くれない」堀文子
挿画　堀文子／三芳悌吉
対談　佐多・壺井文学の周辺（佐多稲子／佐々木基一）

**第50巻　円地文子・幸田文**　'66年6月刊

円地文子　女坂／なまみこ物語／妖
幸田文　流れる／黒い裾／笛／父—その死—
解説　平野謙
口絵「なまみこ物語」橋本明治
挿画　田村孝之介／橋本明治／谷内六郎
対談　女流作家について（塩田良平／平野謙）

**第51巻　尾崎士郎・火野葦平**　'68年6月刊

尾崎士郎　人生劇場（青春篇）
火野葦平　糞尿譚／麦と兵隊／歌姫／皿／鯉／ある詩人の生涯

解説　吉田健一
口絵「人生劇場」中川一政
挿画　中川一政／向井潤吉
対談　尾崎士郎と火野葦平（吉田健一／高橋義孝）

**第52巻　尾崎一雄・外村繁・上林暁**　'69年12月刊

尾崎一雄　暢気眼鏡／父祖の地／虫のいろいろ／美しい墓地からの眺め／すみっこ／まぼろしの記／退職の願い
外村繁　鵜の物語／夢幻泡影／澪標／日を愛しむ
上林暁　薔薇盗人／ちちははの記／野／二閑人交游図／明月記／小便小僧／晩春日記／聖ヨハネ病院にて／開運の願
解説　三島由紀夫
口絵「暢気眼鏡」大貫松三
挿画　大貫松三／稗田一穂／中山巍
対談　私小説の底流（尾崎一雄／三島由紀夫）

**第53巻　井伏鱒二**　'66年11月刊

山椒魚／鯉／丹下氏邸／さざなみ軍記／集金旅行／ジョン万次郎漂流記／多甚古村／へんろう宿／二つの話／追剥の話／白毛／遥拝隊長／かきつばた／開墾村の与作／珍品堂主人／コタツ花
解説　河盛好蔵
口絵「ジョン万次郎漂流記」川上澄生
挿画　川上澄生
対談　井伏文学について（井伏鱒二／河盛好蔵）

**第54巻　舟橋聖一**　'66年5月刊

ある女の遠景／エネルギイ／海のほくろ／

木石／りつ女年譜／華燭／力士と双生児／ツンバ売りのお鈴／白薊／顔師

解説　伊藤整

口絵「ある女の遠景」小磯良平

挿画　小磯良平

対談　舟橋文学の道程（舟橋聖一／伊藤整）

**第55巻　丹羽文雄**　'65年12月刊

顔

解説　浅見淵

口絵「顔」竹谷富士雄

挿画　竹谷富士雄

対談　丹羽文学について（丹羽文雄／浅見淵）

**第56巻　石川達三**　'66年3月刊

蒼氓 第一部／生きている兵隊／三代の矜持／神坂四郎の犯罪／時の流れ／捨吉とその妻／青色革命

解説　荒正人

口絵「青色革命」野間仁根

挿画　田代光／向井潤吉／御正伸／野間仁根

対談　石川達三・人と作品（石川達三／荒正人）

**第57巻　高見順**　'65年5月刊

如何なる星の下に／いやな感じ

解説　中村真一郎

口絵「いやな感じ」朝井閑右衛門

挿画　三雲祥之助／朝井閑右衛門

対談　昭和時代の文学（高見順／中村真一郎）

**第58巻　石坂洋次郎**　'64年5月刊

若い人／石中先生行状記抄（黒いワンピースの娘の巻／夫婦貯金の巻／干草ぐるまの

巻）

解説　山本健吉

口絵　「若い人」生沢朗

挿画　生沢朗／宮田重雄

対談　「若い人」をめぐって（石坂洋次郎／山本健吉）

### 第59巻　伊藤整　'65年9月刊

氾濫／生物祭／出家遁世の志／若い詩人の肖像／逃亡奴隷と仮面紳士／芸術は何のためにあるか／芸術の形式と秩序／求道者と認識者

解説　奥野健男

口絵　「氾濫」三芳悌吉

挿画　三芳悌吉

対談　昭和十年代と伊藤整文学（伊藤整／奥野健男）

### 第60巻　石川淳　'67年8月刊

普賢／マルスの歌／黄金伝説／焼跡のイエス／おとしばなし／鷹／白頭吟／修羅／面貌について／風景について／芝居ぎらい／摸倣の効用／畸人／ニセモノ記／だから、いわないことじゃない

解説　安部公房

口絵　「鷹」駒井哲郎

挿画　駒井哲郎／木村荘八

対談　石川淳の人と文学（石川淳／安部公房）

### 第61巻　中山義秀　'67年11月刊

栄耀／厚物咲／碑／荒海／囚人／酒屋／華燭／信夫の鷹／テニヤンの末日／緑珠／散りゆく花の末に／闇に浮く睡蓮／春日／天保の妖怪／黎明／咲庵／孤峭／土佐兵の勇敢な話

解説　平野謙
口絵「咲庵」関野準一郎
挿画　関野準一郎
対談　作家の誕生（中山義秀／平野謙）

**第62巻　永井龍男・阿部知二**　'68年9月刊
永井龍男　黒い御飯／絵本／朝霧／青電車／風／そばやまで／狐／風ふたたび／少年唱歌隊／蜜柑／一個／傘のありか／冬の日／青梅雨
阿部知二　冬の宿／黒い影／おぼろ夜
解説　河盛好蔵
口絵「冬の宿」井上長三郎
挿画　小磯良平／井上長三郎
対談　伝統と変質（永井龍男／阿部知二）

**第63巻　坂口安吾・織田作之助・檀一雄**　'69年11月刊
坂口安吾　白痴／道鏡／風と光と二十の私と／桜の森の満開の下／夜長姫と耳男／日本文化私観／堕落論／続堕落論／教祖の文学
織田作之助　夫婦善哉／放浪／木の都／六白金星／アド・バルーン／世相／競馬／可能性の文学
檀一雄　花筐／照る陽の庭／佐久の夕映／ペンギン記／誕生／光る道
解説　花田清輝
口絵「佐久の夕映」関合正明
挿画　黒沢梧郎／阿部合成／関合正明
鼎談　坂口安吾と織田作之助（坂口三千代／織田昭子／檀一雄）

**第64巻　井上友一郎・田宮虎彦・木山捷平**　'70年2月刊
井上友一郎　菜の花／受胎／ハイネの月／日本ロォレライ／雨垂れ／夕顔／お雪さん／

ある商人の告白／猫よ悲しむな
田宮虎彦　異母兄弟／足摺岬／絵本／菊坂／幼女の声／銀心中／異端の子／牡丹
木山捷平　大陸の細道／初恋
解説　河盛好蔵
口絵　「牡丹」橋本興家
挿画　田代光／橋本興家／吉田清志
鼎談　昭和初期の文壇情勢（井上友一郎／田宮虎彦／河盛好蔵）

**第65巻　太宰治**　'64年4月刊
魚服記／思い出／逆行／雌について／満願／姥捨／富嶽百景／駈込み訴え／女の決闘／東京八景／お伽草紙／親友交歓／ヴィヨンの妻／斜陽／桜桃／家庭の幸福／人間失格／グッド・バイ
解説　ドナルド・キーン
口絵　太宰治自画像
挿画　吉岡堅二
対談　太宰治のこと（津島美知子／ドナルド・キーン）

**第66巻　野間宏**　'66年7月刊
暗い絵／二つの肉体／顔の中の赤い月／残像／崩解感覚／怨霊対談／真空地帯
解説　篠田一士
口絵　「真空地帯」麻生三郎
挿画　麻生三郎
対談　野間宏と戦後文学（野間宏／篠田一士）

**第67巻　武田泰淳**　'67年5月刊
風媒花／異形の者／橋を築く／動物／ひかりごけ／士魂商才／鶴のドン・キホーテ／ピラミッド附近の行方不明者／司馬遷―史記の世界―

解説　寺田透
口絵　「風媒花」川上澄生
挿画　川上澄生
対談　武田文学と仏教（武田泰淳／寺田透）

**第68巻　椎名麟三・梅崎春生**　'68年1月刊

椎名麟三　永遠なる序章／美しい女
梅崎春生　風宴／桜島／日の果て／突堤にて／ボロ家の春秋／幻化
解説　本多秋五
口絵　「永遠なる序章」麻生三郎
挿画　麻生三郎／中尾彰
対談　「美しい女」と「幻化」（椎名麟三／本多秋五）

**第69巻　三島由紀夫**　'65年1月刊

仮面の告白／金閣寺／午後の曳航／近代能楽集／芙蓉露大内実記／三島由紀夫文学の画廊（愛の渇き／日曜日／禁色／若人よ蘇れ／潮騒／鍵のかかる部屋／鹿鳴館／美徳のよろめき／熱帯樹／憂国／十日の菊／宴のあと／美しい星／剣）
解説　ドナルド・キーン
口絵　「金閣寺」岩田専太郎
挿画　岩田専太郎
対談　三島文学と国際性（三島由紀夫／ドナルド・キーン）

**第70巻　大岡昇平**　'65年7月刊

俘虜記／敗走紀行／歩哨の眼について／野火／妻／父／武蔵野夫人／来宮心中／逆杉／黒髪／花影
解説　福田恆存
口絵　「野火」向井潤吉
挿画　向井潤吉／向井潤吉／生沢朗／竹谷富士雄

対談　大岡昇平とその周辺（大岡昇平／福田恆存）

**第71巻　井上靖**　'64年11月刊

黯い潮／天平の甍／敦煌／猟銃／玉碗記／ある偽作家の生涯／洪水／補陀落渡海記／小磐梯

解説　河上徹太郎

口絵「敦煌」橋本明治

挿画　小磯良平／橋本明治

対談　井上靖文学について（井上靖／河上徹太郎）

**第72巻　中村真一郎・福永武彦・遠藤周作**　'69年8月刊

中村真一郎　女たち／遠隔感応

福永武彦　草の花／飛ぶ男

遠藤周作　海と毒薬／影法師／母なるもの／小さな町にて

解説　篠田一士

口絵「女たち」香月泰男

挿画　香月泰男／加山又造／福沢一郎

鼎談　文学的出発のころ（中村真一郎／福永武彦／遠藤周作）

**第73巻　堀田善衛・安部公房・島尾敏雄**　'68年11月刊

堀田善衛　広場の孤独／鬼無鬼島

安部公房　他人の顔

島尾敏雄　島の果て／単独旅行者／夢の中での日常／死の棘／出発は遂に訪れず／日のちぢまり

解説　村松剛

口絵「他人の顔」杉浦康平

挿画　片岡真太郎／杉浦康平／稗田一穂

鼎談　戦後と「近代文学」（堀田善衛／安部

公房／島尾敏雄）

## 第74巻　安岡章太郎・吉行淳之介・曽野綾子

'68年7月刊

安岡章太郎　海辺の光景／ガラスの靴／ジングルベル／悪い仲間／青葉しげれる／質屋の女房／家族団欒図

吉行淳之介　闇のなかの祝祭／驟雨／水族館にて／悪い夏／娼婦の部屋／鳥獣虫魚／不意の出来事／雙生

曽野綾子　たまゆら／遠来の客たち／冬の油虫／妙見島夕景

解説　佐伯彰一

口絵　「海辺の光景」　風間完

挿画　風間完／三岸黄太／三谷青子

鼎談　青春と文学を語る（安岡章太郎／吉行淳之介／曽野綾子）

## 第75巻　阿川弘之・庄野潤三・有吉佐和子

'69年2月刊

阿川弘之　霊三題／雲の墓標／夜の波音／古いトランク

庄野潤三　プールサイド小景／相客／イタリア風／静物／薪小屋／鳥／冬枯／丘の明り

有吉佐和子　紀ノ川

解説　奥野健男

口絵　「雲の墓標」　近藤弘明

挿画　近藤弘明／安西啓明／北喜久子

座談　われらの時代と文学（阿川弘之／庄野潤三／有吉佐和子／奥野健男）

## 第76巻　石原慎太郎・開高健・大江健三郎

'68年2月刊

石原慎太郎　太陽の季節／処刑の部屋／行為と死

開高健　パニック／裸の王様／流亡記／二重

壁／五千人の失踪者
大江健三郎　死者の奢り／芽むしり　仔撃ち／セヴンティーン
解説　磯田光一
口絵　司修
挿画　司修
鼎談　文学における普遍と固有（石原慎太郎／開高健／大江健三郎）

**第77巻　名作集1**　'70年7月刊
山田美妙　武蔵野／三宅花圃　藪の鶯／矢崎嵯峨の舎　初恋／斎藤緑雨　かくれんぼ／宮崎湖処子　空屋／北村透谷　人生に相渉るとは何の謂ぞ／高山樗牛　滝口入道／川上眉山　書記官／広津柳浪　今戸心中／内田魯庵　くれの廿八日／小杉天外　初すがた／小栗風葉　深川女房／伊藤左千夫　野菊の墓／白柳秀湖　駅夫日記／島村抱月　序に代えて人生観上の自然主義を論ず／岡本綺堂　修禅寺物語／森田草平　初恋
解説　瀬沼茂樹
口絵「今戸心中」武内桂舟
挿画　尾形月耕／鈴木華邨／水野年方／磯野義雄／広瀬勝平／中村不折／竹久夢二／義徳
対談　明治文学を語る（稲垣達郎／瀬沼茂樹）

**第78巻　名作集2**　'70年8月刊
水上滝太郎　山の手の子／郡虎彦　道成寺／田村俊子　木乃伊の口紅／平出修　逆徒／相馬泰三　六月／上司小剣　鱧の皮／藤森成吉　雲雀／久米正雄　競漕／宮地嘉六　煤煙の臭い／加能作次郎　世の中へ／豊島与志雄　理想の女／小川未明　赤い蠟燭と人魚／前田河広一郎　三等船客／小山内薫

第一の世界／犬養健　姉弟と新聞配達／真山青果　玄朴と長英／岸田国士　チロルの秋／佐佐木茂索　曠日／武林無想庵　「Cocu」のなげき／宮沢賢治　銀河鉄道の夜

解説　吉田健一

口絵　「『Cocu』のなげき」石川滋彦

挿画　石川滋彦／万鉄五郎／串田孫一

対談　大正時代と文学（小島信夫／江藤淳）

**第79巻　名作集3**　'70年9月刊

片岡鉄兵　綱の上の少女／池谷信三郎　橋／黒島伝治　渦巻ける鳥の群／立野信之　軍隊病／十一谷義三郎　あの道この道／岡田三郎　三月変／芹沢光治良　ブルジョア／田畑修一郎　鳥羽家の子供／深田久弥　あすなろう／神西清　垂水／本庄陸男　白い壁／北条民雄　いのちの初夜／鶴田知也　コシャマイン記／小田嶽夫　城外／坪田譲治　風の中の子供／中村地平　南方郵信／伊藤永之介　鶯／北原武夫　妻／金史良　光の中に

解説　小田切秀雄

口絵　「いのちの初夜」生野敬明

挿画　朝倉摂／生野敬明／三芳悌吉

対談　反戦文学の屈折（小田切秀雄／立野信之）

**第80巻　名作集4**　'70年10月刊

田村泰次郎　肉体の門／原民喜　夏の花／木下順二　夕鶴／田中英光　野狐／三浦朱門　冥府山水図／長谷川四郎　鶴／きだみのる　猟師と兎と賭と／川崎長太郎　伊豆の街道／小島信夫　アメリカン・スクール／由起しげ子　女中ッ子／深沢七郎　楢山節考／藤枝静男　犬の血／今東光　夜の客

／井上光晴　ガダルカナル戦詩集／北杜夫
谿間にて／倉橋由美子　蠍たち／杉浦明平
わたしの崋山／なだいなだ　童話
解説　秋山駿
口絵「谿間にて」山口長男
挿画　大沢昌助／山口長男／脇田和
対談　戦後文学を語る（大岡昇平／秋山駿）

| | | |
|---|---|---|
| 谷崎松子 | 1903〜1991 | 随筆家・谷崎潤一郎の妻 |
| 田宮虎彦 | 1911〜1988 | 作家 |
| 田山瑞穂 | 1904〜1990 | 近代文学研究者・田山花袋の次男 |
| 津島美知子 | 1912〜1997 | 随筆家・太宰治の妻 |
| 津田青楓 | 1880〜1978 | 画家 |
| 徳田一穂 | 1903〜1981 | 作家・徳田秋声の長男 |
| 永井龍男 | 1904〜1990 | 作家・編集者 |
| 中野好夫 | 1903〜1985 | 英文学者・評論家 |
| 夏目伸六 | 1908〜1975 | 随筆家・夏目漱石の次男 |
| 野上彌生子 | 1885〜1985 | 作家 |
| 萩原葉子 | 1920〜2005 | 作家・萩原朔太郎の長女 |
| 平野謙 | 1907〜1978 | 文芸評論家 |
| 堀多恵子 | 1913〜2010 | 随筆家・堀辰雄の妻 |
| 本多秋五 | 1908〜2001 | 文芸評論家 |
| 三島由紀夫 | 1925〜1970 | 作家・文芸評論家 |
| 室生朝子 | 1923〜2002 | 随筆家・室生犀星の長女 |
| 森茉莉 | 1903〜1987 | 作家・森鷗外の長女 |
| 山本有三 | 1887〜1974 | 作家 |
| 湯浅芳子 | 1896〜1990 | ロシア文学者 |

# 対談者略歴

| | | |
|---|---|---|
| 秋山駿 | 1930〜2013 | 文芸評論家 |
| 芥川比呂志 | 1920〜1981 | 俳優 |
| 阿部知二 | 1903〜1973 | 作家・英文学者 |
| 安倍能成 | 1883〜1966 | 哲学者・政治家 |
| 網野菊 | 1900〜1978 | 作家 |
| 伊藤整 | 1905〜1969 | 詩人・文芸評論家 |
| 稲垣達郎 | 1901〜1986 | 近代文学研究者 |
| 井上友一郎 | 1909〜1997 | 作家 |
| 內田百閒 | 1889〜1971 | 作家 |
| 江藤淳 | 1932〜1999 | 文芸評論家 |
| 遠藤周作 | 1923〜1996 | 作家 |
| 大岡昇平 | 1909〜1988 | 作家・評論家 |
| 小田切秀雄 | 1916〜2000 | 文芸評論家 |
| 川端康成 | 1899〜1972 | 作家・文芸評論家 |
| 河盛好蔵 | 1902〜2000 | 仏文学者 |
| ドナルド・キーン | 1922〜2019 | 日本文学研究者 |
| 幸田文 | 1904〜1990 | 作家 |
| 小島信夫 | 1915〜2006 | 作家 |
| 小堀杏奴 | 1909〜1998 | 随筆家・森鷗外次女 |
| E・G・サイデンステッカー | 1921〜2007 | 日本文学研究者 |
| 里見弴 | 1888〜1983 | 作家・有島武郎の弟 |
| 瀬沼茂樹 | 1904〜1988 | 文芸評論家 |
| 高橋義孝 | 1913〜1995 | 独文学者・評論家 |
| 立野信之 | 1903〜1971 | 作家 |

# 編集付記

一、『対談 日本の文学』（一九七一年九月　中央公論社刊）は中央公論社創業八十周年記念出版『日本の文学』全八十巻（昭和三十九年二月〜四十五年十月）の付録月報において、行われた対談・鼎談・座談会を一冊にまとめたものである。同書を『素顔の文豪たち』『わが文学の道程』『作家の肖像』の三分冊に再編集し、文庫化した。

一、『素顔の文豪たち』には、収録作家の家族や弟子によるものと、各時代の総論的なものを収めた。

一、巻末に「全集『日本の文学』資料」として、刊行時の内容見本より、編集委員のことばを収録し、また全巻構成を付した。

一、明らかに誤植と思われる箇所は訂正した。難読と思われる語にはルビを付した。

一、本文中に今日では不適切と思われる表現も見受けられるが、発表当時の時代背景と作品の文化的価値に鑑みて、底本のままとした。

中公文庫

# 対談《たいだん》 日本《にほん》の文学《ぶんがく》
## ——素顔《すがお》の文豪《ぶんごう》たち

2023年4月25日 初版発行
2023年8月30日 再版発行

編 者 中央公論新社《ちゅうおうこうろんしんしゃ》

発行者 安 部 順 一

発行所 中央公論新社
〒100-8152 東京都千代田区大手町1-7-1
電話 販売 03-5299-1730 編集 03-5299-1890
URL https://www.chuko.co.jp/

DTP ハンズ・ミケ
印 刷 三晃印刷
製 本 小泉製本


Published by CHUOKORON-SHINSHA, INC.
Printed in Japan ISBN978-4-12-207359-3 C1195

定価はカバーに表示してあります。落丁本・乱丁本はお手数ですが小社販売部宛お送り下さい。送料小社負担にてお取り替えいたします。

各書目の下段の数字はＩＳＢＮコードです。978－4－12が省略してあります。

# 中公文庫既刊より

ち-8-1
**教科書名短篇 人間の情景**
中央公論新社 編
司馬遼太郎、山本周五郎から遠藤周作、吉村昭まで。人間の生き様を描いた歴史・時代小説を中心に中学教科書から厳選。感涙の12篇。文庫オリジナル。
206246-7

ち-8-2
**教科書名短篇 少年時代**
中央公論新社 編
ヘッセ、永井龍男から山川方夫、三浦哲郎まで。少年期の苦く切ない記憶、淡い恋情を描いた佳篇を中学教科書から精選。珠玉の12篇。文庫オリジナル。
206247-4

ち-8-9
**教科書名短篇 家族の時間**
中央公論新社 編
幸田文、向田邦子から庄野潤三、井上ひさしまで。かけがえのない人と時を描いた感動の16篇。中学教科書から精選する好評シリーズ第三弾。文庫オリジナル。
207060-8

ち-8-10
**教科書名短篇 科学随筆集**
中央公論新社 編
寺田寅彦、中谷宇吉郎、湯川秀樹をはじめ、岡潔、矢野健太郎、福井謙一、日高敏隆七名の名随筆を精選。国語教科書の名文で知る科学の基本。文庫オリジナル。
207112-4

ち-8-11
**開化の殺人 大正文豪ミステリ事始**
中央公論新社 編
佐藤、芥川、里見に久米。乱歩が耽読した幻のミステリ特集が、一〇四年の時を超えて甦る！「犯罪と怪奇への情熱」に彩られた全九篇。〈解説〉北村　薫
207191-9

ち-8-12
**給仕の室《へや》 日本近代プレＢＬ短篇選**
中央公論新社 編
日本近代文学において「男性間の愛と絆」はどのように描かれてきたのか。国木田独歩から山本周五郎まで十五篇を精選。文庫オリジナル。〈解説〉佐伯順子
207247-3

ち-8-8
**事件の予兆 文芸ミステリ短篇集**
中央公論新社 編
大岡昇平、小沼丹から野坂昭如、田中小実昌まで。非ミステリ作家による知られざる上質なミステリ十編を一冊にした異色のアンソロジー！〈解説〉堀江敏幸
206923-7

て-8-3
**漱石先生**
寺田寅彦
自他共に認める別格の弟子が文豪の素顔を親愛の情を籠めて綴る。高等学校での出会いから周辺に集う人々まで。文庫オリジナル。〈巻末エッセイ〉中谷宇吉郎
206908-4

な-73-3
**鷗外先生** 荷風随筆集
永井荷風
師・森鷗外、足繁く通った向島・浅草をめぐる文章と、自伝的作品を併せた文庫オリジナル編集。巻末に谷崎潤一郎、正宗白鳥の批評を付す。〈解説〉森まゆみ
206800-1

う-9-15
**追懐の筆** 百鬼園追悼文集
内田百閒
夏目漱石、芥川龍之介ら文学者から、親友・宮城道雄、学生、飼猫クルツまで。哀惜をこめてその死を悼み、思い出を綴る。文庫オリジナル。〈解説〉森まゆみ
207028-8

い-38-4
**太宰治**
井伏鱒二
師として友として太宰治と親しくつきあった井伏鱒二。二十年ちかくにわたる交遊の思い出や作品解説など太宰に関する文章を精選集成。〈あとがき〉小沼　丹
206607-6

み-9-16
**谷崎潤一郎・川端康成**
三島由紀夫
世界的な二大文豪を三島由紀夫はどう読んだのか。両者をめぐる批評・随筆を初集成した谷崎・川端文学への最良の入門書。文庫オリジナル。〈解説〉梶尾文武
206885-8

み-9-9
**作家論** 新装版
三島由紀夫
森鷗外、谷崎潤一郎、川端康成ら作家15人の詩精神と美意識を解明。『太陽と鉄』と共に「批評の仕事の二本の柱」と自認する書。〈解説〉関川夏央
206259-7

キ-3-34
**日本の文学**
ドナルド・キーン
吉田健一訳
詩人の魂をもって書かれた日本文学入門――とたたえられた著者若き日の美しい情熱の書。詩、劇、小説、欧米の影響の各章によって分析。〈解説〉三島由紀夫
206845-2

つ-34-1
**漱石の白百合、三島の松** 近代文学植物誌
塚谷裕一
虞美人草、スイートピーから紅茸まで、文豪は植物をいかに描写してきたか。広大な文学作品の森に息づく草花を植物学者の視点で読み解く。〈解説〉大岡　玲
207218-3

中央公論新社編

# 対談 日本の文学

（全三巻）

中央公論社創業80年を記念した
全集『日本の文学』（全80巻）
その月報対談を再編集する

## 素顔の文豪たち

森鷗外、夏目漱石、芥川龍之介、谷崎潤一郎、太宰治……文豪の家族や弟子が間近に見たその生身の姿

## わが文学の道程

川端康成、小林秀雄、宇野千代、三島由紀夫、有吉佐和子……作家が自らの作品と交友を自在に語る

## 作家の肖像

泉鏡花、島崎藤村、林芙美子、柳田国男、横光利一……全集編集委員や同時代評論家による作家評

中公文庫